MAREN FRIEDLAENDER

Berlin.Macht.Männer.

MAREN FRIEDLAENDER

Berlin.Macht.Männer.

Kriminalroman

GMEINER SPANNUNG

Bisherige Veröffentlichungen im Gmeiner-Verlag:
Rheingolf (2018)

Immer informiert

Spannung pur – mit unserem Newsletter informieren wir Sie regelmäßig über Wissenswertes aus unserer Bücherwelt.

Facebook: @Gmeiner.Verlag
Instagram: @gmeinerverlag
Twitter: @GmeinerVerlag

Besuchen Sie uns im Internet:
www.gmeiner-verlag.de

Im Ehnried 5, 88605 Meßkirch
Telefon 07575/2095-0
info@gmeiner-verlag.de

1. Auflage 2019

Lektorat: Claudia Senghaas, Kirchardt
Herstellung: Mirjam Hecht
Umschlaggestaltung: U.O.R.G. Lutz Eberle, Stuttgart
unter Verwendung eines Fotos von: © cameris / fotolia
Druck: GGP Media GmbH, Pößneck
Printed in Germany
ISBN 978-3-8392-2376-5

*Personen und Handlung sind frei erfunden.
Ähnlichkeiten mit lebenden oder toten Personen
sind rein zufällig und nicht beabsichtigt.*

DER KANZLER

Der Kanzler verließ das Gebäude Unter den Linden, Ecke Wilhelmstraße in den frühen Morgenstunden. Als der Fahrer die Silhouette seines Chefs erblickte, sprang er aus dem dunkelblauen Mercedes, der direkt vor dem Haus parkte, mitten im absoluten Halteverbot. Der dezent im grauen Anzug gekleidete Chauffeur eilte um das Auto herum und riss die hintere Tür der Limousine auf. Die Sicherheitsleute stiegen indessen zur Straßenseite aus. Mit betont ruhigen Bewegungen checkten sie die Umgebung, wachsam auch zu dieser nächtlichen Zeit. Eine knappe Geste signalisierte dem Kanzler: »Wir haben alles im Griff«. Ob die Bodyguards mit dem ihnen eigenen nervösen Scannerblick wirklich Gefahren voraussahen, spielte keine Rolle. Auf die Wirkung kam es an.

Der Kanzler schien den Wirbel, den sein Erscheinen auslöste, kaum zu registrieren. Ein angedeutetes Kopfnicken zeigte, dass er die Leute, die sich für ihn die Nacht um die Ohren schlugen, überhaupt wahrnahm. Die Straße war fast menschenleer. Selbst Berlin Mitte kam in den Stunden nach Mitternacht zur Ruhe. So blieb dieser Auftritt der Nummer drei im Staat vom Volke unbemerkt. Dem Kanzler war es lieber so. Vorsichtshalber prüfte er die Lage auf beiden Seiten der Straße. Weiter entfernt, am Brandenburger Tor, lungerten ein paar Jugendliche herum. Gegenüber, vor dem Hotel »Adlon«, warteten zwei Taxen mit abgestelltem Motor. Kaum ein Auto war unterwegs. Hektische Betriebsamkeit nur für den Augenblick, in dem der Kanzler auf die Straße trat. Ein kurzer, lokal begrenzter Wirbelsturm, von dem allein der Fahrer und die Bodyguards, die fleischgewordenen Symbole seiner Macht, erfasst wurden. Wäre schön, diese Macht ausüben zu können, irgendwann mal wieder etwas tun, von dem man wirklich überzeugt war – der Gedanke blitzte für den Bruchteil einer Sekunde im führenden Kopf der deutschen Regierung auf. Er begrub ihn fast im selben Moment in den tieferen Schichten seines Unterbewusstseins.

Der Kanzler schloss den Mantel und wickelte den Schal um den Hals. Die Luft war frisch, aber nicht mehr winterlich kalt. Für einen Moment zögerte er, in seinen Wagen einzusteigen. Er wäre gern zu Fuß zum Kanzleramt hinüber gelaufen, entschied sich dann dagegen. Ein paar Leute trieben sich immer am Brandenburger Tor herum. Er hatte keine Lust, erkannt zu werden. Also rutschte er auf den Rücksitz des Wagens. Der Fahrer schloss die Tür, während die Bodyguards sich zu dem dahinter parkenden Auto begaben. Die beiden gepanzerten Limousinen fuhren im Konvoi davon.

ANASTASIA

Ana ging am 28. März. Sie ging, weil es Zeit war, und sie ging, weil sie mit ihm fertig war. Vielleicht auch, weil ihr Geburtstag bevorstand, der 50ste und sie sich eine kleine Freude gönnen wollte: Schadenfreude, warum denn nicht? 50 also nun. Merkwürdigerweise traf sie der Schock darüber unvorbereitet, aber das war nicht das eigentliche Problem. Die 50 waren nicht so arg. Sie war nicht mehr die Jüngste, sie hatte Falten. Morgens, wenn sie erwachte, schmerzte meist eine Stelle des Körpers.

»Wenn nichts mehr wehtut, bist du tot«, spottete ihre Freundin Irene.

»Sehr komisch!« Sie lachten sich kaputt. Mit manchen Frauen konnte man das Alter weglachen. Tauchte ein Mann auf, war das Thema tabu.

Über ihre Falten hatte sie sich nie große Gedanken gemacht. Irgendwie waren sie ihr lieb geworden. Ohne sie ginge es auch, überlegte sie. Für eine Frau sind die 50 kein gutes Alter. Man ist zu alt für lange Haare, zu alt für kurze Röcke, tiefe Ausschnitte und trägerlose Abendkleider. Zu alt für blonde Haare und zu jung für graue. Der Friseur half, der Arzt half, die Kosmetikerin half, aber sie alle kitteten Defekte nur oberflächlich. Eines Tages war sie aufgewacht: ihr ganzer Körper verspannt, die Gesichtsmuskeln verkrampft, die Zähne fest aufeinandergepresst, die Oberlippe wie mit einem Faden zusammengezogen. Schlagartig war ihr bewusst geworden, dass sie seit geraumer Zeit ihre Nächte so angespannt in die Kissen gedrückt verbrachte. Der Schlaf keine Erquickung mehr, sondern eine achtstündige Tortur im Dämmerland. Sie hatte Sorgen in dieser Zeit. Sie machte sich Sorgen. Seit einiger Zeit machte sie sich Sorgen um so ziemlich alles: um die Gifte in ihrem Essen; um die Mengen von Waffen in der Welt; um die Gesundheit ihrer Kinder; um den zunehmenden Verkehr und die Zerstörung ihrer Umwelt; um das Wasser, in dem sie schwamm und das Wasser, das sie trank; um die wachsende Aggressivität der Menschen; um die zunehmende Bürokratie; um die Schnüffler um sie herum, diese Blockwarttypen an allen Ecken; um die Hundekacke auf der Straße und um die Leute, die sich über die Hundekacke aufregten. Noch merkte sie, dass ihre Haltung verdächtig paranoide Züge zeigte, also machte sie sich auch Sorgen um ihre zunehmende Paranoia. Und, da sie gerade im Schwung war, um die paranoiden Tendenzen in der Gesellschaft. Dabei war Ana früher so sorglos gewesen. Irgendwann hatte sich diese schöne Sorglosigkeit verabschiedet. Wann war das passiert? Sie konnte sich an kein genaues Ereignis oder einen bestimmten Zeitpunkt erinnern. Die Sorglosigkeit hatte sich einfach auf leisen Sohlen davongemacht. Stattdessen hatten sich Falten eingeschlichen. Die Falten gehörten zu ihr. Sie gehörten ihr und ihrem Spiegelbild. Unvorstellbar, sie einfach wegzuoperieren, glatt zu ziehen, ihr und ihrem Spiegel zu stehlen, eigentlich nur dem Spiegel, denn sie selbst besäße sie noch. Schließlich gehen Falten tiefer, weit unter die Haut. Sie waren eingegraben in ihr Leben. Doch, die 50 gingen in Ordnung. Sie weigerte sich nur, den Regeln der Gesellschaft zu entsprechen, den Vorstellungen davon, wie eine 50-Jährige sich zu verhalten hatte. Eigentlich kratzte sie nicht mal, was die Leute dachten und sagten. Eher störten sie die Erwartungen, aber selbst damit ließ sich leben. Weglaufen konnte man vor all dem sowieso nicht. Das war auch nicht der Grund für ihren Entschluss zu gehen, eine spontane Entscheidung, wie es ihre Art war, spontan und ohne Reue. Das wusste sie schon jetzt, kannte sich gut in diesen Dingen – seit fast 50 Jahren.

Ana verschloss die Tür ihres Appartements. Sie freute sich am Zuschlagen der schweren Holztür. Sie hatte den Eindruck, dass die Tür laut zuknallte. Rums! Wieder ein Kapitel des Lebens abgeschlossen. Mit gewisser Freude, sogar Schadenfreude, drehte sie den Schlüssel herum. Sie hatte immer in Bildern gedacht, vertonten Bildern. Also hörte sie das Klacken des Schlosses viel lauter, als es eigentlich war, sah, wie ihre Hand den Schlüssel drehte, in dramatischer Großaufnahme.

Es war wirklich höchste Zeit, genau genommen eine längst überfällige Entscheidung. 100 Stunden in einem Bett mit ihm waren genug. Uwe Henning, Uwe, sie hatte ihn nie bei seinem Namen genannt. Wie sollte man im Augenblick der Ekstase »Uwe« schreien oder in Momenten der Zärtlichkeit »Uwe« flüstern? Einen Spitznamen hatte sie ihm nicht gegeben. 100 Stunden – das war so eine Schätzung. Sie hatte nicht Buch geführt. In Tagen oder Nächten konnte man ihr Zusammensein nicht berechnen. Es waren meist nur Stunden gewesen, manchmal halbe oder Minuten. Sie zog den Schlüssel aus dem Schloss. Ritsch! Dann ihr Abgang. Wie der Abgang eines Schauspielers von der Bühne – Szenenapplaus! Wohin mit dem Schlüssel? Sie hatte nicht einmal eine Handtasche bei sich. Sie konnte Handtaschen nicht leiden. Immer waren sie lästig: Beim Einkaufen störten sie, im Museum musste man sie abgeben, auf dem Bahnhof wurden sie gestohlen. Ihr Geld, Ausweis, Kreditkarten trug sie in der rechten hinteren Hosentasche. Mit Bargeld, Kreditkarten, Ausweis konnte man jederzeit überall hin. Das gab ihr das Gefühl von unendlicher Freiheit. Es war das vielleicht beste Privileg der Reichen, unschätzbar. Die Armen dachten immer, es seien die Villen, die großen Autos, die Jets, die Jachten. Das bedeutete alles nichts. Was zählte, war die Freiheit, die man durch Geld gewann. Alles andere nur Ballast, Klotz am Bein. Vom Ballast des Reichtums hatte sie lange die Nase voll. In ihrer Kindheit hatte sie genug darunter gelitten. Sie hatte sich bedrängt gefühlt, erdrückt von den Besitztümern ihrer Eltern, war zusammengebrochen unter der Last dieses riesigen Hausstands, wo jeder Umzug das Ausmaß eines Großmanövers annahm. Die Eltern störte das nicht, sie liebten ihre Dinge. Ana erinnerte sich an das Haus, in dem sie geboren wurde, eigentlich mehr ein Schlösschen. Wenn man es genau nahm, ein Schloss. Gemälde, Geschirr für 100 Personen, schwere Silberschüsseln, eine Bibliothek mit Tausenden von Bänden, kristallene Gläser und antike Sekretäre, schwere Vorhänge aus Brokat, Perserteppiche, Kandelaber und Lüster, bronzene Skulpturen, barocke Brunnen, Marmor und Gold, alles schwer, Ballast. Für die Übersiedlung nach Hamburg standen zehn Lastzüge vor der Tür. Ihren ersten eigenen Umzug machte Ana mit einem VW-Käfer. Welches Gefühl von Freiheit: sich heute entscheiden, wo man morgen wohnen will.

Den Schlüssel schob sie in die vordere Tasche ihrer Jeans. Schon als sie mit dem Fahrstuhl hinunter ins Erdgeschoss fuhr, drückte er dort. Sie trat hinaus auf die Straße Unter den Linden, ohne Plan, welche Richtung sie einschlagen sollte, wendete sich nach rechts zum Brandenburger Tor hin. Der Tiergarten erschien ihr verlockend. Es war ein warmer Tag. Frühling. Sie sehnte sich nach Grün. Der Schlüssel lag schwer wie Blei in ihrer Tasche. Sie zog ihn hervor, bückte sich und ließ ihn zwischen die Gitterstäbe eines Abflussschachts fallen. Das Plumpsen klang gut in ihren Ohren. Die Geste erschien ihr selbst ein wenig melodramatisch, aber sie fühlte sich danach erleichtert. Er hatte einen Schlüssel. Egal, es störte sie nicht. Ihr Entschluss stand fest, in diesem Moment fasste sie ihn. Sie würde das elegante Domizil Unter den Linden auflösen. Seine Rasiersachen konnte er sich dort herausholen, wenn er denn wollte. Viel mehr hatte er sowieso nicht bei ihr liegen: ein paar frische Hemden zum Wechseln, wenn er nach einem kurzen Zusammensein schnell zum nächsten Termin hetzen musste, einen zweiten Anzug, vielleicht, sie hatte keine Ahnung. Es stand ihm frei, alles abzuholen, wann immer er wollte. Irgendwann würde jemand das Schloss auswechseln, ein neuer Mieter. Es war ihre Wohnung – gewesen. Schon dachte sie in der Vergangenheitsform. 200 Quadratmeter gegenüber vom Hotel »Adlon« mit Blick auf das Brandenburger Tor. Es hatte ihm gefallen. »Meine Berliner Residenz« nannte er es. Seine Berliner Residenz – mit Mätresse. Das Arschloch. Ob er das wirklich glaubte? 200 Quadratmeter teure Eleganz. Kleine Leute messen solchen Dingen immer so viel Bedeutung zu, mehr als Menschen, die in eine Welt des Luxus hineingeboren wurden. Ihr hatte der Blick auf das Brandenburger Tor auch gefallen, irgendwie ganz nett, und die zentrale Lage, der Hauch der Geschichte, der nach der Wiedervereinigung an dieser Schnittstelle zwischen Ost und West wehte. Ach was, das mit dem

Hauch war Quatsch. Wer spürt schon den Hauch der Geschichte? Solche Dinge stehen in Zeitungen, werden hinterher erfunden. Tatsächlich ging in den ersten Jahren nach dem Mauerfall in Berlin die Post ab: Es brodelte an allen Ecken der Stadt, Aufregendes entstand, also pflanzte sie sich mitten hinein in das Getümmel. Ihm bedeutete die Eleganz ihrer Adresse ungemein viel. Kein Wunder, schließlich war sein Umzug, ein paar Jahre zuvor, in ein Reihenhaus nach Hamburg-Othmarschen ein sozialer Aufstieg gewesen. Unter den Linden, allein der Gedanke, allein das Gefühl für die schicke Adresse versetzte ihn in Ekstase: der 100 Quadratmeter große Salon, der wilde Jackson Pollock an der Wand, ein Maler, den er zuvor gar nicht gekannt hatte. Leider nannte jemand in seiner Gegenwart den Preis für so einen Pollock. Vor ihm die Dächer des »Adlon«, rechts unter ihm das Brandenburger Tor, symbolträchtiger Bau für Eroberer und Potentaten, aber die demokratisch Gewählten hatten solche Machtdemonstrationen auch gern. Das Kanzleramt war nicht gerade eine bescheidene Hütte.

»Ein gutes Gefühl – auf Augenhöhe mit der Quadriga«, sagte er einmal und prostete den Pferden zu. Es sollte ein Witz sein, aber es klang anders. Von der Dachterrasse aus hätte er auf sein beschissenes Kanzleramt pissen können, aber das tat er nicht. Es bedeutete ihm zu viel, er hatte zu lange dafür gekämpft, seinen Hintern dort hineinzupflanzen. Es war sein Leben. Auf etwas, was einem wichtig ist, pinkelt man nicht. Dabei hätte er wirklich genug Grund gehabt, auf den ganzen verkommenen Laden zu pissen. Er verpasste die Chance. Nun würde ihre Tür für ihn bald verschlossen sein. Sein Pech! Und ihr Pech, wenn sie mehr von ihm erwartet hatte. Wie sollte ein Emporkömmling über die Macht scherzen, die er sich im Schweiße seines Angesichts und unter Aufopferung seiner Ideale erobert hatte? Unter Aufopferung seiner Ideale – das musste man zweimal sagen. Maria Stuart konnte die Krone verachten, sie war die im Kindesalter gesalbte Königin; Elisabeth, ein Bastard der Anna Boleyn, hatte ein Lebtag lang um ihr Königsrecht kämpfen müssen, das ist nicht zum Lachen, das ist ein beschissenes Gefühl. Es macht einen zu allem bereit. Bereit, Köpfe rollen zu lassen.

Sie setzte sich im Tiergarten auf eine Bank. Nur einen Steinwurf entfernt saß er jetzt in seinem Amt, das ihm zwei Nummern zu groß war, in seinem zwei Nummern zu großen Büro, machte einen Job, der ihm über den Kopf wuchs, lebte in einer Haut, die ihm langsam zwei Nummern zu groß geriet. Früher war er ein drahtiger, schlanker Mann gewesen. Mit den Jahren hatte er sich eine Fettschicht, einen Panzer angefressen, der ihn schützen sollte, sein dünner werdendes Nervenkostüm. Es war circa 11.00 Uhr. Die Sonnenstrahlen wärmten ihre Haut, über die seine Hände vor zehn Stunden gestreichelt hatten. Zärtlichkeit, Leidenschaft? Wohl mehr die Freude an einem Besitz. Besitz, sie musste lachen. Erfolgreiche Männer neigten dazu, sich zu überschätzen, besonders, was die Erfolge bei Frauen anging. Natürlich – Macht macht sexy. Ein Politiker mit einem nur halbwegs schillernden Amt konnte in Berlin manche Schönheit abschleppen. Die weiblichen Politgroupies lungerten in Scharen auf den Partys herum, aber Ana war mit der Macht aufgewachsen, der Macht des Geldes. Sie hatte den Sex-Appeal von Macht nie empfunden. Sie war in ihrer Familie schon lange eine Selbstverständlichkeit.

In der letzten Nacht hatte er sie aus dem Auto angerufen, von einer Sitzung kommend. Zehn Minuten später stand er in der Tür zu ihrem Schlafzimmer, in den Augen der Hunger nach Liebe oder eher nach Vergessen. Auf der Flucht vor der Lieblosigkeit seiner Welt stürzte er sich auf sie, nach Liebe verlangend, ohne sie selbst geben zu können. Seine Art zu vögeln langweilte sie am Ende, weil überwiegend er dabei vorkam. Zwischendurch hatte einmal sein Handy geklingelt. Danach beschleunigte er den Liebesakt.

»Entschuldige«, sagte er und überprüfte, von wem der Anruf kam. Sie ließ ihn gewähren und war ziemlich sicher, dass er ihr Gelangweiltsein nicht wahrnahm. Danach lag er mit geöffnetem Hemd und offener Hose neben ihr und bat sie um einen Drink. Er sah grauenvoll aus in seiner Erschöpftheit, die Haut so schlaff, eine ungesunde Rötung auf den Wangen, die auf einen zu hohen Blutdruck schließen ließ, die dunklen Ringe unter den Augen, die müde vor sich hin stierten und nicht einmal mehr durch den Orgasmus Glanz gewannen. Sie goss ihm einen Whisky ein, den er rasch hinunterstürzte, noch einen zweiten, mit dem er eine Tablette hinunterspülte – Herzrhythmusstörungen, zu hoher Cholesterinspiegel, Bluthochdruck? Wahrscheinlich alles zusammen. Es war ihr egal. Erschöpft schlief er ein. Sie betrachtete seine im Schlaf unruhig flackernden Augenlider, seinen dicklicher werdenden Bauch. Einmal stöhnte er kurz und gequält auf. Als er erwachte, schaute er als Erstes auf die Uhr, sprang aus dem Bett, knöpfte das Hemd zu, stopfte es in die Hose, zog den Reißverschluss der Hose zu, schloss den Gürtel. Sie sah das alles, während sie rauchend auf dem Bett lag. Zurückgelehnt in ihren Logensitz betrachtete sie seinen

Abgang wie ein Schauspiel, sah den Hauptdarsteller, wie er die Krawatte knüpfte, zu hastig, sodass sie schief unter dem Kragen hing, wie er danach seine Jacke überstreifte, die Geliebte küsste, nur flüchtig auf die Stirn, ihr über die Wange strich, der Schlussakt, das war klar, die letzte Szene.

»Schlaf weiter und auf bald«, flüsterte er. Sie hatte gar nicht geschlafen. Dann verschwand er, kaum zwei Stunden nachdem er ihre Wohnung betreten hatte, verschwand von der Bühne.

Sie genoss für einige Zeit den Müßiggang im Tiergarten, beobachtete ein paar spielende Kinder, einen Schmetterling, zwei Hunde, die umeinander tobten. Sie dachte keine Sekunde darüber nach, was sie als Nächstes unternehmen würde.

»Haste mal ’n paar Piepen«, schnorrte sie ein Penner an.

Sie gab ihm alles Kleingeld, das sie in der Jackentasche fand.

»Bist ein Goldstück«, grinste er sie aus zahnlosem Mund an. Damit ist der Tag doch gerettet, freute sich Ana. Sie stand auf, als sie anfing zu frösteln, schlenderte ein wenig umher, kaufte eine Zeitung und frühstückte im Café »Einstein« – Milchkaffee und Croissants. Am Nebentisch saß ein Abgeordneter, den sie flüchtig kannte, ein Hinterbänkler. Sie erinnerte sich nicht einmal an seine Parteizugehörigkeit, eigentlich erinnerte sie sich nur an ihn wegen seiner großen fleischigen Ohren, die jetzt rot glühten, während er mit seinem Gegenüber debattierte.

»Überlassen Sie das nur mir«, hörte sie ihn flüstern. Aus dem Augenwinkel beobachtete sie, dass der Abgeordnete die Rechnung nicht bezahlte – sie bezahlten nie. Pack, dachte sie und hatte überhaupt kein schlechtes Gewissen deshalb. Ein wenig angeekelt wandte sie sich wieder ihrer Zeitung zu. Sie begann immer mit dem Kulturteil, das Erfreuliche am Anfang. Erst danach machte sie sich an das Aktuelle aus Politik und Wirtschaft. Ana hatte die Fähigkeit verloren, die neuesten Nachrichten mit Distanz oder Gelassenheit zu überschlagen. Sie nahm sich jede Schlagzeile zu Herzen, regte sich über jede negative Meldung auf, als habe man ihr persönlich eine Hiobsbotschaft überbracht.

»Opposition bezichtigt die Regierung der Rentenlüge« – Vor ein paar Jahren hatten sie doch selbst gelogen; es machte Ana wütend, dass man sie für so blöd hielt und erwartete, sie hätte das vergessen.

»Linke fordern mehr Respekt für Ostdeutsche« – Was hatte diese Partei überhaupt zu fordern? Einige ihrer Vertreter waren verantwortlich für einen Staat, in dem jeder Zehnte ein Spitzel war, stimmte das, jeder Zehnte? Egal, jeder Zehnte, jeder 20ste – alles vergessen und verziehen!

»Korruptionsaffäre um Müllverbrennungsanlage« – Eine Müllverbrennungsanlage, die keiner brauchte, war genehmigt worden von ein paar bestechlichen Beamten. Da gingen sie also hin, die Steuergelder! Auch das nahm sie persönlich, denn gegen jeden guten Rat zahlte sie Steuern in diesem Land. Sie nahm es deshalb persönlich, dass man nun von ihr forderte, sie solle endlich ihren Teil zum Gelingen des Projektes Deutschland beitragen: »Reichensteuer zumutbar!« Moment mal, war ihr da etwas entgangen, hatte sie bisher nicht über 60 Prozent ihres Einkommens brüderlich an die Solidargemeinschaft überwiesen: Mehrwertsteuer, Benzinsteuer, Kfz-Steuer, Alkohol- und Tabaksteuer, Grunderwerbs-, Erbschaftssteuer gar nicht eingerechnet?

Ana bestieg ein Taxi, ließ sich zum Bahnhof bringen, kaufte ein Zugticket nach Hamburg. Dort besaß sie ein Haus, ihr Zuhause seit Kindheitstagen, ihr Elternhaus, das sie nach dem Tod ihrer Eltern erbte und bewohnte, eine herrschaftliche Villa mit Blick auf die Alster, ein kleiner Palast, in dem auch ihre Kinder groß geworden waren, in dem sie ein paar glückliche Ehejahre verbracht hatte mit einem Ehemann, der nun nicht mehr ihr Ehemann war. In dem Haus geisterte nur noch ihre alte Tante herum, eine Schwester ihres Vaters, die eines Tages, als sie ihren südamerikanischen Macho-Mann nicht mehr ertrug, vor der Tür von Anas Eltern gestrandet war. Seither bewohnte sie einige Zimmer des weitläufigen Hauses. Manchmal verbrachte Ana ein paar Tage oder Wochen dort, bis sie die alten Geister heimsuchten. Sie saßen in den Winkeln des riesigen Kastens, obwohl Ana nach dem Tod ihrer Eltern den alten Kram hinausgeschmissen hatte, die alten Möbel und die wertvollen Teppiche, die Ölschinken und venezianischen Deckenleuchter, alles von erlesenem Geschmack. Ihre Vorfahren pflegten seit Generationen einen Sinn für das Schöne. Sotheby's machte eine erfolgreiche Auktion mit dem teuren Krempel. Sie holte danach Licht und Farbe in das Haus, Bilder von wilder Schönheit, Skulpturen von wunderbarer Klarheit, die Darstellung einer Gottheit aus dem Kongo, selbst die vertrieb die Geister nur für eine gewisse Zeit. Sie nisteten sich wieder ein, gehegt und gefüttert mit den Geschichten der alten Tante, die nicht mehr wusste, welche Stunde es war, welcher Wochentag, welcher Monat, die aber jede kleinste Geschichte aus der Vergangenheit in ihrem Hirn gespeichert hielt. Leider lief dieser Speicher andauernd über, und wenn Ana sie besuchte, musste sie anhören, was sie gar nicht hören wollte.

»Weißt du noch, als die Sophie (das war Anas Mutter) Geburtstag hatte und der Ferdi (Anas Vater) die Wiener Philharmoniker engagierte, und der ganze Garten war erleuchtet mit Lampions, und sie spielten den ›Kaiserwalzer‹, und deine Mama und der Papa (die Betonung lag auf dem letzten ›a‹) haben den Tanz eröffnet. Sie trug ein schwarzes Kleid von Coco Chanel, schlicht und elegant. Sie war wirklich eine Schönheit und dein Vater der perfekte Gentleman. So etwas gibt es heutzutage gar nicht mehr. Die Frauen umschwärmten ihn, aber er wollte immer nur deine Mutter.«

Ana mochte das nicht wieder und wieder hören. Sollte die gute Tante doch glücklich werden mit ihren Gespenstern.

PETER SENGELHOFF

»Das riecht nach Ärger«, grummelte Sengelhoff. »Verdammt, ich kann den Ärger riechen.« Er haute mit der flachen Hand auf den Schreibtisch. Der Präsident des

Verfassungsschutzes saß in seinem Büro und dachte über das Gespräch nach, das er kurz zuvor mit seinem Freund geführt hatte. Sengelhoff und Uwe Henning waren alte Buddies aus Studienzeiten. Sie hatten sich auf dem Weg nach oben begleitet, sich gegenseitig gestützt und geholfen. Man konnte nicht mal sagen, dass sie sich wirklich mochten, früher vielleicht, aber jetzt war die alte Freundschaft eher zu einer Zweckgemeinschaft geworden. Sie wussten, was sie aneinander hatten. Der eine war der Brillantere, immer gewesen, ein großer Rhetoriker und wie die meisten begabten Rhetoriker ein großer Demagoge. In den wilden Jahren, in den Post-68ern, da hatten sie gemeinsam über Resolutionen gehangen, Pamphlete entworfen. Der Freund, der nun oben angelangt war, lieferte die genialen Ideen in großen Zügen, ausgeführt hatte sie Peter Sengelhoff, er war der Mann für die Kleinarbeit, für das Akribische, ins Detail versessen. Es war logisch, dass er nun Präsident des Bundesverfassungsschutzes war, wahrscheinlich die Endstation seiner Karriere – oder auch nicht? Sengelhoff machte sich keine Illusionen über sich selbst. Er war der Arbeiter, der Fleißige, penibel, korrekt, eher unscheinbar, immer zuverlässig. Immerhin, womöglich war noch ein Ministerstuhl drin, Innenminister – vielleicht. Er und der Kanzler ergänzten sich, damals wie heute. Anfangs waren sie eine Truppe von sieben Leuten gewesen, der engere Kreis, Außerparlamentarische Opposition, Sozialistischer Deutscher Studentenbund, Revolutionäre, jedenfalls dachten sie die Revolution. In den Köpfen spukte sie damals herum, aber so wirklich hatten sie nichts unternommen, ein paar Steine geworfen, Steinchen eher, Sitzstreiks, mal nach einem Polizisten getreten, aber nicht so kräftig, ein Schaufenster eingeschlagen und im Kaufhaus geklaut unter dem Motto »Schädigt die Kapitalisten!« und »Macht kaputt, was euch kaputtmacht!« Als sie beschlossen, den langen Marsch durch die Institutionen anzutreten, waren sie nur noch zu viert. Einer wechselte den Kurs, ging in die Wirtschaft und machte heute eine Menge Kohle. Einer wurde Anwalt, Wirtschaftsanwalt, verdiente wahrscheinlich auch eine Stange Geld. Einer hatte sie als Verräter beschimpft, als korrupte Schweine, war abgetaucht, hatte weiter in der linken Szene mitgemischt, wahrscheinlich als Unterstützer der Rote Armee Fraktion, kurz RAF, wurde aber nie geschnappt, lief bis heute mit langen Haaren und Hippieklamotten herum und versuchte es mit Wohngemeinschaften und alternativen Läden. Uwe Henning, Sengelhoff und zwei andere waren in die SPD eingetreten, hatten die Partei revolutionieren und verändern wollen, was teilweise gelungen war. Sie hatten bald Spaß am Erfolg und an der Macht bekommen, auch am Geld, das musste man zugeben, hatten sich gegenseitig gestützt und gefördert. Zwei waren auf der Strecke geblieben, letztlich abserviert von den eigenen alten Freunden, verloren beim Abseitsspiel. Ein gemeines Spiel, besonders, wenn man es gegen die eigenen Mannschaftskameraden einsetzte. Am Ende waren nur sie beide übrig geblieben: der eine, Uwe Henning, Kanzler; der andere, Peter Sengelhoff, oberster Verfassungsschützer. Er war Realist. Auch ihn würde Henning jederzeit fallen lassen, wenn er müsste, aber sein Job beim Verfassungsschutz gab Sengelhoff einen gewissen Rückhalt: Macht durch Wissen, das war seinem alten Kumpel klar. Sengelhoff wusste zu viel, und das war gut so. Die anderen zwei hatten Pech gehabt, damals im Hamburger Senat, verloren beim Abseitsspiel. Ursprünglich hatten sie die Abseitsfalle für die politische Opposition ersonnen, hatten sie anfangs, in der Studentenzeit, auch so eingesetzt. Man ließ die Gegner mit einer Idee vorpreschen, stimmte halbherzig zu, wartete die Reaktionen ab, und wenn die negativ ausfielen, zogen sie sich mit ihrer Truppe plötzlich zurück. Die Gegner standen im Abseits. Mit diesem Spiel versetzten sie mancher Idee und mancher Karriere den Todesstoß. In Hamburg sägten sie mit derselben Methode die eigenen Leute ab. Sengelhoff war Polizeichef, Henning Bildungssenator, einer von ihrer alten Truppe hatte es zum Innenminister gebracht mit Chancen auf das Amt des ersten Bürgermeisters. Henning, der immer der Wortführer ihrer Truppe war, empfand das als Bedrohung. Wenn einer Bürgermeister wurde, dann er.

»Abseitsspiel?«, hatte Uwe gefragt.

Sengelhoff hatte genickt. Er sah in Henning einfach den besseren Kandidaten, also unterstützte er ihn. Es war die Zeit der Hausbesetzungen. Die Regierung fuhr die weiche Taktik: Konfrontationen meiden, keine unschönen Räumungen mit hässlichen Bildern, keine Zusammenstöße, sondern Verhandlungen. Henning und Sengelhoff bestärkten den Innensenator in seiner Linie. Die Hausbesetzer wurden immer frecher, es bildeten sich rechtsfreie Zonen, eine Unterstützerszene für die RAF, Drogenmissbrauch und so weiter, aber der Innenminister bestand auf dem Kuschelkurs, wie es sich für einen 68er gehörte. Sengelhoff und Henning kamen im Vieraugengespräch überein, dass dieser Kurs nicht mehr haltbar sei. Er war den SPD-Wählern nicht zu vermitteln, dem Werftarbeiter, der jeden Morgen brav zur Arbeit ging. Also Abseitstaktik. Sie zogen sich gemeinsam und kurz entschlossen zurück von der Verhandlungslinie. Der Innenminister stand allein und machte jede Menge Fehler: beharrte auf den einmal eingeschlagenen Weg, beruhigte die Öffentlichkeit mit Parolen, die keiner mehr glaubte. Dann gab es eine Razzia, bei der das Ausmaß der illegalen Vorgänge in den besetzten Häusern erschreckend deutlich wurde. Der Innenminister musste gehen, mit ihm der Bürgermeister, der seinen Minister gewähren ließ. Uwe Henning wurde der Nachfolger als erster Bürgermeister und Sengelhoff sein Innenminister. Es war wie bei den zehn kleinen Negerlein. Nun waren sie nur noch zwei. Rücken an Rücken hatten sie sich bis nach Berlin durchgekämpft. Als Henning Kanzler wurde, machte er seinen alten Kumpel zum obersten Verfassungsschützer.

Sengelhoff kannte seinen alten Freund so gut wie einen Bruder. Henning hatte immer eine Schwäche für Frauen gehabt. Irgendwie hatte er da eine Macke, aber unter Männern redete man über solche Dinge nicht gern, und Sengelhoff war kein Psychologe, der Lust hatte, die Marotten seines Freundes zu analysieren. Zwar hatte er nie verstanden, warum jemand, der offensichtlich die Bestätigung von möglichst vielen und immer neuen Frauen brauchte, ganz versessen aufs Heiraten war, aber letztlich ging ihn Uwe Hennings Tick nichts an. Sengelhoff akzeptierte die Schwäche des Freundes und hielt ihm, so gut es ging, den Rücken frei. Beim Verfassungsschutz gab es allerdings seit Willy Brandts Zeiten eine verbreitete Neurose, was Kanzler und Frauengeschichten anging. Letztlich hatte das den Ausschlag für Brandts Rücktritt in der Guillaume-Affäre gegeben. Sengelhoff sah die Sache auf seine eigene Weise. Er war bis heute fest davon überzeugt, dass Günther Nollau, der damalige Präsident des Bundesamtes für Verfassungsschutz, seinen Hut hätte nehmen müssen, vielleicht auch Genscher als Innenminister oder Ehmke als Kanzleramtsminister. Es gab einen Spionageverdacht gegen Guillaume, trotzdem beließ man ihn in der direkten Umgebung des Kanzlers. Dessen einziges Vergehen war, dass er in dieser Angelegenheit dem Rat seiner Mitarbeiter vertraute. Brandt war kein Kostverächter gewesen, was Frauen anging. Als der Verdacht aufkam, Guillaume, ein DDR-Spion, habe ihm Frauen zugeführt, was Brandt immer als lächerlich abwies, da kochte die Affäre richtig hoch.

Und nun musste sich Sengelhoff mit Frauengeschichten herumschlagen. Selbstverständlich nahm er die Damen, mit denen der Kanzler in näheren Kontakt kam, unter die Lupe. Bei einem One-Night-Stand, wenn er davon überhaupt erfuhr, war das meist nicht nötig, aber wenn es sich um länger andauernde Verhältnisse handelte, hielt Henning ein Auge darauf. Der Kanzler konnte sich auf ihn verlassen, ohne dass sie ein Wort darüber verloren. Nun hatte Uwe Henning seinen alten Freund selbst um Hilfe gebeten.

Natürlich hatte Sengelhoff die neueste Affäre seines Kanzlers prophylaktisch durchleuchtet, ohne Verdachtsmomente zu finden. Sicher, die Dame reiste ziemlich in der Gegend herum, diese Gräfin Anastasia, nach Amerika, Russland, traf viele Leute, internationale Beziehungen, aber man musste sie eher bei den Jetset-Frauen einordnen. Die reisten nun mal viel. Ansonsten war alles in Ordnung. Beste Familie, Banker, feine Hamburger Adresse. Und da entging dem Verfassungsschützer ein Detail. Aber wie hätte er vermuten können, dass sein Freund Uwe Henning, der Arbeitersohn, waschechter Proletarier, damit hatte er damals zu Studentenzeiten immer kokettiert, dass dieser

Uwe im feinen Hamburger Stadtteil Harvestehude in der eleganten Nachbarvilla seiner jetzigen Geliebten aufgewachsen war. Hätte Sengelhoff das gewusst, er hätte die Bitte des Kanzlers anders eingeschätzt. Henning verriet aber nichts von der gemeinsamen Vergangenheit mit der Frau. Als der Kanzler ihn um Beschattung seiner derzeitigen Geliebten bat, vermutete Sengelhoff, Henning hege ein Misstrauen, die Dame seines Herzens sei für einen Geheimdienst tätig. Er hatte ihn natürlich danach befragt.

»Hast du einen Hinweis, einen konkreten Verdacht?«

»Nein«, hatte Henning gesagt, »keinen konkreten Verdacht, manchmal so ein Gefühl, sie verheimlicht mir Sachen, – glaube ich.«

»Mann, Uwe, zeig' mir eine Frau, die keine Geheimnisse hat.«

»Peter, tu mir den Gefallen«, hatte Henning gebeten. Es war keine Bitte, es war ein Befehl. Sengelhoff ordnete also eine Beschattung an. Was blieb ihm übrig. Aber es war ihm unwohl bei der Geschichte. Er wollte nicht zu viel Wirbel im eigenen Amt, reine Gefühlssache, also hatte er einen privaten Ermittler beauftragt. Für solche Fälle gab es einen Sonderetat. Er engagierte den Besten, einen Mann fürs Grobe, dem er vertraute und der ihm direkt berichten musste.

ANASTASIA

Sie ging zum Schalter und tauschte ihre Fahrkarte nach Hamburg gegen ein Ticket nach München. In der Bahnhofsbuchhandlung kaufte sie sich ein Buch, einen Krimi, er tat seinen Zweck. Sie wollte möglichst unansprechbar wirken, vertieft in ihre Lektüre. Sie genoss die Fahrt im Zug, das Unerreichbarsein. In ihrer Jackentasche steckte ein Handy, aber sie hatte es abgeschaltet. Ana ging in den Speisewagen, aß ein Sandwich, trank einen Kaffee, ganz entspannt. Sie musste nicht einmal Angst um im Abteil zurückgelassenes Gepäck haben, sie hatte kein Gepäck. Man trug genug Ballast mit sich herum. Einmal sprach ein Mann sie an, ein Geschäftsreisender im grauen Anzug. Sie antwortete nur kurz, ziemlich unhöflich, blickte feindselig. Der andere graue Anzug war ihr in zu frischer Erinnerung.

Immer war er korrekt angezogen gewesen, etwas too much. Sein Äußeres sah stets nach der Empfehlung eines übertüchtigen Herrenausstatters aus, dem er sich aus Unsicherheit in die Hände gegeben hatte: das Tüchlein in der Brusttasche passend zur Krawatte, die Krawatte ein Tick zu modisch – der Geschmack des gewandten Verkäufers, die Socken ein wenig zu kurz, sodass bei ungeschicktem Sitzen das blasse, behaarte Bein hervorschaute, was der Verkäufer übersehen hatte. Oder es war ihm nicht bekannt, dass ein Herr kein Bein zeigte, ein Vergehen, das ihr Vater zumindest mit einem niederschmetternden Blick geahndet hätte. Stil erlernt man nicht in ein paar Jahren, nicht mal in einer Generation. Was Stil ist, entscheidet nicht ein Haufen von Emporkömmlingen, die sich in den Schaltzentren der Macht eingenistet haben. Sie mögen über Krieg und Frieden beschließen und über Reformen am Arbeitsmarkt und die Verteilung von Geldern, aber nicht über Stil. Das haben sie nicht geschafft. Über den Stil wachen ein paar alte, degenerierte Aristokraten. Den Stil bestimmen wir, dachte sie, und wir lachen uns kaputt über die Nouveaux riches, die Parvenüs und die tapferen Volksvertreter, die wir mit einem üppigen Abendessen in unseren stilvollen Villen blenden, mit einem alten Rotwein und einer dicken Zigarre einlullen, um sie mit ein paar wohlgesetzten Worten zu korrumpieren. Das ist vielleicht ungerecht, aber es ist so. Ich kann es nicht ändern, und ich will es gar nicht. Ich lache eben auch, wieso nicht, vielleicht ist es unser letzter Triumph, bevor sie uns niedermachen mit ihren »Guten Appetit«- und »Gesundheit«-Rufen, mit ihren Gummibäumen und ihrem »Steak Hawaii«, den Sandalen, Tischläufern und Kissen mit Eselsohren, dem Barmbeker Barock und den im Häkellook verkleideten Klopapierrollen, die man durch die Heckscheiben auf den Hutablagen ihrer Autos liegen sieht.

Sie nahm den Krimi, den sie gerade gekauft hatte, zur Hand. Plötzlich fiel ihr Blick auf das Goldarmband an ihrem Handgelenk. Es war schwer. Er hatte es ihr vor ein paar Wochen geschenkt, hatte es ihr selbst um den Arm gelegt. Als er den Riegel schloss, schauerte es sie ein wenig. Als wenn er mich an die Kette legt, dachte sie, und dann sagte er tatsächlich:

»Damit du mir nicht wegläufst.«

Er lachte dabei, aber es klang trotzdem nicht wie ein Scherz.

»Bitte trag es immer«, bat er sie innig. »Es ist dann, als ob ich ein bisschen bei dir bin.«

Sie litt seit Kindheitstagen unter dem Gefühl, sie müsse Geschenke besonders ehren, weil sie so reich war. Es war die Angst, andere zu kränken. Nun wollte sie das Armband loswerden, es wog so schwer. Sie versuchte den Verschluss zu öffnen. Sie drückte und zerrte daran herum, versuchte, es über den Arm zu streifen, aber es gelang ihr nicht, das Ding zu lösen.

An der nächsten Station stieg ein jugendlicher Freak ein: weite Beuteljeans, deren Schritt zwischen den Knien hing, über dem Hosenbund schaute eine rote Boxershorts mit Che-Guevara-Porträt heraus. Der Junge ließ sich in den Sitz ihr gegenüber plumpsen, fuhr die Beine auf volle Länge aus, sodass sie unter Anas Nebensitz verschwanden. »Turn me on«, forderte die Aufschrift auf seinem Sweatshirt von der Mitwelt. Der Typ hatte sich offensichtlich in die Erste Klasse verirrt. Er störte sie weniger als der graue Anzug. Der Freak schloss die Augen und wippte mit dem ganzen Körper zu den Rhythmen, die er sich über Kopfhörer auf die Ohren dröhnen ließ. Ab und zu sang er eine Halbzeile mit, das störte sie schon mehr. Er sang schlecht. Sie wartete geduldig, bis der Schaffner kam und den Kampf mit ihm aufnehmen würde. Das Gezappel zu der Musik, die sie nicht hören konnte, fing an zu nerven. Diese ganze Generation zappelte andauernd herum. Ihre Söhne waren genauso. Immer wippte ein Fuß, immer hämmerte eine Hand auf der Tischplatte herum. Komisch, dass sie wieder lange Haare trugen. Sie standen ihrem Gegenüber wirr vom Kopf ab, eine künstlich hergestellte Unordnung, die vielleicht bei einem teuren Friseur entstanden war. Die Jugendlichen von heute ließen sich ihre

Zerlumptheit etwas kosten. Eine Jeans mit fabrikgefertigten Rissen kam teuer. Das war der Unterschied zu den 60ern und 70ern. Die waren echt verschlampt gewesen, trugen ihre Sachen selbst ab, Haare waren verfilzt, weil sie nicht gewaschen und gekämmt wurden und nicht, weil ein Starfriseur sich daran zu schaffen gemacht hatte. Dreck und Unordnung waren Protest gegen das Establishment, nicht Styling. Für solchen Luxus hatten sie in den 60ern kein Geld gehabt. Was war das heute? Sie schaute sich den Jungen genau an. Das wilde Aussehen, vielleicht immer noch Protest gegen die Eltern, aber nun auf Kosten und sogar mit dem Segen der Eltern – irgendwie zum Kotzen. »Du weißt doch gar nicht, was cool ist«, sagt ein Junge zu seiner Mutter. »Und ob«, sagt sie. »In teuren Klamotten so aussehen, als sei man arm, behindert und hätte gerade eingekackt.« Diese Karikatur kam ihr beim Anblick des Jungen in den Sinn.

Ein Mittvierziger setzte sich in einem schlecht sitzenden Anzug auf den freien Platz neben ihr. Aus seinem Aktenkoffer holte er ein Manuskript, das er sorgfältig durcharbeitete, indem er mit Kugelschreiber Notizen an den Rand schrieb. Ana riskierte einen Blick und las die in fetten Buchstaben gedruckte Überschrift:

»Weitere Einflussfaktoren auf den Drahtwurmbefall«

Was war ein Drahtwurm? Mit einem vorsichtigen Blick aus den Augenwinkeln musterte sie das blasse, bebrillte Gesicht des Mannes. Dann war die Frage beantwortet. Ein Drahtwurm, dachte sie und nahm ihren Krimi zur Hand – ein echtes Scheißbuch, das merkte sie nach ein paar Seiten. Es wurde so viel Mist gedruckt. Wenn man bedachte, mit welcher Mühe und welchem Aufwand die ersten Bücher entstanden und wie kostbar einst der Besitz eines Buches war, wie glücklich sich jemand geschätzt haben musste, ein Buch lesen zu dürfen, dann war es einfach zum Verzweifeln, welche Scheiße es mittlerweile wert war, gedruckt zu werden. Jeder Depp veröffentlichte seine Memoiren, jeder Politiker hielt seine Gedanken für wichtig genug, um sie der Menschheit in Buchform zu präsentieren. Natürlich hatte auch er ein Buch geschrieben oder schreiben lassen. »Mein Weg« hatte es geheißen oder so ähnlich. Selbstverständlich hatte sie es nicht gelesen. Sie wusste mehr von seinem Weg, als er in diesem Buch zugeben würde. Natürlich hatte er sie begierig nach ihrer Meinung gefragt:

»Wie hat dir mein Buch gefallen?«

»Ich kann nichts Negatives sagen, da ich es nicht gelesen habe«, antwortete sie und erntete für die Bemerkung ein beleidigtes Gesicht.

»Es ist kränkend, dass du dich nicht für meine Dinge interessierst«, beschwerte er sich.

»Warum sollte ich es lesen? Du glaubst doch nicht im Ernst, dass dein Leben tatsächlich von übergeordnetem Interesse ist. Sag mir einen Grund, warum ich es lesen sollte.«

»Meine Generation, wir haben in diesem Land etwas verändert.«

Er war in der Studentenbewegung ganz groß herausgekommen. Da hatte sie ihn zum ersten Mal seit den gemeinsamen Kindheitstagen wieder gesehen, im Fernsehen, bei einer großen Protestkundgebung riss er die Klappe auf. Beinahe hätte sie ihn nicht erkannt mit seinen langen Haaren, dem Bart, der das Gesicht überwucherte. Schreiend, mit erhobener Faust wütete er gegen die Imperialisten, gegen die Faschisten und Kapitalisten, sein Gerede völlig unverständlich, voll von Ismen. Der Hass verzerrte sein Gesicht. Sie wusste, welcher Hass ihn trieb. Schließlich hatte sie ihn gekannt, als er ein kleiner Junge war. Trotzdem war es seine beste Zeit gewesen, die 70er Jahre. Sein Weg verständlich, konsequent, wenn man seine Kindheit betrachtete. Auch die paar Steine, die er geschmissen hatte, durchaus nachvollziehbar. Ana fürchtete nur, er hatte sich für Kieselsteinchen entschieden, von Anfang an. Er hatte sich immer verschiedene Optionen offen gehalten.

Der Schaffner verlangte den Fahrschein des Jungen. Folgsam zog der sein Ticket hervor:

»Zweiter Klasse!«, registrierte der Kontrolleur.

»Ach so, ist das die Erste hier?« Der Junge wurde rot, stand auf und verzog sich ohne Protest – braves Kind. Ein Irrtum, kein Aufstand gegen das Klassensystem. Schade. Ana hatte sich mehr Vorstellung erwartet. Da zog er hin, in seiner luxuriösen Schlampigkeit.

Sie schaute aus dem Fenster auf den schönen deutschen Wald, der im Sonnenlicht nett anzuschauen war. Nett, die sauberen Häuschen. Ob die Leute darin nett waren, mochte sie nicht beurteilen. 30 Jahre zuvor hätte sie die Frage vielleicht mit einem »Ja« beantwortet. Heute traute sie den Menschen nicht mehr. Im Grunde hausten in diesen hübschen Häuschen kleine Monster. Sie mussten nur geweckt werden. Eine Kleinigkeit reichte. Ein paar Türken zu viel im Land, der Job in Gefahr, das Auto des Nachbarn größer als das eigene. Was wusste sie – sie hatte Armut nie gekannt, keine Ahnung, was sie aus Menschen machte. Trotzdem – sie misstraute der Idylle, jeder Idylle. Nicht aus Pessimismus, sondern aus Erfahrung.

An der nächsten Station stiegen zwei Polizisten mit einem Schäferhund ein. Sie musterten die Passagiere, als suchten sie nach jemandem. Ana fühlte sich unwohl. Sie traute ihm einiges zu. Vielleicht mobilisierte er den Bundesgrenzschutz, Bundeskriminalamt, Bundesnachrichtendienst, Staatssicherheit – ach, die gab es ja nicht mehr, offiziell jedenfalls nicht, also einfach irgendwelche Bullen. Keine Ahnung, die Macht hatte er. Er war nicht der Typ, der sich seinen Besitz nehmen ließ, nicht mehr. Vielleicht litt sie unter Paranoia, aber sie hatte das alles schon erlebt. Ihr erster Mann verfolgte sie, als sie ihn verließ – mit Privatdetektiven, mit nächtlichen Anrufen, mit fiesen Typen, die wie Zuhälter aussahen. Für ein paar Monate heuerte ihr Vater zwei Bodyguards für sie an. Manche Männer betrachten Frauen als Besitz. Wieso wurde gerade sie immer wieder von solchen Kerlen heimgesucht? Natürlich kannte sie den Grund. Ihre Unabhängigkeit reizte gewisse Männer bis aufs Blut, auch wenn der Zorn nicht bei jedem solche Ausmaße annahm wie bei ihrem Ehemann. Er geriet derartig in Wut, dass er eines Tages mit einem Herzinfarkt über einem Kräuterlammrücken zusammenbrach. Er hatte sie in ein Restaurant verfolgt, in dem sie mit einem Freund aß. Sie wusste nicht, ob ihr Ex-Mann damals kein Geld mehr für die teuren Spitzel hatte, oder ob er den Spitzeln nicht mehr traute, auf jeden Fall kümmerte er sich eines Tages selbst um die Beobachtung. Im Pariser Restaurant »La Coupole« nahm er einen kleinen Ecktisch ein und ließ Ana und ihren Begleiter nicht mehr aus den Augen. Sie tat, als ob sie ihn nicht bemerkte, und flirtete mit dem Freund, der tatsächlich nur ein netter alter Bekannter war, schwul zudem. Sie dort flirtend sitzen zu sehen, ging ihrem Verflossenen so nah, dass er auf der Tischplatte zusammenbrach. Als Grund vermutete man eine Austernvergiftung; er hatte Austern als Vorspeise mehr in sich hineingestopft, als genossen. Ein Krankenwagen brachte ihn mit Blaulicht in die »Charité«, aber jede Hilfe kam zu spät, da es sich eben nicht um eine Austernvergiftung handelte, sondern um einen Herzinfarkt. Ana wusste nicht, ob sie ihn beneiden oder bedauern sollte. Einerseits war er beim Genuss eines köstlichen Mahls gestorben, was wollte man mehr; andererseits musste ihn im Moment des Todes bohrender Hass gegen seine Ex-Frau gequält haben. Anstandshalber übernahm sie seine Rechnung: eine Flasche Chablis, die Austern und den Lammrücken, obwohl er ihn nur halb aufgegessen hatte, dazu ein königliches Trinkgeld für die Unannehmlichkeiten, die ihr hinscheidender Ex-Mann dem Restaurant bereitet hatte. Der Kellner betonte mit traurigem Gesicht, die Austern seien frisch gewesen, was sie ihm glaubte. Sie selbst hatte sie an diesem Abend verzehrt, sie waren vorzüglich gewesen.

Die Beerdigung fand in Hamburg statt. Sie nahm natürlich teil – wegen der Kinder, aber ohne zu behaupten, dass sie sehr trauerte. Sie spendete keinen Kranz. Sie konnte diese Kränze nicht leiden und was sollte sie auf das kleine Fähnchen schreiben? »In stiller Verbundenheit«, »In alter Treue«, »Ein letzter Gruß«? Im Grunde war sie froh, sich nun nicht mehr nach möglichen Verfolgern umdrehen zu müssen. Die Bodyguards entließ sie. Ana atmete auf.

Noch einmal musterte sie die zwei Polizisten im Zug und beschloss, vorerst nicht misstrauisch zu sein, denn er konnte ja von ihrem Weggang nichts wissen. Sie spürte das Geldbündel in ihrer Gesäßtasche. Da saß sie, ihre Unabhängigkeit, dick und stark. Was für ein wohltuendes Gefühl.

*

München munterte sie auf. Als Ana in den Bahnhof einfuhr, verspürte sie eine Vorfreude auf Leberkäs und Weißwürste mit einem eiskalten Weißbier im »Franziskaner«. Es ging hier lustiger und gemütlicher als im Norden zu. Vielleicht eine falsche Idylle, sicherlich, aber es war ihr egal. Sie fühlte sich wohl in München. Sie ging in einen Biergarten, setzte sich zu Leuten an den Tisch und redete mit ihnen über Gott und die Welt, vorsichtshalber nicht über Politik, das konnte den gut gelaunten Besucher in seiner München-Euphorie auf der Stelle ernüchtern. Sie kannte jede Menge Leute in der Stadt, aber sie rief niemanden an. Keine Lust auf dumme Fragen. Die meisten ihrer Freunde wussten zwar nichts von ihm und ihr, nur Irene war eingeweiht, sie war einmal in Anas Wohnung in den Kanzler hineingestolpert, oder er in sie. Ein dummer Zufall, ein ärgerlicher Unfall. Sonst wusste niemand Bescheid – wenn Irene ihr Maul gehalten hatte. Die Sache gehörte nicht an die große Glocke. Im Gegenteil – top secret! Schließlich war er verheiratet. Ein Verhältnis machte sich nicht gut in seiner Position. So was verschreckte Wähler. Millionen Arbeitslose verzweifeln, und der Kanzler vergnügt sich in fremden Betten, zu allem Überfluss in einem Luxusappartement Unter den Linden. Das passte nicht in die Zeit und nicht in die Partei. Seine Wähler waren Mieter von Sozialwohnungen und Reihenhausbesitzer in den Vorstädten. Ana hatte nie verstehen können, warum SPD-Wähler glaubten, dass ihre Sorgen besser aufgehoben waren in den Händen von Leuten, die sich aus kleinsten Verhältnissen hochgearbeitet hatten. Das waren doch die Verführbaren. Schaut ihnen in die Augen, wenn sie in die fetten Mercedes-Limousinen steigen. Sie finden es wirklich erregend, wenn ihnen ein Fahrer den Verschlag aufreißt. Schaut doch richtig hin, hätte sie den Wählern gern zugerufen. Dieses selbstzufriedene Lächeln dieser Aufsteiger, Ana meinte, ihre Gedanken lesen zu können: Mein Gott, ich hier neben dem amerikanischen Präsidenten, auf dem Weltwirtschaftsgipfel, auf der Regierungsbank, ich kann's selbst kaum fassen. Manchmal wartete sie darauf, dass ein Politiker in die Kamera winkte, um die Oma zu grüßen. Ein Bodyguard links, einer rechts. Ein Minister, der sich aus kleinsten Verhältnissen hochgearbeitet hatte, bekam das Glänzen in die Augen. Diese Panik im Blick, wenn sie daran erinnert wurden, dass man ihnen das alles wieder nehmen konnte. Das machte sie zu allem bereit, zu jeder Schweinerei. Bloß nie wieder dahin, wo man hergekommen war.

Er war verliebt, vielleicht sogar unsterblich verliebt, aber nicht so kopflos, sein Amt zu riskieren. Gerüchte um Affären hatte es in seiner Karriere immer wieder gegeben und in der Zeit mit Ana rumorte es in der Berliner Journalistenszene. Die Reporter der einschlägigen Klatschblätter hielten ein wachsames Auge auf ihren Kanzler. Er war bekannt dafür, kein Kostverächter zu sein. Ein bisschen Tratsch hier und da, ein paar Geschichtchen hinter vorgehaltener Hand erzählt, störten ihn nicht, im Gegenteil. In den Augen der Wähler, vor allem der Wählerinnen, machten sie ihn interessant. Ein Frauentyp hatte mehr Sex-Appeal als ein blasser Bürokrat, aber schwarz auf weiß gedruckt, konnte er Stories, die der Wahrheit zu nahe kamen, nicht gebrauchen. Mehr als drei Ehen verziehen ihm selbst die Toleranten nicht. Wenn es in der Gerüchteküche zu sehr brodelte, reagierte Uwe Henning. In der kritischen Zeit brachte er es fertig, mitten in einem Fernsehinterview einen Anruf auf seinem Handy entgegenzunehmen. Er entschuldigte sich kurz bei dem Moderator und rief ins Telefon:

»Dagmar, sorry, ich bin im Interview, ich melde mich später, geht's dem Hund gut, prima, ich liebe dich.« Dagmar war seine Ehefrau. Ana erlebte die Szene live im Fernsehen. Erst brach sie in schallendes Gelächter aus. Später wurde ihr kotzübel. Keine Eifersucht, nein, aber die aufsteigende Verachtung schlug auf den Magen. Wahrscheinlich war seine Frau nicht mal in der Leitung gewesen, eher sein persönlicher Referent, oder seine Sekretärin hatte den Auftrag erhalten, ihn zu einer verabredeten Zeit anzurufen. Eine gute Show. Insbesondere vor Wahlen überließ er nichts dem Zufall. Wahrscheinlich rührte er die Zuschauer, zumindest die weiblichen, mit der Showeinlage zu Tränen. Ana stellte sich lebhaft vor, wie die Damen schluchzend ihre Taschentücher zogen, sich die Tränen trockneten, um dann ihren groben Ehemännern eine Szene zu machen, weil die nicht mal hinter der geschlossenen Schlafzimmertür ein solches Geständnis über die Lippen brachten. Wenn die tiefe Rührung dazu führte, dass Frauen bei der nächsten Wahl ihr Kreuzchen bei seiner Partei machten, schickte er dem PR-Berater eine Kiste Champagner. Die Linken liebten Champagner. Bei Kaviar und Champagner schmolzen sie dahin. Sie hatte das von ihrem Vater gelernt. Wenn der etwas von den Politikern wollte, floss der Champagner in Strömen – es funktionierte.

Ana wusste, wo Uwe Henning herkam. Sein Vater war Hausmeister, Fahrer, Gärtner in der Villa ihrer Nachbarn gewesen; die Mutter putzte das Haus, kochte, kaufte ein. Seine Familie bewohnte zwei Zimmer im Souterrain. Und er, der einzige Sohn, war so alt wie sie gewesen, Ana und ihre beiden Brüder. Oft spielten sie mit ihm. Aber die Art, wie er vor ihrer Tür stand in seinen zu kurzen Hosen, den bescheuerten Sandalen, den hängenden Schultern zeigte, dass er um die Unterschiede wusste. Ihnen war das doch egal gewesen. Sie saßen am oberen Ende. Er spielte im Garten Fußball mit ihren Brüdern und half Ana in ihrem Kaufmannsladen, das mochte er sogar lieber. Immer hatte er am Personaleingang geklingelt, hinten an der Küche, als ob er um seinen Platz in dieser Welt wusste. Durch das große Hauptportal sah sie ihn nie kommen. Sie erinnerte sich an die Art, wie er die Füße abputzte: zweimal, dreimal, viermal, um im Haus keinen Schmutzfleck seiner untergeordneten Existenz zu hinterlassen. Wer ihn damals genau beobachtete, sah schon den trotzigen Blick, den er sofort senkte, wenn Anas Mutter den Raum betrat. Nie schaute er ihr in die Augen. Wenn sie ihn ansprach, flirtete er mit seinen Schuhspitzen oder schielte an ihr vorbei auf ein Bild an der Wand. Doch er war begabt, viel schlauer oder einfach nur fleißiger als Ana und ihre Brüder. Er war ehrgeizig und sehr witzig, wenn er sich nicht zu unwohl in seiner Haut fühlte, zu bedrängt von dem sozialen Unterschied. Er ging in ihre Klasse. Da war er immer der Primus. Faulheit konnte er sich nicht leisten. Die war der Luxus der Reichen. Anas Vater hatte vor der

Leistung des Nachbarjungen große Hochachtung. Vielleicht, weil er sie bei seinen eigenen Söhnen vermisste. Nach dem Tod des Vaters fand Ana Unterlagen, aus denen hervorging, dass der Vater Uwe Henning während seines Studiums unter die Arme gegriffen hatte. Selbst als er in seiner Studentenzeit auf die Barrikaden ging, hatte der Vater ihn unterstützt. Die Überweisung war jeden Monat pünktlich hinausgegangen. Sie konnte sich erinnern, dass der Vater, als er von Hennings antikapitalistischen, antiimperialistischen Aktivitäten hörte, nur schmunzelte. Einmal sagte er:

»Ihr werdet sehen, der Junge wird es ganz nach oben schaffen.« Dabei warf er einen kritischen Seitenblick auf seine Söhne, die verlegen grinsten. Kinder hassen es, wenn man ihnen leuchtende Vorbilder vor die Nase hält.

Anas Vater war Bankier. Ihm gehörte eine Bank. Allerdings begann er erst mit 43 Jahren, als sein älterer Bruder starb, die Bank zu führen. Er gab das elegante Leben als Landjunker auf. Damals zog die Familie nach Hamburg um. Den Söhnen war der Vater also lange kein leuchtendes Vorbild gewesen. Wahrscheinlich hatten sie gemeint, sie könnten sich ebenso viel Zeit lassen wie er. Es lief anders. Anas älterer Bruder fuhr sich beim Autorennen zu Tode. Er wollte in Monte Carlo gewinnen, unbedingt. So ist das eben bei den Söhnen reicher Leute: Ehrgeiz entwickeln sie immer nur in den brotlosen Künsten. Hauptsache, die Ziele liegen möglichst weit von den Vorstellungen der Väter entfernt. Ana war bei dem Rennen dabei. Danach sollte eine riesige Party starten, eine Siegesfeier. Stattdessen brachten sie ihren Bruder mit Blaulicht ins Krankenhaus. Ana erfuhr nie, ob er dort überhaupt lebend ankam. Er war mit 300 Stundenkilometern aus der Kurve geflogen. Sie stand auf der Tribüne, sah nur Rauchwolken, sah, wie sie ihn aus dem brennenden Auto zogen.

Ihr jüngerer Bruder stürzte bei einem Polospiel vom Pferd und wachte, von den Lenden abwärts gelähmt, im Krankenhaus auf. Seither lebte er an der Côte d'Azur und fand immer wieder eine schöne Frau mit Krankenschwesterkomplex. Wie Ana hörte, hatte er es zu hoher Geschicklichkeit mit Zunge und Händen gebracht. Es musste etwas an dem Gerücht dran sein, denn als sie ihn das letzte Mal in seinem Haus besuchte, hielt er sich eine 25-jährige Blondine an seiner Seite, eine vollbusige Schönheit mit einem geheimnisvollen Sex-Appeal, eine attraktive junge Frau, die den Bruder mit ihren feurigen Blicken verschlang. In einer Vollmondnacht, Ana konnte nicht schlafen, seit ihrer Kindheit trieb es sie in Vollmondnächten um, tapste sie barfuß durch den Garten, rauchte und redete mit den Sternen. Den ganzen Tag war es stickig und drückend gewesen. Ein Gewitter hatte über dem aufgeheizten Land gehangen, aber abends war ein frischer Wind vom Meer herangeweht. Sie rissen alle Fensterläden auf, um die kühle Brise ins Haus zu lassen. Da hörte Ana ein unterdrücktes, lustvolles Wimmern durch das Fenster. Sie konnte fühlen, wie das Mädchen da oben unter den Händen ihres Bruders schmolz. Ihr seltsamer Bruder in seinem halben Körper machte sie neugierig. Was mochte er fühlen bei der Liebe? Warum fragte sie das überhaupt? Ana war doch diejenige, die darauf bestand, dass sich Erotik zwischen den Ohren abspielte. Und nun zweifelte sie an den Gefühlen ihres Bruders, nur weil er in einem tauben Unterleib steckte. Trotzdem blieb sie neugierig. Wie mochte es sich für ihn anfühlen, wenn er die Frauen zum Glühen brachte? Zu gern hätte sie es erforscht, aber sie war seine Schwester. Was hielt sie eigentlich ab? Gesellschaftliche Normen hatten Ana nie interessiert. Die Mitglieder ihrer Familie gehörten sowieso einer aussterbenden Spezies an. Aus dem Schlafzimmer über ihr drang ein letztes, nicht enden wollendes Jauchzen, das keinen Zweifel daran ließ, dass zumindest ein Mensch dort oben zufriedengestellt war.

»Nach einer Liebesnacht ist er oft mürrisch und übellaunig, einfach nicht zum Aushalten«, erzählte ihr eine seiner zahlreichen Freundinnen, die er verlassen hatte. Er wechselte die Frauen häufig. Die Verlassene war untröstlich.

Die beiden Unfälle ihrer Brüder ereigneten sich im Abstand von zwei Jahren. Danach änderte sich alles. Anas Mutter verfiel in tiefe Trauer, mit der sie langsam in den Tod hinüber glitt. Ihr Vater mutierte zu einer Maschine: arbeiten, essen, schlafen. Sonst nichts. Mit den Jahren wurde er immer seltsamer, führte Selbstgespräche, wanderte nachts durch das Haus und kämpfte mit den Geistern der Toten. Die im Haus lebende Tante verwandelte sich in ein Gespenst, das in der Zeit vor den Unfällen lebte. Sie war glücklich, weil sie die Katastrophen aus ihrem Gedächtnis radiert hatte. Ana verzweifelte in diesem Irrenhaus, trauerte um ihre Brüder, die sie geliebt hatte, raste und verfiel in Depressionen, aber sie war jung und wollte leben, also lebte sie. Die Wunden heilten, vernarbten. Die Erinnerung schmerzte, aber sie lebte dagegen an, lebte das Leben wütend und gefräßig, um der Erinnerung möglichst wenig Raum zu geben.

KLAUS BARTELS

Bartels hatte den Auftrag, die Frau zu beschatten, nicht rund um die Uhr, aber er sollte sie durchleuchten, auf Herz und Nieren prüfen, die Vergangenheit möglichst lückenlos rekonstruieren, ein bisschen schauen, was sie momentan so trieb. Als die Frau das Haus Unter den Linden verließ, folgte Klaus Bartels ihr im Abstand von 20 Metern. Er trug einen grauen Anzug ohne Muster, eine dezente, blau-weiß gestreifte Krawatte, die mittelbraunen Haare kurz geschnitten, eine Brille mit dünnem Drahtgestell, in der rechten Hand hielt er einen schwarzen Aktenkoffer. Er sah aus wie all die anderen Geschäftsleute mittleren Alters, die mit ihm im Strom liefen oder ihm entgegenkamen. Er brauchte sich nicht zu tarnen, nicht hektisch in Hauseingänge springen oder das Gesicht hinter einer Zeitung verstecken, er wurde nicht wahrgenommen.

Merkwürdigerweise war das immer so gewesen. In seiner Kindheit verbrachte er Stunden auf einem Spielplatz, ohne dass ihn ein einziges Kind zum Mitmachen aufforderte. Einmal war er von Zuhause verschwunden und seine Mutter suchte ihn, fragte überall herum, ob man ihren Sohn gesehen habe. Sie erntete nur Kopfschütteln, obwohl Klaus die ganze Zeit auf dem Spielplatz, auf dem sie sich umhörte, herumgestanden hatte. Während Klaus Bartels selbst nicht wahrgenommen wurde, konnte er jedes einzelne Kind auf dem Spielplatz genauestens beschreiben: die Haarfarbe, die Gesichtszüge, einen

Leberfleck am Hals, die Kleidung, das Verhalten, alles hätte er berichten können. Denn während die anderen ihn nicht sahen, beobachtete er mit scharfem Blick seine Umwelt. Er gab schon als Kind Auskunft, wann genau der Briefträger die Post eingeworfen hatte, welchen Gesichtsausdruck er dabei gehabt, welche Farbe seine Socken und was er zu der Nachbarin gesagt hatte. Bei einem Familientreffen sprach er nur, wenn er gefragt wurde, imitierte aber hinterher gekonnt Tante Mias Fistelstimme und Onkel Herberts donnerndes Lachen. Seine Beobachtungsgabe und sein gutes Gedächtnis halfen ihm in der Schule, meist brachte er exzellente Noten mit nach Hause. Musik lag ihm nicht sehr, und er war kein Ass im Sport, aber sonst standen in seinem Zeugnis nur Einser und Zweier. Den Kunstunterricht liebte er, es war sein bestes Fach. In seinen Bildern hielt er seine Beobachtungen fest, am liebsten zeichnete er Porträts: lachende Gesichter, verzweifelte, traurige, schöne und hässliche, er bannte sie alle aufs Papier. Beim Zeichnen versuchte er, die Menschen zu verstehen. Auf dem Gymnasium unterrichtete ihn ein Kunstlehrer, der sein Talent erkannte und förderte und der eine fast freundschaftliche Beziehung zu dem verschlossenen und schweigsamen Jungen aufbaute. Dieser Kunstlehrer drängte Klaus Bartels zu einem Studium an der Kunstakademie. Vorher absolvierte er seine Bundeswehrzeit. Er hatte eigentlich keine Lust dazu, aber wollte sich nicht drücken. Warum er seine Bundeswehrzeit bei den Gebirgsjägern verbrachte, daran erinnerte er sich nicht mehr genau. Sein Vater plädierte wohl dafür. Er schloss die Grundausbildung erfolgreich ab, bekam sogar exzellente Ergebnisse im Sport. Das lag vor allem an seiner Begabung für Judo und Karate. Seine gute Beobachtungsgabe machte

Bartels den Gegnern überlegen. Er wusste im Voraus, was sie im Schilde führten. Bald übertraf er sogar seine Lehrer. Bartels fand Gefallen an den beiden Sportarten, ihm gefiel die Fähigkeit zur Körperbeherrschung. Die Kontrolle über seine Gegner gab ihm das Gefühl der Sicherheit. Seine Vorgesetzten schätzten seine Fähigkeiten und hätten ihn gern für eine Militärlaufbahn verpflichtet, aber Bartels hegte den Traum vom Kunststudium. Er merkte auch, dass er nicht hineinpasste in diese Männerwelt mit ihrer lauten Kameradschaftlichkeit, den fröhlichen Saufgelagen und den von Testosteron strotzenden Gesprächen. Er bewarb sich an mehreren Hochschulen und erhielt einen Platz an der Düsseldorfer Kunstakademie, den er annahm. Es war seine beste Zeit. Er liebte das Studium und knüpfte sogar einige Freundschaften. Obwohl zwischen ihm und seinen Freunden nie die Nähe wuchs, die sie vielleicht wünschten. Klaus Bartels brauchte einen gewissen Abstand zu Menschen. Beziehungen zu Frauen entwickelten sich deshalb nie zu deren Zufriedenheit. Er war einmal für kurze Zeit verheiratet, aber seine Ehefrau wollte nach einem Jahr die Trennung. Sie hielt es nicht aus, dass Bartels sich ihr nicht anvertraute.

»Du bist für mich während unserer Ehe ein Fremder geblieben«, klagte sie und verschwand aus seinem Leben.

Sie hatten kein Kind in die Welt gesetzt. Dafür war Bartels dankbar. Er war sich nicht sicher, ob er einem Kind Zutrauen entgegenbringen könnte. Immer wieder pflegte er kurze Verhältnisse zu Frauen, aber bevor sie ihm zu nahe kamen, flüchtete er. Für seinen Bedarf wären eigentlich Huren das Beste gewesen, aber er verabscheute Sex als käufliches Gut. Eine kurze Liebesaffäre mit einer Kneipenbekanntschaft war ihm lieber. Immerhin gab es dabei ein gegenseitiges Begehren. Manche Frauen mochten ihn; sie fühlten sich angezogen von der Aura des einsamen Wolfes.

Sein Studium schloss er erfolgreich ab, bekam sogar eine Assistentenstelle bei seinem Professor, einem über die Grenzen bekannten Maler, angeboten, aber er entschied sich dagegen. Während seines Studiums hatte er weiter an der Vervollkommnung seiner Karate- und Judokunst gearbeitet. Er gab mittlerweile Kurse und kam dadurch in Kontakt mit den Leuten vom Verfassungsschutz. Menschen zu beobachten, war immer seine Leidenschaft gewesen. Sie bezahlten ihn dafür. Er hörte nie auf, die Menschen, die er beobachtete, zu malen, versuchte auf diese Weise, hinter das Geheimnis ihrer Seelen zu schauen. Von seinen Eltern hatte er ein kleines Bauernhäuschen oberhalb des Comer Sees geerbt. Dorthin zog er sich zurück, um seine Skizzen zu verarbeiten. Mit der Zeit entstand ein umfangreiches Werk, das er einer Mailänder Galerie präsentierte. Der Galerist war begeistert und seine erste Ausstellung unter einem Künstlernamen ein Erfolg. In Italien baute er sich eine Existenz auf, die mit seiner deutschen nichts zu tun hatte. Niemand in Mailand ahnte etwas von seiner Arbeit im Heimatland, und Bartels sorgte dafür, dass es zu keinen Überschneidungen kam. Da er anfing, mit seinen Bildern Geld zu verdienen, hätte er den Job für den Verfassungsschutz eigentlich an den Nagel hängen können, aber man bot ihm eine Arbeit auf Honorarbasis an, Spezialeinsätze. Diese Art von Aufträgen reizte ihn. Vielleicht war er sogar ein wenig süchtig danach, Menschen hinterherzurennen, sich in ihre Gedanken einzuschleichen, möglichst vor ihnen zu wissen, was sie gleich tun würden. Er schlug also ein.

Die Frau war ein gewisses Problem. Ihre Verfolgung erwies sich als ungewöhnlich schwierig. Das lag daran, dass sie selbst oft nicht zu wissen schien, was sie als Nächstes tun würde. Manchmal verließ sie morgens das Haus, nur in Jeans und Pullover, keinen Koffer dabei, nicht einmal eine Handtasche, schlenderte Unter den Linden entlang Richtung »Café Einstein«, kaufte sich auf dem Weg eine »FAZ«, manchmal die »Süddeutsche«, den »Herald Tribune«, »Le Figaro« oder die »taz«. Nicht einmal bei der Wahl ihrer Zeitung war sie zuverlässig. Dann setzte sie sich in das Café und frühstückte. Plötzlich, als habe eine der Nachrichten sie inspiriert, sprang sie auf, zog Geld aus einer ihrer hinteren Hosentaschen, bezahlte, eilte hinaus, am Ausgang einem Taxi winkend, mit dem sie zum Flughafen fuhr, um dort in einen Flieger nach Hamburg oder München oder sonst wohin zu steigen. Genau das machte die Jagd schwierig und spannend. Die Gedanken der meisten Menschen waren durchschaubar. Es wurde schnell langweilig, sie zu beschatten. Die Frau war anders. Er hatte sie mehrfach gezeichnet, um ihrem Wesen auf die Spur zu kommen. Mit dem Bleistift gelang es ihm am besten, ein Gesicht zu erforschen. Fast selbstständig schien der Bleistift in der Hand die Linien, die ein Gesicht ausmachen, zu finden. Bei dieser Frau glückte es ihm nicht. Die Zeichnungen erfassten nicht ihre Seele, immer stimmte etwas nicht. Es gelang ihm gut, ihre lässige Luxuriösität einzufangen. Ihre knapp schulterlangen Haare trug sie immer leicht wirr um den Kopf. Aber wenn man genau hinschaute, erkannte man, dass sie von einem exzellenten Friseur geschnitten waren. Ihre klaren blauen Augen wirkten manchmal müde, etwas überdrüssig, aber an anderen Tagen hellwach und lebensfroh. Sie war schön, aber nicht von dieser ebenmäßigen Schönheit, und gerade diese kleinen Störungen der Perfektion machten ihr Gesicht für einen Maler spannend: die ein wenig zu große, gebogene Nase, der volle Mund, perfekt die geschwungenen Augenbrauen, die hohe Stirn, das Kinn vielleicht ein wenig zu kantig, aber herrlich der lange Hals. Sie war nicht einzufangen in einem Porträt, weil nichts an ihr eindeutig war, nichts bestimmbar, der Ausdruck ihres Gesichts nicht fassbar, wenn sie lachte, weil eine Traurigkeit in den Augen das Lachen konterkarierte und auch die Traurigkeit nie nur Traurigkeit, weil Selbstironie mitschwang. Im Zorn steckte meist ein wenig Lachen und in der Zärtlichkeit Spott. Wie sollte man das malen?

ANASTASIA

Am Bahnhof wartete ein unauffälliger Typ, der ihr verdächtig vorkam. Seit der unerfreulichen Sache mit ihrem Ehemann konnte sie es sich nicht verkneifen, hin und wieder hinter sich zu blicken, eine schnelle Absicherung, eine kurze Vergewisserung, dass ihr niemand auf den Fersen war. Es wunderte sie, als der unscheinbare Mann ihr plötzlich folgte, obwohl er eben noch auf jemanden zu warten schien. Ana ärgerte sich darüber, wie sehr die alte Geschichte ihr in den Knochen steckte, dieses Gefühl, beobachtet zu werden. Eigentlich war sie darüber hinweg gewesen, aber seit ein paar Monaten litt sie wieder unter Verfolgungswahn, wenn es denn ein Wahn war. Sie sprang in ein Taxi, sagte die Adresse und drehte sich schnell noch einmal um. Den Mann entdeckte sie nicht mehr. Das Misstrauen war furchtbar, aber sie kannte ihn. Sie hatte lange darüber nachgedacht, überlegt, ob sie ihn für fähig hielt, ihr nachzuspionieren. Sie kam zu dem Schluss, dass ihm alles zuzutrauen war. Der Weg von unten nach ganz oben war lang und steinig. Wenn man nur über ein Leben verfügte, musste man alles wagen und zu allem bereit sein. Warum nur hatte sie sich auf ihn eingelassen? Eine Laune, ein Moment der Schwäche, oder hatte sie das schlechte Gewissen gequält? Er hatte sie geliebt – schon als kleiner Junge: bewundert, verehrt, angebetet. Zu einem Geburtstag, war es der zehnte oder elfte?, brachte er ihr ein Geschenk. Sicher wollte sie damals nicht grausam sein, sie wollte ihn nicht kränken, nichts von dem, aber sie hatte die Gabe nicht wirklich beachtet, auch nicht geahnt in ihrer dummen Verwöhntheit, was es für ihn bedeutete, ihr diesen kleinen Porzellanelefanten zu schenken. Später einmal, als sie die Figur in der Ecke einer Schublade fand, fiel ihr sein Blick ein. Er hatte ausgesehen wie ein geprügelter Hund. Ana hatte es nicht böse gemeint, sie war achtlos gewesen, und das war schlimm genug. Das konnte er ihr vorwerfen. Den kleinen Elefanten hütete sie seither. Wo immer sie gerade wohnte, stellte sie den Elefanten auf, sodass sie ihn nicht aus den Augen verlor. Er sollte sie mahnen, nie wieder einen Menschen mit ihrer Achtlosigkeit zu verletzen. Vielleicht wollte sie ihn nicht ein zweites Mal kränken. Es mochte die Wahrheit sein. Sie wollte ihn nicht noch mal als geprügelten Hund davonziehen sehen. Dabei war die Situation, als sie sich ein paar Monate zuvor begegneten, so anders. Er war schon Kanzler, aber ihr gegenüber dieser Blick von unten, das Ausweichen, das angestrengte Fixieren der Schuhspitzen. Ana ertrug das nicht, ließ ihn in ihre Wohnung, ließ ihn ihre Hand halten und streicheln. Sie wollte, dass er ihr endlich gerade in die Augen schaute. Deshalb hatte sie sich auf die Sache eingelassen. Vielleicht war das der Grund. Es hatte in diesen Monaten auch andere Sachen zwischen ihnen gegeben, ein merkwürdiges Spiel um Macht und diesen Wahnsinn, dem sie beide für eine gewisse Zeit verfielen.

OH, DU SCHÖNES MÜNCHEN

In München begab sie sich in den »Bayerischen Hof«. Da konnte sie ohne Gepäck auftauchen. Was zählte, war ihre

Kreditkarte, von der jeder Rezeptionist des Hotels wusste, was dagegen stand. Auf der Maximilianstraße kaufte sie sich ein paar T-Shirts und Blusen, mehr brauchte sie nicht im Moment. Sie hatte keinen Plan, wie es weiter gehen würde.

Vielleicht käme sie in der Badewanne auf gute Gedanken. Sie hörte die Mailbox ihres Handys ab, nicht seinetwegen, nur wegen der Kinder, sie studierten beide in den USA. Es konnte ja immer mal was sein. Eine Nachricht war von ihm.

»Ich sehne mich danach, dich ganz auszufüllen.«

Wo nur hatte er diesen Spruch losgelassen? Er musste auf der Toilette gesessen haben, sonst war er doch den ganzen Tag nirgends allein. Was für ein beschissener Satz. Immer diese Allmachtfantasien. Ihr Inneres so ausfüllen, dass von ihr nichts übrig blieb. Das könnte ihm so passen. Sie holte sich ein Weizenbier aus der Minibar, versuchte, es mit einem gekonnten Schwung in das Glas zu gießen. Es misslang. Der Schaum tropfte auf den Boden. Sie rieb ihn mit dem Fuß in den Teppich. Während das Badewasser einlief, streckte sie sich in einem Sessel aus und genoss das Gefühl, unerreichbar zu sein.

*

Sie ahnte damals nicht, dass es kein Zufall war, als sie sich nach über zehnjähriger, gar 15-jähriger Funkstille begegneten. Damals war er seit Langem Kanzler. Über zwei Jahre war das her oder eher eine Ewigkeit. Mit der Macht im Rücken fühlte er sich stark genug, auf sie zuzugehen. Es war bei einem Empfang zu Ehren des französischen Präsidenten. Ana bekam alle naslang solche Einladungen.

Die meisten sagte sie ab. Die selbstgefälligen Monologe von Politikern hatte sie lange satt, und französische waren eher schlimmer als deutsche, weil der Franzose an sich eitel ist, selbstgefällig bis zum Erbrechen. Genau deshalb waren Franzosen, entgegen anderslautenden Gerüchten, keine guten Liebhaber. Sie lebten in der Beziehung von einem Mythos. Ana konnte das beurteilen, schließlich hatte sie lange genug in Paris gelebt. Wie sich die Franzosen ihren Ruf als gute Liebhaber verdient hatten, mochte sie nicht beurteilen. Vielleicht in der Vergangenheit, vielleicht in der Zeit des Rokokos. Für die Neuzeit, zumindest den Abschnitt, den sie verbürgte, gab sie ein vernichtendes Urteil ab. Wie sollte ein eitler Mann als Liebhaber zu Hochformen auflaufen? Maulhuren waren sie, Schwätzer, manchmal galant, bis sie die Frau im Bett hatten. Ab dann begann die Selbstdarstellung. Wenn man dem Franzosen nicht andauernd sagte, was für ein fantastischer Lover er war, konnte man die Beziehung abschreiben. Eine Liebesnacht mit der Vergötterung eines Mannes zu verbringen, war reine Verschwendung. Den Empfang sagte sie also ab. Lieber ging sie mit Freunden in eine kleine Galerie im Osten, die ein paar interessante Künstler betreute.

Dann kam der Anruf eines Referenten.

»Der Herr Bundeskanzler würde sich freuen, wenn Sie sich doch entschließen könnten, zu dem Empfang zu kommen.«

Der Referent klang sehr jung, eher unerfahren. Sie nahm an, dass er diesen Satz so nicht hätte sagen sollen. Nun wusste sie, woher der Wind wehte. Sie wurde neugierig darauf, ihn in seiner neuen Rolle zu begutachten. Sie ließ sich überreden und akzeptierte die Einladung.

»May I introduce you to the french president?«

Die Vorstellung besorgte er persönlich, in sehr geschliffenem Englisch. Er hatte wirklich fleißig gelernt, das hatte er ja immer. Sein Englisch klang gar nicht übel, aber eben wie das Englisch eines Menschen, der nie längere Zeit im Ausland gelebt hatte. Wie auch? Seine Eltern konnten sich derartige Extravaganzen nicht leisten. Ana sprach französisch mit dem Präsidenten, der Mann war schließlich Franzose, sie dachte sich nichts dabei. Sie hatten zu Hause als Kinder mit der Großmama französisch parliert. Ihr Onkel war Botschafter in Frankreich gewesen, sie hatte nach dem Abitur zwei Jahre bei ihm in Paris verbracht. So war das nun mal in Familien wie der ihren. Natürlich sprach sie Französisch. Und dann guckte er wieder auf seine Schuhspitzen. Wie damals, wenn er vor ihrer Mutter stand. Als sie es bemerkte, war es zu spät. Sein Blick, trotzig und widerspenstig wie der des gekränkten kleinen Jungen, der sich einst so deplaciert in ihrem Salon fühlte. Sie musste lachen – unwillkürlich, das hätte sie nicht tun sollen. Später ging ihr auf, dass er sich für diesen Abend vorgenommen hatte, sie zu verführen. Erfolg bei Frauen hatte er durchaus. Drei Ehen und – man hörte dies und das – einige Geliebte. Letztlich ging es doch bei Männern darum. Entweder sie hatten ohne große Anstrengungen Erfolg bei Frauen, oder sie erreichten ihr Ziel über den Umweg, und der hieß beruflicher Erfolg: Macht und Geld. Frauen wollten den Platzhirsch. Er war ganz oben, er konnte sich die Frauen aussuchen. Aber er wollte Ana. Es gab eine offene Rechnung, die allerdings nicht an diesem Abend beglichen wurde. An diesem Abend zog er sich zurück. Sein empfindliches kleines Herz war gekränkt worden. Sie ahnte nichts von dem für den Abend geplanten Großangriff. Sie war schließlich kein Hellseher. Normalerweise bat man sie zu solchen Empfängen, weil sie dem spießigen grauen Politikerhaufen ein wenig Glanz verlieh. Das schmeichelte ihr nicht. Es war kein großes Kunststück, im Kreise der Ministermamsellen zu glänzen. Sie flirtete ein bisschen mit dem französischen Staatschef. Ins Bett ging sie dann mit Per Christiansen, dem schwedischen Botschafter, der sie über eine Stunde lang zum Lachen brachte. Zweimal musste sie deshalb auf der Toilette ihr Make-up in Ordnung bringen. Vor der spitzen Zunge des schwedischen Diplomaten war nichts sicher. Jeder Minister, egal welcher Nationalität, kriegte sein Fett weg. Sie amüsierte sich königlich. Männern, die sie zum Lachen brachten, konnte sie nicht widerstehen.

Per war verwandt mit der schwedischen Königsfamilie, das erklärte seinen Snobismus. Die wenigen Versprengten der alten Welt fanden sich auf solchen Veranstaltungen. In der Diaspora schloss man sich umso fester zusammen. Der Alkohol befeuerte den Witz und die Leidenschaft ihres Botschafters. Die Gemahlin hütete mit einer schweren Grippe das Bett. Gott erhalte uns die Grippeviren, dachte Ana, und genoss durch die kleinen Missetäter ein paar schöne Stunden. Durch das Prickeln des Champagners, es war nicht wirklich Champagner, das konnte man dem Steuerzahler nicht zumuten, und die temperamentvollen Angriffe des gar nicht kühlen Schweden verlor sie die Übersicht. Ihm war aufgefallen, was sich da auf der Ebene der deutsch-schwedischen Diplomatie anbahnte. Einmal noch achtete sie an diesem Abend auf ihn. Da stand er direkt neben ihr und unterhielt sich mit dem deutschen Finanzminister. Sein Blick flackerte unstet; immer wieder trafen seine herumirrenden Augen die ihren. Der ahnungslose Schwede flüsterte ihr gerade ein paar Unanständigkeiten ins Ohr. Der Schwede war gar nicht prüde. Ana gefiel das gut, aber es fand am falschen Ort statt. Wahrscheinlich hatte der Kanzler kein Wort verstanden, aber gesehen hatte er genug. Sie beobachtete sein trotziger werdendes Gesicht, vermutete, es sei wegen des Gesprächs mit dem Finanzminister. Grund genug für Missmut gab es zwischen den beiden. Gab es überhaupt ein anderes Gefühl als Missmut zwischen einem Kanzler und seinem Finanzminister? Später verstand sie, dass sie ihm den Abend vermasselt hatte. Sein schöner Angriffsplan war missglückt.

Die Essenzen im Badewasser belebten sie nach der langen Fahrt. Am nächsten Tag war ihr Geburtstag. Etwas musste geschehen. Doch Freunde anrufen, eine schnell zusammengetrommelte Party? Sie entschied sich dagegen. Es würde Fragen geben, zumindest fragende Blicke. Ana an ihrem 50. Geburtstag plötzlich allein in München! Offiziell wusste keiner von ihrer Beziehung, oder doch? Am Ende waren wahrscheinlich alle bestens informiert, ahnungslos nur die Betroffenen. Wahrscheinlich rümpften sie hinter ihrem Rücken die Nase, diese Snobs. Ein Emporkömmling, ein Sozialist, ein Proletarier. Ihr war das egal. Sie brauchte die Zustimmung ihrer Freunde nicht. Skandale, ein bisschen Tratsch und Boshaftigkeit perlten an ihr ab. Sie hatte wirkliche Katastrophen überstanden, da regte man sich nicht über Kleinigkeiten auf. Und was wussten diese Verwöhnten? Verstand einer von ihnen, wie hart sein Weg nach oben war?

In der Badewanne liegend, überkam sie auf einmal Sehnsucht nach den guten Zeiten, die hatte es gegeben.

Vielleicht war es auch der Körper, der leise rief, der Verstand hatte sich längst von ihm verabschiedet – endgültig. Aber der Körper erinnerte sich an einige unglaubliche Momente, diese Augenblicke des vollkommenen Wahnsinns.

»Schluss jetzt«, befahl sie laut und hörte den hohlen Widerhall der eigenen Stimme, den die gekachelten Badezimmerwände zurückwarfen. »Ich bin durch mit der Sache«, legte sie lauter nach.

AN DER ALSTER

Durch ja, aber ohne Hass. Sie hegte Verständnis für seine Situation, die sie so gut kannte. Etwas in seinem Leben war dumm gelaufen. Es war falsch gewesen, ihn zwischen diesen zwei Villen aufwachsen zu lassen, zwischen den reichen Kindern, die in den Ferien nach Cannes und nach Sankt Moritz reisten, während er in Hamburg hockte und seinem Vater im Garten half. In Hamburg-Altona oder Barmbek wäre es ihm besser ergangen. Einer unter

Gleichen. Die Kinder hätten alle Mütter in Kittelschürzen und mit kleinen, stark dauergewellten Löckchen auf dem Kopf gehabt, die Väter Dreck unter den Fingernägeln. Alle wären sie mittags nach Hause gekommen und hätten »Mohltied« gerufen und »Na, mien Schieter, allens kloor?«

Ana hatte seine Mutter immer gemocht. Sie stand meist in der Küche und kochte deftige Gerichte: Bratkartoffeln mit Speck und Kartoffelauflauf mit Spiegeleiern. Mittags schlüpfte Ana manchmal in die Küche zu Frau Henning. Sie war eine muntere, gesprächige Person. Oft trug sie noch Lockenwickler auf dem Kopf, was ihr aber nicht peinlich war. Sie lachte und sagte:

»Tschülligung, mien Deern, awer dat mutt hüüt mool wedder sien.«

Seine Mutter verfiel gern in das ländliche Plattdeutsch, mit dem sie aufgewachsen war. Ana zuliebe versuchte sie es zwischendurch mit Hochdeutsch, aber dann purzelte die Grammatik durcheinander. Ana mochte es, wenn Mutter Henning Platt sprach. Es klang gemütlich. Sie schwatzte und schaufelte den Kindern riesige Portionen auf die Teller, tratschte ein bisschen über die Verkäuferin bei »Kruizenga«, dem feinen Delikatessgeschäft auf der Maria-Luisen-Straße.

»Den Fru glövt woll, sie is wat Betern, weil sie in so'n feinen Laden arbeitet, in 'ner piekfeinen Schürze mit so scharfen Bügelkanten, aber weißt du, wat die dann zu mir seggt? Ich frag sie, wo die Lachseier stehen, und da seggt sie zu mir: ›Können Sie gar nicht verfehlen, gleich hinter der Säule an einer makaberen Stelle.‹ Wie – segg ich – an eener ganz makaberen Stelle. ›Ja – da hängt so ein Plakat drüber.‹ – Makaberen Stelle? Markant, meinen Sie wohl, segg ik nu wedder. Da kuckt sie mich blöd an, die Kuh.«

Wenn seine Mutter bei »Kruizenga« für ihre Arbeitgeber einkaufte, chauffierte ihr Ehemann sie. Da Hennings kein eigenes Auto besaßen, holte der Vadder, wie sie ihn immer nannte, die große Mercedes-Limousine seines Arbeitgebers aus der Garage. Manchmal sah Ana sie bei dem Laden vorfahren. Es wirkte komisch, aber auch rührend, wenn Frau Henning hinten ausstieg, ganz feine Dame. Für diese Einkäufe richtete sie sich immer sehr schick her, ein altmodisches Hütchen auf dem Kopf, den dunkelblauen Sonntagsmantel an. Uwe Hennings Eltern stammten aus einem Dorf südlich der Elbe, ein Fleckchen irgendwo im Alten Land. Als jüngster Sohn konnte der Vater auf dem elterlichen Bauernhof nicht bleiben, so viele Menschen ernährte die kleine Obstplantage nicht. Eigentlich war er der geborene Landwirt, das merkte man an der Hingabe, mit der er den Garten seines Brötchengebers pflegte. Das Schicksal vertrieb ihn in die Großstadt, wo er nun alle anfallenden Arbeiten in der großbürgerlichen Villa an der Alster verrichtete. Er arbeitete hart und ohne zu klagen, wirkte aber oft mürrisch, besonders, wenn er die Herrschaften in der Fahreruniform kutschieren musste. Man spürte, wie unwohl er sich in seiner Haut fühlte und wie viel lieber er sich im Garten beschäftigte.

Als Ana nicht mehr zu Hause wohnte, ging sie jedes Mal, wenn sie ihre eigenen Eltern besuchte, bei Mutter Henning vorbei, brachte ihr ein gutes Konfekt mit oder ein paar Blumen. Die alte Frau freute sich, wenn sie Ana sah, sagte immer noch »Mien Deern«, als Ana schon lange erwachsen war. Und dann wollte sie vor allem über ihren Sohn reden. Er war doch ihr einziger und sie so stolz auf ihn, aber zu ihrem großen Leid kam er immer seltener. Es ging nicht gut mit ihm und dem Vater.

»Er ist nicht ganz in der Tür, da kriegen die beiden schon Krach«, erzählte Frau Henning schluchzend. »Und der Vadder hat ja recht. Wie läuft der Jung rum, mit den langen Haaren. Und dann immer diese Protestiererei. Was hat er zu schaffen mit diesem Ho Tschi Minh (sie sagte Hoschi Ming)? Letztes Mal kam er hier rein und hatte so eenen Hemd an, mit eenen Südamerikaner drauf – Che, Cheke.«

»Che Guevara«, half Ana hier.

»Genau. Was soll der Blödsinn bloß? Und immer gegen die Amerikaner. Ohne die wären wir diesen Hitler doch heute nicht los. Alles finde ich ja auch nicht gut, was von denen da drüben kommt: diese grässlichen Kaugummis und Jeans und diese Sektbombe (sie sagte wirklich Sektbombe), wie heißt die? Was mit ›M‹.«

»Marilyn Monroe«, sprang Ana bei.

Mit ausländischen Namen tat sich Mutter Henning schwer.

»Ja, die is dat wool. Aber man kann doch nicht gegen alles und jedes demonstrieren. Irgendwann kommt der Jung in Schwierigkeiten. Der Vadder sagt, er soll sich auf seinen Hosenboden setzen und sein Studium fertigmachen und nicht da bei diesen APO mitmischen. Beim letzten Mal kriegten sie so 'n Krach, dass der Vadder ihn rausgeschmissen hat. Nun kommt er gar nicht mehr«, sagte sie traurig. »Manchmal ruft er mich an.«

Dann zeigte sie die neuesten Zeitungsausschnitte.

»Ich sammel alles – von euch beiden. Er ist ja mehr in der ›Bild-Zeitung‹ wegen seiner Krawalle, aber von dir, mien Deern, hab' ich auch alles ausgeschnitten. Hier, guck ma: aus der ›Frau im Spiegel‹ und aus dem ›Goldenen Blatt‹. Ich weiß nicht. Gut ist das nich, dass du mit diesen ganzen Herren rumpoussierst.«

Dann kam der unangenehme Teil. Die alte Frau Henning hatte wirklich die gesamte Yellow Press gefilzt und die peinlichen Schickeria-Artikel ausgeschnitten. Ana im Arm von Gunter Sachs, Ana mit Formel-1-Fahrern, Ana mit dem englischen Thronfolger, Ana an der Seite von Jackie Icks, mit dem sie ein Jahr befreundet war.

»So 'ne nette Deern und dann das.«

Sie hatte recht. Wenn Mutter Henning sie streng ansah, wurde Ana knallrot und spürte die Enttäuschung der alten Frau, die sich mehr von der feinen Nachbarstochter versprochen hatte. Außer ein paar Semestern Kunstgeschichte und vielen tollen Partys hatte Ana wenig vorzuweisen.

»Ihr seid ja jung«, sagte Frau Henning und streichelte Anas Hand begütigend. »Kann ja noch was werden aus euch. Aber der Vadder will das nicht einsehen. Meint immer, der Jung würd' ins Unglück rennen.«

Der »Vadder« sollte, Anas Meinung nach, lieber die Klappe halten. Ihn hatte sie nie sehr gemocht, ein strenger, mürrischer Mann mit einem verkniffenen Mund, den sie nie lachen sah. Ein alter Nazi war der Vater gewesen, Parteigenosse, der in seinem Dorf was galt während der Hitlerzeit. Hatte sich wichtig gemacht und unbeliebt, als er die Leute ein bisschen terrorisierte, nicht allzu schlimm wahrscheinlich, ein kleiner Mitläufer, aber sein Sohn erfuhr davon und verachtete den Vater dafür. Im Alter wurde der alte Henning immer merkwürdiger. Einsilbig und in steifer Haltung saß er am Küchentisch, rauchte billige Zigarren und brütete vor sich hin. In den letzten Jahren seines Lebens trug er sogar im Haus immer ein und dieselbe Kopfbedeckung, ein altes Jägerhütchen mit speckigem Abrieb an der Stelle, an der er den Hut tausend

Mal gepackt hatte, um ihn zum Gruß zu lüften. Wenn man sich einen Spaß machen wollte, fragte man den Alten, warum er immer diesen Hut trage. Dann legte sich ein fast verklärtes Strahlen über die sonst mürrischen Gesichtszüge. Er sprang auf und meldete in militärischem Ton:

»Der hat dem Führer doch so gut gefallen.«

Wollte man es genauer wissen, erklärte er, dass er einmal die Ehre gehabt habe, dem Führer vorgestellt zu werden, während einer Jubelparade in Hamburg. Da habe der Führer gesagt:

»Was haben Sie für einen schönen Hut, junger Mann.«

Eine Geschichte, die alle, außer den Sohn Uwe, mehr amüsierte als schockierte. Nach dem Krieg war dem Alten nichts Rechtes mehr gelungen, worauf er sich verbittert und voller Selbstmitleid zurückzog. Als sein Sohn als langhaariger Linker in den Medien auftauchte, platzte dem alten Nazi der Kragen. Zwischen den beiden Streithähnen stand die arme Mutter und versuchte zu vermitteln.

»Vielleicht kannst du mool mit dem Jung reden. Er hat ja immer große Stücke auf dich gehalten«, bat sie Ana bei einem Besuch. »Ich weiß, dass er in dich verliebt war. Solche Flausen! Aber das saß tief bei ihm. Ich konnte gar nicht mit angucken, wie der Jung litt. Aber auf dich hört er vielleicht.«

BERLIN DAMALS

Eigentlich hatte Ana auf die Wohngemeinschaftshöhle, in der ihr alter Freund Uwe in Berlin hauste, überhaupt keine Lust, aber sie wollte Mutter Henning nicht enttäuschen. Oder war sie doch ein wenig neugierig gewesen? Nein, nur der Mutter zuliebe hatte sie Uwe bei ihrem nächsten Berlinbesuch angerufen. Er druckste ziemlich rum, wollte Ana sehen, einerseits, aber eigentlich nicht. Am Ende ging es hauptsächlich um das »Wo«. Offensichtlich hatte er Probleme damit, sich in Begleitung einer höheren Tochter in einer Kreuzberger Studentenkneipe zu zeigen. Er hatte damals einen Ruf zu verlieren.

Ana lachte: »Ich bin dir peinlich, oder?«

Sie wäre auch mit einem langhaarigen und verlotterten Anarchisten im »Kempinski« aufgetaucht. Er dagegen starb bei dem Gedanken, dass seine linken Studentenfreunde ihn mit einer Schickeria-Mieze erwischten. Verkleidete Spießbürger! Spielten die Revolutionäre und waren im Grunde Opfer ihrer Vorurteile, hatte Ana damals gedacht. Bildeten sie sich wirklich ein, man müsse nur Messer und Gabel wegwerfen, Hippieklamotten anziehen, ein paar wilde Sprüche klopfen, und schon hatte man sich seiner Bürgerlichkeit entledigt? Die Spießigkeit in ihren Köpfen würden sie so nicht loswerden. Sie quälte Uwe ein bisschen, indem sie darauf bestand, ihn abzuholen. Ein neues VW-Cabriolet vor seiner Haustür, das war echte Folter für ihn, das wusste sie.

»Es macht mir gar nichts«, betonte sie munter. »Nein, es ist kein Umweg, kein Problem, ich hole dich gern ab.«

Wenn sie mal da war, wollte sie auch die Kreuzberger Wohngemeinschaft sehen. Er wehrte sich mit Händen und Füßen.

»Mach dir keine Sorgen«, sagte sie. »Ich komme zu Fuß, und ich ziehe eine Jeans an. Brauch ich sonst eine Verkleidung, damit ich nicht sofort als Schweinekapitalist enttarnt werde?«

»Am besten, wir treffen uns in der Innenstadt«, schlug Uwe vor.

»Ich hol dich ab, sag mir nur, wann«, insistierte sie.

Kann man schwitzen hören? Ana meinte, tatsächlich durch das Telefon zu hören, wie sein Schweiß heruntertropfte. Am Ende setzte sie sich durch, wie sie es gewohnt war, fuhr nach Kreuzberg, stellte ihr Auto zwei Blocks entfernt von seiner Adresse ab, ging zu Fuß weiter, vorbei an Häuserwänden, die zugeklebt waren mit halb heruntergerissenen Plakaten, vorbei an fast ebenerdig liegenden Fenstern, aus denen alte Frauen auf Kissen gestützt die Straße beobachteten. Seine Wohngemeinschaft lag im Hinterhof. Sie musste zwei Durchgänge passieren, stand vor einem fabrikartigen Gebäude, kletterte drei Stockwerke zu Fuß hinauf, stand vor einer Tür, an der zehn Namenschilder, oder besser Papierfetzen mit Namen darauf, klebten. Sie entdeckte seinen, klingelte. Fünf Minuten passierte nichts. Sie klingelte noch einmal, merkte, dass das Ding gar nicht funktionierte, klopfte, wartete weitere fünf Minuten, klopfte kräftiger. Dann machte ein Mädchen auf. Sie sah aus, als sei sie gerade aus dem Bett gestiegen, nur in T-Shirt und einer Unterhose in undefinierbarer Farbe. Die Sachen sahen aus, als schlafe sie seit

Wochen darin. Das Mädchen ignorierte die Besucherin, drehte sich um und verzog sich in den hinteren Bereich der Wohnung. Wohnung? Es war die Etage einer Fabrik, einfach eine Halle, in der jeder der Bewohner sich in einer Ecke eingerichtet hatte. Der Höhepunkt der Dekorationskunst bestand in Batiktüchern, die hinter manchen Betten als Wandschmuck hingen. Alles war offen, keine Privatsphäre, vor den Betten nicht mal Trennwände. Ana fragte sich, wie sie vögelten, und angeblich wurde ja viel gevögelt in dieser schönen, von allen Zwängen befreiten Welt. Einen Tisch besaßen sie immerhin. Er schien hauptsächlich dem Abstellen von gefüllten Aschenbechern zu dienen. Wirklich trostlos waren die Farben in diesem Raum. Es gab eigentlich gar keine: kein Blau, kein Gelb, kein Rot, und besonders fiel die Abwesenheit der Farbe Weiß auf. Über allem, jedem Bettlaken, jedem T-Shirt lag ein schmutziger Grauschleier.

Der »Weiße Riese« würde sich in dieser Bude das Leben nehmen, dachte sie. Wenn man überlegte, dass Menschen sich 100.000 Jahre zuvor schon recht nett in Höhlen eingerichtet hatten, war dies hier ein echter Rückschritt. Ihr kam ein Typ entgegen, splitternackt. Immerhin ignorierte er sie nicht.

»Hi, wohnst du hier?«, fragte er, gar nicht unfreundlich, und taxierte Ana von oben bis unten.

Für eine schöne neue Welt voller Gleichberechtigter fand sie das ziemlich chauvinistisch. Es ärgerte sie, also musterte sie den Nackten ebenfalls von oben bis unten, unten besonders. Sie wunderte sich, wo sie die Frechheit hernahm, ihren abschätzigen Blick auf seinem stolz präsentierten, aber recht kleinen Prachtstück ruhen zu lassen. Sie brachte den Besitzer ein wenig aus der Fassung.

»Du musst ihn in Fahrt sehen«, meinte er.

Der Typ war eigentlich ein niedliches Blondschöpfchen, oben wie unten. Es kam aber zu keiner weiteren Unterhaltung, weil endlich Uwe Henning erschien. Er trat durch eine Tür herein, außer der Haustür war das die einzige des riesigen Raums. Vielleicht verbarg sich dahinter eine Toilette, vermutete sie, da sie im ganzen Raum keine entdecken konnte. Somit schissen sie zumindest nicht öffentlich, obwohl Ana das nicht gewundert hätte. Der Lockenkopf zog ab. Das gab ihr Gelegenheit, zwei knackige Arschbacken zu bewundern.

Vielleicht ist das hier doch das Paradies, dachte sie. Der Freund aus Kindertagen reagierte eher gepeinigt beim Anblick seines nudistischen Mitbewohners.

»Musst du eigentlich immer nackt rumlaufen, Boris?«, fragte er übellaunig.

»Ach, ihr kennt euch«, fragte Ana künstlich überrascht.

»Wieso?« Uwe Henning klang immer genervter.

»Nur so, weil er gerade wissen wollte, ob ich hier wohne, da dachte ich, vielleicht … Egal. Ich freu' mich, dich zu sehen.«

»Willst du einen Kaffee?«, fragte er, und sie folgte ihm in die eine Ecke des Raums, in der ein paar Möbel standen, die entfernt an Küche erinnerten. In der Spüle stand das Geschirr der letzten Tage oder Wochen: verkrustet, verklebt mit Essensresten. Tiere krabbelten nicht herum, aber das war nur eine Frage der Zeit. Reinlichkeit war natürlich spießig, eine Macke der überholten bürgerlichen Gesellschaft. Sie sah das ein. Uwe schien seine Unterkunft plötzlich mit ihren Augen zu sehen und ließ das Kaffeeangebot fallen.

»Wir gehen besser in eine Kneipe«, meinte er und drehte sich zur Tür.

»Ja, vielleicht«, stimmte sie zu, heilfroh der Salmonellenzucht zu entkommen.

»Ich zieh' hier demnächst aus, sobald ich meine Zwischenexamen habe«, erklärte er. »Ich kann's, ehrlich gesagt, nicht mehr sehen.«

»Kein Problem«, sagte sie. »Wir sollten alle mehr zurück zum einfachen Leben und im Übrigen: Ich liebe Batik.«

Dann erst bemerkte sie, dass er ein blaues Batiktuch um den Hals gewickelt trug. Sie deutete darauf und fragte: »Selbst gemacht?«

Es wurde Zeit, dass sie sein trautes Heim verließen. Der Raum war durchdrungen von einem süßlichen Geruch. Ana war völlig stoned vom allernötigsten Ein- und Ausatmen. Sie gingen in eine Pizzeria ein paar Straßen weiter. Beim Betreten schweifte sein Blick unruhig durch das Lokal. Wahrscheinlich fürchtete er, von Freunden entdeckt zu werden. Trotz ihrer bewusst schlicht gewählten Kleidung war Ana natürlich völlig daneben. Ihre Jeans war vor drei Tagen das letzte Mal gewaschen worden und hatte keine Löcher, ihre Haare waren frisch geföhnt, und das T-Shirt war weiß. Uwe Henning machte eine saumäßige Figur mit seiner Hamburger Freundin. Es passierte Ana das erste Mal im Leben, dass ein Mensch ihr dieses Gefühl gab. Eine merkwürdige Erfahrung. Sie spürte, wie sie langsam sauer wurde.

»Tut mir leid, dass du dich mit so einem Imperialistenschwein zeigen musst«, sagte sie.

»Für dich ist alles immer nur Spiel«, murrte er schlecht gelaunt.

»Mein Gott, jetzt hat dich doch nicht dein Humor verlassen?«, fragte sie spitz.

»Ein kleiner Scherz, und dann hat man die Situation

wieder im Griff, nicht wahr. So war das immer bei dir«, mäkelte er weiter. »Aber es gibt ein paar Dinge, die mir ernst sind.«

»Welche?«

»Die Ungerechtigkeit dieses menschenverachtenden Systems. Aber du stehst oben. Du bist reich, privilegiert, du hast es nicht nötig, dir um Gerechtigkeit Sorgen zu machen.«

Mittlerweile hatten sie einen Platz an einem langen Tisch gefunden. Rechts neben ihnen hockten zwei grüne Parkas, links von ihnen auch. Ana spielte die Rolle, die er ihr zugeteilt hatte.

»Wieso auch«, kommentierte sie seine letzte Bemerkung. »Ich genieße, solange es geht. Wer weiß, vielleicht sieht es in der nächsten Generation genau umgekehrt aus. Dann malträtieren deine Kinder meine, und sie werden es genüsslich tun, wenn ihr erst dieses ungeheuer gerechte System der Sowjetunion übernommen habt. Das wird das Paradies auf Erden, für euch zumindest.«

»Darum geht es doch im Moment gar nicht. Wir müssen uns erst einmal mit dem reaktionären System der Bundesrepublik Deutschland auseinandersetzen, das nach wie vor die faschistoiden Züge unserer Elterngeneration trägt, die sich nach dem Krieg auf den wirtschaftlichen Wiederaufbau konzentriert hat und dabei versäumte, sich mit der eigenen nationalsozialistischen Vergangenheit auseinanderzusetzen. Wir brauchen ein radikales Umdenken. Durch die Konsumgesellschaft erleben wir eine psychosoziale Entfremdung, die wir nur durch ständigen Kampf verhindern können. Wir müssen einen permanenten Kampf an allen Fronten der Gesellschaft führen, in den Schulen, in den Familien, in Fabriken, in Theatern und Museen. Wir wollen die tagtägliche Revolte. Stück für Stück muss das Individuum seine eigenen Emanzipationserfahrungen machen. Obwohl ich manchmal keine Hoffnung mehr für unsere Arbeiter habe. Der moderne Kapitalismus hat sich unser Proletariat einverleibt, er hat ein Arsenal an institutionellen, wirtschaftlichen, sozialen und psychologischen Stabilisatoren geschaffen, um es zu integrieren und seine Apathie aufrechtzuerhalten. Die wirklich revolutionären Subjekte sind heute die armen und unterdrückten Völker der Welt, die vom Globalkapitalismus überrollt werden. Wir Studenten müssen uns mit diesen Unterdrückten solidarisieren. Durch direkte und illegale Aktionen in den Industriestaaten werden wir das Zentrum des Imperialismus schwächen und so aktiv die Befreiungsbewegungen der Dritten Welt unterstützen. Damit nehmen wir dem Kapital seine Reproduktionsmöglichkeiten.«

Er kam ordentlich in Fahrt, schüttelte seine geballte Faust gegen unsichtbare Feinde, die man hinter ihren schweren Schreibtischen an den weißen Kragen hervorziehen müsse, ließ kein gutes Haar an den blutsaugenden Kapitalisten, an den reichen Ausbeutern, den Schweineindustriellen. Die Faust sauste krachend auf den Tisch nieder. Seine Augen glühten, sprühten Hass und Wut. Während er weiter redete, hob sich die Hand vom Tisch, wilde Gesten unterstützten jedes seiner Worte. Sein ausgestreckter Finger deutete dabei auf sie, durchbohrte sie. Wo nur hatte Ana das alles schon gesehen? Sein Auftritt kam ihr so beklemmend bekannt vor. Wie ein kleiner Hitler, dachte sie. Und wieder dieser stechende Finger. Plötzlich dämmerte ihr, dass seine Tiraden sich nicht allgemein gegen Kapitalisten, sondern gegen sie persönlich richteten, gegen ihre Familie und all das, was sie waren und vertraten. Sie hörte genau zu und hielt die Klappe. Manchmal war das besser, das hatte sie von ihrem klugen Vater gelernt. Und wenn Uwe Henning schließlich zum Ende gekommen wäre, wenn er eine Pause gemacht und einen versöhnlicheren Ton angeschlagen hätte, dann wären sie wahrscheinlich recht friedlich auseinandergegangen. Aber nun, da die Schleusen geöffnet waren, die Wut gegen sie sich zum ersten Mal Bahn brach, fand er kein Ende. Ihr Schweigen provozierte ihn nur. Er steigerte sich in eine immer wildere Raserei. Seine Sprache wurde zunehmend unverständlicher, die Pöbelei immer lauter, sodass die grünen Parkas links und rechts neugierig zu ihnen herüberschauten. Wie sollte ein Proletarier diese geschraubten Sätze verinnerlichen, wenn eine gebildete junge Frau wie Ana kein Wort mehr verstand? Irgendwann verlor sie ihre Gelassenheit. Schließlich war sie doch nicht so abgeklärt wie ihr weiser Vater. Und wer lässt sich gern eine halbe Stunde niederbrüllen, ohne selbst aus der Haut zu fahren. Darauf hatte er gewartet. Henning genoss es, als sie sich nun in die Haare kriegten. Er, der sich tagtäglich in ideologischen Auseinandersetzungen mit seinen Kommilitonen maß, feierte seine Überlegenheit, ließ keines ihrer Argumente gelten, drehte ihr das Wort im Mund um, warf Ana ihre Arroganz, ihre Verwöhntheit vor, ihren Mangel an Interesse für die Armen und Unterdrückten, womit er nicht unrecht hatte. Aber es war zu spät, etwas zuzugeben, zu viele Beleidigungen ausgesprochen, zu viele Verletzungen. Er wollte sie verletzen. Das wurde ihr erst hinterher klar. Als er ihr zum hundertsten Mal ein Wort, das auf »ismus« oder »ismen« endete, an den Kopf warf, platzte ihr der Kragen. Sie konnte seine Floskeln nicht mehr ertragen: Imperialismus, Kapitalismus, Faschismus, Chauvinismus, Sexismus.

»Halt die Klappe!«, brüllte sie. »Ich habe die Schnauze voll von deinem Macho-Fanatismus. Seit einer Stunde schreist du mich nieder. Du willst doch überhaupt nicht diskutieren. Du willst, dass man deine Meinung übernimmt – Ende. Wenn deine schöne neue Welt so aussieht – vielen Dank. Mich wirst du nicht überzeugen, aber das wollt ihr ja gar nicht. Ihr wollt kaputtmachen, was euch kaputtmacht – angeblich kaputtmacht, denn den Beweis erbringt ihr doch gar nicht. Weltverbesserer sehen anders aus als ihr. Wirkliche Weltverbesserer lehnen Gewalt ab. Ihr seid echte Heuchler.«

Sie sprang auf und ging grußlos.

Ana ließ sich am Rand der Badewanne hinunter gleiten. Das Wasser schlug über ihrem Kopf zusammen. Sie zählte langsam. Bei zehn wurde der Sauerstoffmangel beklemmend. Sie hielt bis 15 durch und schoss nach Luft japsend an die Oberfläche. Die Erinnerungen an ihn hatte sie mit der Unterwassernummer nicht erstickt. Es überfiel sie eine unbestimmte Traurigkeit. Immer war bei ihren Begegnungen etwas schief gelaufen, als ob sie ... Ihr fiel kein guter Vergleich ein. Doch, dachte sie, es gibt Menschen, die ihre Hand zur Begrüßung ausstrecken, und man muss sie, damit es nicht peinlich ist, notgedrungen ergreifen, aber etwas geht plötzlich schief: Entweder erwischt man nur die Fingerspitzen, oder man stößt sich aneinander. So etwa war es bei den Zusammentreffen mit ihm, nur im übertragenen Sinne, denn Ana hatte nie mit ihm Hände geschüttelt. Sie hasste diese sehr deutsche Geste, die gleichzeitig Entgegenkommen und Abweisen in sich barg. Gute Freunde umarmte man und Fremde begrüßte man mit einem Lächeln.

Nachdem das Wiedersehen, anlässlich des Besuchs des französischen Präsidenten, schiefgegangen war, sah Ana ihn mindestens ein Jahr nicht. Manchmal flüsterte ihr jemand auf einer Berliner Party ein pikantes Detail zu. Er hat ein Verhältnis mit dieser oder jener. Sie mochte solchen Tratsch nicht, und sie gönnte ihm seine kleinen Vergnügen. Er hatte es schwer genug: Arbeitslose, desolate Finanzen, Krach mit dem Koalitionspartner, Minister, die keine Fettnäpfchen ausließen. Er saß in einem Hornissennest, aber er hatte sich den Platz selbst ausgesucht. Meist schaute sie sich das Elend von außen an. Sie musste nicht in Berlin leben und nicht in Deutschland. Es gab schönere Orte. Eines Tages sah sie ihn im Fernsehen.

Oh Gott, dachte sie, wie sieht er aus! Entsetzlich!

Er war plötzlich um Jahre gealtert: tiefe dunkle Ringe unter den Augen, Falten durchfurchten sein blasses, übernächtigtes Gesicht, seinem früher so dynamischen Gang fehlte die Energie, der müden Stimme die Überzeugungskraft. Es war mitleiderregend.

UNTER DEN LINDEN

Es war im Mai. Ana war gerade vom Mittelmeer zurückgekehrt, braun gebrannt und gut gelaunt. Ein paar Freunde riefen an. Sie wohnten im »Adlon« und wollten sich mit ihr in der Bar auf einen Drink treffen. Ana ging hinüber. Das »Adlon« war wie ein Teil ihres Salons. Sehr praktisch. Wenn sie keine Lust hatte, allein zu sein, hockte sie sich einfach in die Halle. Dort traf sie immer jemanden. Bald saßen sie in einer fröhlich lärmenden Gruppe zusammen. Er kam aus dem hinteren Teil des Hotels, wahrscheinlich aus einem der Konferenzräume, gefolgt von zwei Bodyguards. Ana musste immer lachen, wenn die einstigen Steinewerfer von Leibwächtern beschützt auftraten. Vor wem fürchteten sie sich? Am lustigsten fand sie es bei den Grünen. Gerade selbst ein Atomkraftwerk im Sitzstreik blockiert, ein paar Polizisten ordentlich verprügelt, ein Schaufenster eingeworfen, und plötzlich trauten sie sich nur mit Leibwächtern auf die Straße. Sie hatten Glück, dass sich kaum jemand an dieser Schizophrenie störte. Ana schmunzelte bei solchem Anblick. Das musste erlaubt sein. Eigentlich war er fast vorbei an der munteren kleinen Gruppe, aber der Champagner hatte den Lärmpegel hochgeschraubt. So blickte er auf die dort Feiernden. Einer aus ihrer Gruppe löste sich und begrüßte den Kanzler. Man kannte sich, wechselte ein paar Worte. Sein Blick wanderte unstet wie immer, schweifte über die Gruppe hinweg, erfasste Ana, senkte sich zu Boden, nur für einen kurzen Augenblick. Wieder die Schuhspitzen, dachte sie. Der kleine Junge. Aber nein, diesmal nicht, er schaute auf, ihr direkt in die Augen. Sie nickte zum Gruß kurz mit dem Kopf, dabei hätten sie es belassen können. Er entschied anders, kam auf sie zu. Das müde Gesicht strahlte plötzlich. Das rührte sie.

»Na, so eine Freude. Wir haben uns ja ewig nicht gesehen.«

Er drehte sich zu den am Tisch Sitzenden, die dieses Wiedersehen neugierig beäugten.

»Wir haben zusammen in der Sandkiste gespielt. Sie hat mir immer die Schaufel weggenommen«, sagte Henning.

Alles lachte pflichtschuldig. Wenn die Mächtigen Witze machten, wurde immer pflichtschuldig gelacht.

Ana spielte mit und sagte:

»Das stimmt, aber nur, weil er immer meine schönen Sandkuchen zerstörte.«

»Einen Drink, Herr Bundeskanzler«, bot einer aus der Gruppe an.

Der Freund wollte nur höflich sein, aber Ana hätte ihm in den Hintern treten können. Der nette Abend würde zur One-Man-Show ausarten. So war das immer. Plötzlich konzentrierte sich alles zur Macht hin. Was musste das für ein geiles Gefühl sein. Die Bodyguards mit ihren blöden Ohrstöpseln postierten sich an einem Nebentisch. Der Kellner, mit dem sie gerade gescherzt hatten, wurde äußerst servil. Die Freunde bemühten sich, zuvorkommend zu sein. Die meisten waren nicht gerade seine Fans. Sie verließen bald die Runde.

»Schwerer Tag morgen, früh aufstehen«, brummelten sie und verschwanden. Er blieb hartnäckig sitzen, harrte aus, bis der Letzte gegangen war. Es wäre nicht nett von ihr gewesen, sich auch gleich zu verabschieden. Man hatte sich doch so lange nicht gesehen. Er ließ nicht locker, fraß sich mit seinem Hintern im Sessel fest. Die Bodyguards gähnten. Irgendwann taten Ana die übermüdeten Jungs leid. Sie sagte, er solle die beiden nach Hause schicken und zu ihr hinüber kommen, sie könnten ja ein bisschen über alte Zeiten reden. Etwas hatte ihr an diesem Abend gut an ihm gefallen. Diese Kombination aus rührender Müdigkeit, dieses Erschöpfte und plötzlich das Strahlen, als er sie entdeckte. Oft entschieden Bruchteile von Sekunden über die nächsten Schritte, manchmal über ein ganzes Leben. Es hatte kurz geklickt, vielleicht, oder vielleicht hatte sie der Teufel geritten. Oder sie hatte sich gerade gelangweilt. Die Bodyguards gingen natürlich nicht, Bodyguards konnte man nicht einfach abbestellen. Die beiden begleiteten sie hinüber zur anderen Straßenseite zu dem Appartementhaus, in dem sie das Penthouse bewohnte. Sie leerten in Anas Wohnung eine Flasche Champagner, kann sein, dass es eine zweite wurde. Er saß in einer Ecke des Sofas, sie in der anderen, den Arm auf der Rückenlehne ausgestreckt. Er war ziemlich voll, bevor er sich traute, ihre Fingerspitzen mit seinen zu berühren. Es war eine schüchterne Geste, und seine Augen bettelten.

»Weißt du, warum ich so oft geheiratet habe, all die Frauen in meinem Leben?«, fragte er, die Zunge ein wenig schwer.

Sie antwortete mit einem Heben der Augenbraue.

Er sagte: »Ich konnte keine lange ertragen. Ich habe jede mit dir verglichen. Immer fehlte etwas. Bis heute vergleiche ich – ein Wahnsinn! Ich wollte immer nur dich. Weißt du, was das bedeutet, 30 Jahre lang ein und dieselbe Frau zu begehren?«

»Ja, dass man sie 30 Jahre nicht gekriegt hat.«

Sie nahm die Flasche und ihr Glas und ging hinaus auf die Terrasse. Sie wollte nicht mit ihm ins Bett. Nicht hier und nicht heute und überhaupt nicht. Sie passten nicht zusammen. Ein klarer Sternenhimmel glitzerte über Berlin. Die Luft war immer noch lau. Sie atmete tief ein, versuchte zu entspannen. Abstand. Er folgte ihr, goss sein Glas randvoll, stürzte den Champagner in einem Zug hinunter. Er schaute auf das erleuchtete Brandenburger Tor, ließ den Blick schweifen, hinüber zum Alexanderplatz. Sie spürte, wie er Kräfte sammelte. Es war ein Fehler gewesen hinauszugehen. Die Terrasse über dem Regierungsviertel, das war sein Terrain. Er sog die Dünste der Stadt mit geblähten Nüstern ein. Es war seine Stadt, die Hauptstadt des Landes, an dessen Spitze er stand. Der Blick über das Lichtermeer der pulsierenden Metropole gab ihm das Gefühl der Macht zurück. Die Konsequenzen bekam sie umgehend zu spüren. Er drehte sich zu ihr um. Sie sah Entschlossenheit in seinen Augen. Er trat auf sie zu. Ihr Zurückweichen endete an der Hauswand. Viel größer als sie war er nicht, aber kräftig und entschieden. Es dauerte nicht lang, aber in diesen Sekunden entlud sich all seine Sehnsucht, sein Hass, Begehren, Liebe, Angst, Wut, 30 Jahre aufgestauter Wollust. Ihr Schrei ging im Brodeln des geschäftigen Großstadtverkehrs unter. Es war ein rasender Moment, einer ihrer besseren. Sie hätten es dabei belassen sollen. Als es vorbei war, blieben sie an die Hausmauer gepresst stehen – eine Ewigkeit. Er hielt sie gefangen in dieser Lage. Sie hörte nur seinen schweren Atem an ihrem Ohr, immer weiter, er kam nicht zur Ruhe, schien diesen merkwürdigen Moment nicht beenden zu können. Nach Minuten oder Stunden, sie wusste es nicht, entspannte sich sein Körper, seine Lippen fuhren weich über ihre Wange, suchten ihren Mund, zärtlich und bettelnd, aber so ging das nicht. Am Ende war es doch eine Vergewaltigung gewesen, mehr oder weniger. Ihre Lippen blieben geschlossen, abweisend.

»Liebste«, bat er, »verzeih.«

Sollte sie verzeihen? Sehr gewehrt hatte sie sich nicht und auch genossen, das gestand sie sich schließlich ein. Trotzdem. Nachdem er weich und nachgiebig geworden war, machte sie sich frei und ging wortlos. Sie ging in ihr Schlafzimmer und verschloss die Tür. Sie ließ Badewasser in die marmorne Wanne laufen, goss eine leicht nach Zitrone riechende Essenz dazu, prüfte die Temperatur mit der Hand, ließ ihre Kleider fallen und sank in die wohlige Wärme des duftenden Wassers. Sie benahm sich, als sei sie allein in ihrer Wohnung. Erst am nächsten Morgen verließ sie ihr Schlafzimmer. Er war verschwunden. Auf dem Tisch stand eine leere Flasche Cognac, sie erinnerte sich nicht, wie gefüllt sie am Beginn des Abends war. Sie ging davon aus, dass er das Appartement mit einem Kanonenrausch verlassen hatte. Sein Problem.

Das Telefon klingelte um 8.30 Uhr. Er war dran. Wo nur hatte er ihre Nummer her? Sie schätzte, dass es nicht allzu schwer für ihn war, sie ausfindig zu machen.

»Manchmal laufen die Dinge vollkommen falsch. Kann ich dich heute Abend sehen?«, sagte er.

»Planst du die nächste Vergewaltigung?«

Sie war wütend über seine dämliche Ausflucht.

»Vergewaltigung?« Er klang tatsächlich erstaunt, mehr noch entsetzt. »Verzeih, vielleicht war es nicht so, wie es hätte sein sollen, aber wenn das eine Vergewaltigung war, dann hat ein Einbrecher nie eine so weit geöffnete Tür vorgefunden.«

Zack! Sie knallte den Hörer auf. Was bildete er sich ein? Dass sie Spaß daran gehabt hatte? Das Telefon klingelte wieder.

»Ich habe deinen Schrei noch im Ohr.«

»Ich habe um Hilfe gerufen.«

Rums. Wieder knallte sie den Hörer auf. Sie hätte sich am Vorabend mehr wehren sollen. Sie ärgerte sich über sich selbst. Das Telefon klingelte.

»Ich kann Lustschreie von Hilferufen unterscheiden.«

»Das genau glaube ich nicht. Nach 30 Jahren in der Politik kannst du nicht mal mehr zwischen einem Freund und einem Feind unterscheiden.«

Zack. Der Hörer landete erneut auf der Gabel. Es klingelte. Sie ging nicht mehr dran.

Eine Stunde später schellte es an der Tür. Sie meldete sich an der Gegensprechanlage.

»Ein Brief für Sie.«

»Passt er nicht in den Briefkasten?«, fragte sie.

»Ich soll ihn persönlich abgeben.«

Sie ließ den Mann hochkommen. Es war ein Brief von ihm.

»Du irrst, wenn du glaubst, besser geht's nicht!«

Sie musste lachen. Als sie Kinder waren, hatte er sie oft zum Lachen gebracht. Wenn er sich nicht bedrückt und bedrängt von Anas Mutter oder ihrem Vater oder der gewaltigen Villa gefühlt hatte, dann war er ein Junge mit Witz und Charme gewesen. Sie las den Brief noch einmal. Die Schrift überraschte sie. Die zwei Zeilen plus Unterschrift nahmen fast die ganze Seite ein. Er schrieb in großzügigen Lettern, das »G« im langen, runden Bogen nach unten gezogen, das »B« und das »T« weit nach oben hinaus. So hatte er früher nicht geschrieben. Damals, als kleiner Junge, als Pubertierender verkrümelte er sich mit seiner Schrift. Jedes Blatt war mit seinen kleinen, spitzen Buchstaben dicht beschrieben. Und nun plötzlich diese Großzügigkeit. Sie konnte nicht ahnen, dass er sogar seine Schrift bewusst trainiert hatte. Beim Basteln seiner Karriere überließ er wirklich nichts dem Zufall. Er war ein schlaues Kerlchen – immer gewesen. Ana ließ ihn am selben Abend wieder in ihre Wohnung. Das war ein Fehler gewesen.

Zu viele Fehler, dachte sie, während sie sich mit dem vom Hotel bereitgestellten Shampoo die Haare wusch. Zwischen manchen Menschen ist eben der One-Night-Stand die richtige Version einer Beziehung, kurz und heftig und frei von Komplikationen. Genuss ohne Reue. Fuck and go! Sie musste lachen. Fuck and go – das war gut. Die zugegeben nicht schlechte Nummer auf der Terrasse und dann auf Wiedersehen. Das wär's doch gewesen. Aber so war es nicht gelaufen. Er war ein Wortzauberer, ein Verführer, kämpfte mit den Waffen der Sprache, die er beherrschte, natürlich, das war seine Stärke. Womit sonst hatte er die Wähler verführt? Mit Worten, denen zu oft keine Taten folgten. Mit Worten eroberte man auch Ana, das war ihr Schwachpunkt. Sie liebte Sprachakrobaten, schmolz dahin, wenn ein Mann sein Begehren gut formulierte. Das beherrschte er, er schrieb, er rief sie an, er ließ nicht locker, drängte sich in ihren Kopf und zwang sie, an ihn zu denken. Womöglich hatte er den richtigen Moment erwischt. Vielleicht hätte sie ihn zu einer anderen Zeit abgewiesen, aber gerade in diesem Moment, ihre Söhne in den Staaten, gelangweilt von den Beautiful People, tauchte er auf und überfiel sie mit seinen Worten. Entwaffnet gab sie sich der Macht der Worte hin. Leider! Der One-Night-Stand hätte ihr viel Ärger erspart, auch Mitwisserschaft. Das unselige Zusammentreffen mit ihm und Irene. Die Sache mit ihrer Freundin war dumm gelaufen. Ja, der One-Night-Stand wäre es gewesen, und Irene hätte von der kurzen Liaison nicht erfahren.

Eines Nachmittags hockte sie mit ihrer alten Freundin auf der Terrasse. Sie tratschten, das konnte man gut mit Irene. Sie kannte Gott und die Welt, keiner wurde ausgelassen. Sie hörten weder das Telefon noch die Haustür. Unglücklicherweise hatte Ana ihrem Geliebten ein paar Tage zuvor einen Schlüssel überlassen. Es schien einfach praktisch, da sein Leben von Terminen terrorisiert war. Wenn sie sich nicht im Haus aufhielt, konnte er bei ihr entspannen und auf sie warten oder was immer sie sich gedacht hatten. Er kam an diesem Nachmittag in bester Absicht. Berauscht von der Nacht davor, wollte er sich bedanken. Es war einfach ein dummer Zufall. Die beiden Frauen hörten ihn erst, als er im Salon stand. Sein Gesicht war versteckt hinter einem überdimensionalen Rosenstrauß, der ihm die Sicht nahm. Er hörte nur Anas laues »Hallo«.

»Fleurop!«, rief er gut gelaunt. »Ich soll das hier bei einer anbetungswürdigen Frau abgeben.«

Bevor sie etwas unternehmen konnte, hatte er die Blumen abgelegt. Irene klappte der Unterkiefer sichtbar hinunter. Sie erholte sich schnell von dem Schock, war von Haus aus auch nicht auf den Mund gefallen.

»Hat Ihnen mal jemand gesagt, dass Sie unserem Bundeskanzler verblüffend ähnlich sehen?«

»Vielleicht ist er der Bundeskanzler«, bemerkte Ana,

»und er musste einen neuen Job annehmen, wegen der beschissenen Arbeit, die er in der Regierung abliefert.«

Sie war wütend und wollte ihn schnell aus der Tür hinausschieben.

»Moment«, schritt ihre Freundin ein. »Kann man hier mal vorgestellt werden?«

»Die Prinzessin Wittenburg«, murmelte sie und hoffte, er würde jetzt nicht auf seine Schuhspitzen schauen. »Sag Irene zu ihr. Sie ist sowieso nur eine angeheiratete Wittenburg«, erklärte Ana rüde.

Selbst wenn sie Irene beim Leben ihrer Mutter schwören ließ, die Geschichte würde früher oder später durchsickern, darüber machte sie sich keine Illusionen. Später war ihr lieber. Sie bugsierte den Eindringling in Richtung Tür.

»Du steckst sicher bis über beide Ohren in Arbeit«, sagte sie bestimmt.

»Auf Wiedersehen, Irene. Tut mir leid, dass unsere Begegnung so kurz war. Sie hören ja, ich stecke bis über beide Ohren in Arbeit«, rief er zur Terrasse hinaus.

An der Haustür berührte er sie schnell unsittlich und flüsterte. »Bitte, fünf Minuten. Du weißt, die reichen für eine kurze Vergewaltigung.«

Sie musste lachen.

»Scher dich zum Teufel! Und richte nicht allzu viel Schaden in meinem Land an. Für hier und heute reicht's.«

»Vergiss die Blumen nicht! Sie brauchen Wasser.« Er lachte fröhlich. In diesen Tagen sah er meist entspannt aus.

Irenes bedeutungsschwangerer Blick verriet alles. Sie platzte vor Neugier.

»Wir kennen uns aus Kindertagen«, versuchte Ana es auf gut Glück.

»Das erklärt alles. Deswegen hast du ihm deinen Wohnungsschlüssel gegeben? Natürlich!«

»So ist das!«

»Beichte lieber gleich, bevor ich es mir von anderen erzählen lassen muss.«

»Es gibt keine anderen.«

»Das glaubst du doch selbst nicht.«

»Er verehrt mich nur.«

»Dafür braucht er natürlich deinen Wohnungsschlüssel.«

»Was hast du bloß immer mit diesem blöden Wohnungsschlüssel?«

»Weil es dein Wohnungsschlüssel in der Hand unseres Bundeskanzlers ist.«

»Scheiße!«

»Ja, Scheiße. Also erzähl es endlich deiner guten alten Freundin.«

»Eine gute Freundin wärst du, wenn du endlich die Klappe hieltest.«

»Verzeih, aber stell dir die Sache nur kurz umgekehrt vor. Du säßest bei mir nichts ahnend auf der Terrasse und plötzlich – schließ, schließ – steht der Bundeskanzler mit einem riesigen Strauß Rosen in der Tür – roter Rosen.«

»Sie sind rosa.«

»Sie sind rot.«

»Rosa.«

»Rot.«

»Dunkelrosa.«

So ging das eine Weile hin und her. Es half alles nichts mehr. Ana sagte nur:

»Halt bitte die Klappe.«

Das hätte sie sich schenken können.

»Hast du denn gar kein schlechtes Gewissen«, fragte Irene ein wenig vorwurfsvoll. Sie hatte es nötig.

»Wieso?«, meinte Ana. »Ich bin nicht der Hüter der Moral, weder der Moral eines einzelnen noch der Moral in dieser Welt. Ich unterstütze auch niemanden, der bewusst oder unbewusst den Irrglauben verbreitet, der Mensch sei ein monogames Wesen. Er ist es nicht. Warum nur behaupten das so viele wider besseres Wissen?«

»Aber fühlst du denn gar keine Solidarität mit den Frauen, mit seiner Frau. Er ist doch verheiratet.«

Scheinheilige Irene! Sie meinte ihre Vorwürfe sowieso nicht ernst, sondern wollte die Freundin nur zu weiteren Erklärungen drängen.

»Herzchen«, sagte Ana. »Erstens, diese Frau ist Nummer drei, sie hat Nummer zwei rausgekickt, übrigens mitleidlos. Zweitens, jede Frau, die nicht blöd ist, weiß, wie es in der Nähe des Platzhirschs zugeht. Es wimmelt nur so von willigen Weibern. Wenn du als Frau so heiß darauf bist, den Bundeskanzler zu heiraten, musst du das in Kauf nehmen. Entweder, der Kerl hat einen starken Charakter, oder die Frau muss sehr gut sein, in allen anderen Fällen wird er sie betrügen. Sie kann froh sein, solange er es mit mir tut, denn diese Affäre hat alle Merkmale einer kurzen Infektionskrankheit. Sie wird schnell vorübergehen. Wir müssen da was aus alten Zeiten austragen. Du kennst mich. Ich werde sicher nicht eine zweite Ehe eingehen. Okay!? She is on the safe side. Sie wird Frau Bundeskanzler bleiben. Ich finde, das ist von meiner Seite ein erheblicher Beitrag zur Solidarität mit Frauen.«

Irene schüttelte den Kopf.

»Du bist eiskalt.«

»Du irrst. Ich bin ein Egoist, aber deswegen bin ich nicht eiskalt. Mit mir selbst zum Beispiel gehe ich sehr warmherzig um.«

»Und du bist sicher, Ana, dass sich hier nicht gerade die vierte Ehe unseres Herrn Bundeskanzler anbahnt?«

»Ganz sicher.«

»Wieso?«

»Ich bin durchaus in der Lage, Sex und Liebe, oder was immer die Voraussetzung für eine funktionierende Beziehung ist, auseinanderzuhalten.«

»Ach! – Ist dir aufgefallen, dass es besonders schwierig ist, sich von einer guten sexuellen Beziehung zu trennen, selbst wenn du weißt, dass es sonst keine Berührungspunkte gibt?«

»Durchaus. Da sieht man, was für Tiere wir sind«, bestätigte Ana spöttisch.

Sie ließ heißes Wasser nachlaufen. Nicht gerade eine Energiesparmaßnahme, aber sie brachte nicht die Kraft auf, aus der Wanne zu steigen, aus Furcht vor dem Kälteschock. So ungefähr fühlt sich wahrscheinlich ein Kind bei der Geburt, wenn es den warmen Mutterleib verlässt, dachte Ana. Sicher habe ich ein Geburtstrauma, das ich mit mir herumschleppe. Sie belächelte ihre Larmoyanz.

»Mein Gott, was habe ich für fürchterliche Probleme«, brüllte sie theatralisch und lachte laut für sich allein in ihrer Wanne. »Trotzdem – ich hätte früher Schluss machen sollen!«

Aber er war so glücklich in den ersten Monaten. Sie brachte es nicht fertig, sich zu trennen. Sie merkte auch, wie gut die Beziehung seiner Arbeit tat. Plötzlich entwickelte er Dynamik, fand Kraft für die dringend notwendigen Reformen, setzte sich durch gegen die eigene Partei, die ewigen Zauderer, die nichts anderes im Kopf hatten als ihre nächste Wiederwahl, ihr Mandat, ihren Parteiposten. Ana vermutete, dass er sogar einmal mit Rücktritt drohte, aber nicht resigniert und müde, sondern entschlossen und kraftvoll wie in seinen besten Tagen. Sie spürte, dass sie ihm half. Da sie in ihrem Leben nicht viel Nützliches vollbracht hatte, blieb sie vielleicht auch deshalb. Sie hatte das Gefühl, tatsächlich gebraucht zu werden. Altruismus lag ihr eigentlich fern; sie lebte in der Überzeugung, dass selbst Mutter Theresa sich für ihre edlen Taten mit Selbstzufriedenheit belohnte. Bei den Gutmenschen fand sie mehr Selbstgerechtigkeit als Güte. Sie waren immer so gerührt über sich selbst. Das stieß Ana ab. Aber eine gewisse Zufriedenheit, wenn sie den Geliebten in immer besserer Verfassung sah, hatte sie verspürt.

PORTOFINO

Den August verbrachte sie in ihrem Haus bei Portofino. Mit Listen und Tricks schaffte er es, sie dort zwei Tage zu besuchen. Er traf sich mit dem italienischen Ministerpräsidenten in Rom. Weiß der Teufel, ob dieser Besuch von Nöten war, aber das bilaterale Gipfeltreffen machte den Abstecher in ihre Bucht möglich. Glückliche Männer! Ein geschäftlicher Termin, und sie konnten entspannt fremdgehen. Was machte eine Hausfrau und Mutter von zwei Kindern, wenn sie ein paar Stunden mit ihrem Liebhaber verbringen wollte?

Er reiste wirklich mit einem scheiß Armeehubschrauber an. Sie hatte ihm das verboten, aber anders hätte es zeitlich nicht geklappt. In Sachen Bodyguards ging sie keinen Kompromiss ein.

»Du sagst, ab Rom übernehmen die Italiener. Ende!«

»Das geht nicht, das organisiert die Sicherheit.«

»Es geht, wenn du es willst. Du bist Kanzler, du bist der Chef. Du bist in meinem Haus, in meiner Bucht. Es sieht dich keiner. Es gibt keinen, der dich umbringen will außer mir, wenn du mit den Scheißtypen antanzt. Ich werde sie nicht in mein Haus lassen, auch nicht in den Garten, ich dulde sie nicht mal auf der Straße vor meinem Haus!«

Natürlich ging es. Sie merkte, dass er sich anfangs nackt und hilflos fühlte ohne seine ständigen Begleiter, wie ein allein gelassenes Kind. Um ihn zu beruhigen, führte sie ihn im Haus und auf dem Grundstück herum. Ihre kleine Villa lag an einem felsigen Steilhang. Sie schauten von der Terrasse aus auf das Meer. Über das Geländer gebeugt, sahen sie 100 Meter in die Tiefe. Sie tat das ungern, weil sie nicht schwindelfrei war. Bei stürmischem Wetter tosten die Wellen unten gegen die Felswände, und selbst bei ruhiger Wetterlage konnte man niemandem raten, sich von dort unten aus an ihr Haus heranzumachen. Auf der Landseite führte ein schmaler Pfad, eben breit genug für ein Auto, zu dem Domizil. Der Pfad endete für Ungebetene an einem hohen Eisentor.

»Bleibt nur der Angriff aus der Luft«, erklärte sie ihm. »Vielleicht schicken sie eine Mittelstreckenrakete aus Berlin, am ehesten deine Parteigenossen, weil sie im Regen stehen mit ihren Scheißentscheidungen. Oder die Russen, die haben es sicher auf dich abgesehen. Die legen hier gleich einen Bombenteppich. Sonst droht, glaube ich, keine Gefahr von oben.«

Er war im Hallo-wichtig-Modus und schaute pikiert.

»Werd' mal wieder normal!«, befahl sie ihm rigoros.

Am Abend des ersten Tages reichte sie ihm Bermudashorts aus dem Schrank, ein Poloshirt, ein Käppi und eine Sonnenbrille. Dann gingen sie ins Dorf shoppen, setzten sich auf den Marktplatz, tranken Espresso und gafften die Leute an. Keiner erkannte ihn.

»Wie fühlst du dich?«

»Verunsichert, aber es wird besser. Nein – es ist geil! Ja, echt, es ist wirklich geil. Ich kann mich gar nicht mehr erinnern, wie das ist, einfach so in einem Café zu sitzen.«

Am nächsten Tag fuhren sie nach Santa Margherita. Ana saß am Steuer eines kleinen roten Fiat Cabriolets.

»War das eben nicht ein Stoppschild?«, fragte er.

»Kann sein. Weißt du, was ich an den Italienern liebe? Sie lassen sich ihr Leben nicht von Scheißschildern diktieren. Du weißt, die Deutschen werden nie eine anständige Revolution hinkriegen. An der ersten roten Ampel kommt jede Demo ins Stocken.«

»Du hast gut reden. Für dich wurden immer alle Hürden und Gefahren aus dem Weg geräumt. – Ich habe was riskiert in meiner Studentenzeit. Mich hätte kein reicher Daddy aus dem Knast gehauen. – War das nicht wieder ein Stoppschild? Tu mir den Gefallen und fahr' vorsichtiger. Ich möchte nicht von der italienischen Polizei aufgegriffen werden.«

Das hätte er nicht sagen sollen. Der Teufel ritt sie plötzlich. Im Rückspiegel sah sie einen Polizeiwagen auftauchen. Sie nahm die Ampel im späten Gelb. Vor einem Schwurgericht hätte sie zugegeben, dass sie rot war. Der Polizeiwagen zog an ihnen vorbei. Der Vigile gab ein Zeichen mit der Hand, das sie zum Halten aufforderte.

»Na fein«, stöhnte er. »Jetzt haben wir es geschafft.«

»Con calma!«, riet sie. »Halt vor allem deine Hände vor den Bauch und guck schmerzverzerrt.«

Ana stieg aus und ging hinüber zu den beiden Polizisten. Sie legte sich ordentlich ins Zeug, redete mit Händen und Füßen. Er sah, wie die Polizisten immer nur nickten. Dann kehrte Ana im Laufschritt zum Auto zurück und sprang auf den Fahrersitz.

»Was hast du ihnen gesagt?«, fragte er nervös.

»Du hättest dir deinen Schniedel im Reißverschluss eingeklemmt.«

»Das hast du nicht wirklich gesagt?«

»Doch, hast du nicht gesehen, wie sich plötzlich ihre Gesichter im Schmerz verzogen? Das hält kein Mann aus, besonders kein Südländer. Du kennst doch die Italiener: In der Hose liegt ihr bestes Stück verstaut. Jede Minute überprüfen sie, ob es noch da ist. Ich sage dir, die Sache mit dem Reißverschluss ging den beiden durch und durch. Irgendetwas Wirkungsvolles musste ich doch bringen. Sie wollten uns sogar bis zum Krankenhaus vorausfahren, mit Blaulicht. Ich habe ihnen erklärt, dass das nicht nötig sei.«

Er schüttelte den Kopf, fassungslos erst, dann grinsend.

»Was heißt denn Schniedel auf Italienisch?«

»Ich hab' cazzo gesagt, das ist eher ordinär. Die beiden Bullen guckten erstaunt, aber so gut spreche ich nicht Italienisch. Ich weiß doch nicht, was Vorhaut heißt.«

»Du hast sie nicht mehr alle!«

»Sei froh, dass sie den Schaden nicht begutachten wollten.«

Danach waren sie bester Laune. Er entspannte sich mit jeder weiteren Minute. Selbst in Santa Margherita, wo jede Menge deutscher Touristen herumlaufen, spazierten sie wie alle Verliebten Hand in Hand am Strand entlang. In einem Café zogen sie lautstark über die beschissenen deutschen Politiker her.

»Die werden immer feister«, sagte Ana.

»Während wir uns abschuften, sitzen die wahrscheinlich in der Sonne und lassen es sich gut gehen«, bestätigte er.

»Was kann man von einem Kanzler erwarten, der zum dritten Mal verheiratet ist.«

»Dreimal, das ist ja ungeheuerlich, so einem Mann kann man nicht über den Weg trauen.«

Ihr Übermut bekam einen kurzen Dämpfer, als ein älterer Herr am Tisch gegenüber sie auffällig lange musterte.

»Is was?«, fragte Ana.

»Sie müssen entschuldigen, aber Sie haben eine verblüffende Ähnlichkeit – (Anas Herz setzte einen Schlag aus) mit Katharine Hepburn, als sie jung war, natürlich.«

Sie grinste erleichtert.

»Ja, und er sieht doch ein bisschen aus wie Spencer Tracy.« Sie deutete auf den Kanzler inkognito. »Als er jung war, natürlich.«

»Ja, vielleicht.«

Der Mann nickte, war aber nicht ganz überzeugt.

Nach diesem Schocker fürchteten sie sich vor nichts mehr. Knutschend saßen sie in einer Strandbar, tanzten eng umschlungen in einem Nachtklub. Das Einzige, was Ana ihm zugestand, war seine Mütze und die Sonnenbrille. Er hatte sich eine verspiegelte »Ray Ban« gekauft. Die ging sogar nachts durch; sie sah nach einer Kombination aus Styling, Mafia und Augenleiden aus. Sie lachten andauernd in diesen zwei Tagen. Sein Lachen machte ihn zehn Jahre jünger. Viel mehr konnte Ana für das Wohl ihres Landes nicht tun.

Die letzte Nacht in Portofino war drückend heiß, sodass sie ihr Lager auf den Terrassenliegen herrichteten. Sie schauten in den Himmel, und Ana überzeugte ihn, dass die Sterne sie bewachten und es im ganzen Universum kein einziges Wesen gab, das es auf sein Leben abgesehen hatte. Er glaubte es in diesem Moment, und sie hoffte, dass dieser Glaube wenigstens für ein paar Tage vorhielt. Im Berliner Alltag würde sich der alte Trott schnell wieder einschleichen. Als er wegfuhr, sah er aus wie einer, der von einer wochenlangen Erholung aufbrach. Ein bisschen zu braun gebrannt für einen Arbeitsaufenthalt, aber das zu erklären, war sein Problem.

»Die 48 Stunden bei dir in Portofino sind mir wie drei Monate Semesterferien vorgekommen«, sagte er zum Abschied. »Sogar mein Kopf war verreist, weit weg von Berlin. Ich weiß nicht, wie lange ich dieses Gefühl nicht mehr hatte – wirklich Ferien zu machen.«

Tatsächlich hatte er wenig telefoniert, ein paar Mal mit seinem Sekretariat, einige Male mit seinen Ministern, es klang auf jeden Fall so, nie mit seiner Frau. Das war merkwürdig, aber Ana zerbrach sich darüber nicht den Kopf. Es ging sie nichts an. Sie war dankbar, dass sie nicht Zeuge von Lügengeschichten wurde. Sie sprach mit ihm nie über seine Ehe, über eine Ehefrau, die irgendwo in der Umlaufbahn dieses Mannes kreiste, einer völlig anderen Umlaufbahn als Anas. Die Gefahr einer Berührung bestand nicht, und das war gut so.

*

Portofino. Es waren die besten Tage, die Ana mit ihm erlebte. In der entspannten Atmosphäre erinnerte er sich seiner Fähigkeiten als Liebhaber. So viel Zeit hatten sie nie füreinander gehabt. Die meisten Stunden verbrachten sie im Bett oder auf den Sonnenliegen. Sie schliefen immer nur für zwei, drei Stunden, bis einer den anderen mit einer Zärtlichkeit weckte. Wahrscheinlich vögelten sie in den 48 Stunden häufiger als andere in ihrem ganzen Leben. Vielleicht war die Sonne daran schuld, die warmen Strahlen auf ihrer nackten Haut oder der italienische Wein, das Rauschen des Meeres unter ihnen oder der Duft der Ligusterblüten. Was fällt einem ein, wenn man nachts unter sternenklarem Himmel aus dem Meer steigt und sich in den warmen Sand legt? Auf jeden Fall nichts, was mit Arbeitsmarktreformen oder Steuergesetzgebung zu tun hat. Er überraschte sie mit einer überwältigenden Zärtlichkeit, zu der sie ihn in diesem Ausmaß nicht für fähig gehalten, mit Liebesbezeugungen, die sie so nicht von ihm erwartet hatte. Auf vielen Umwegen war er an seinem Ziel angekommen, für 48 Stunden. Er war nicht Kanzler gewesen und sie nicht der Grund für seinen ewigen Minderwertigkeitskomplex. Für 48 Stunden hatten sie perfekt zusammengepasst. Was wollte man mehr? Sie dachte, wie zufrieden sie damals gewesen waren, nicht nur zufrieden, glücklich. Sie hatten geliebt und gelacht wie ein vollkommen glückliches Paar. Es wäre ein guter Zeitpunkt für den Abschied gewesen, den endgültigen. Man sollte solche frohen Augenblicke zum Auseinandergehen wählen, überlegte sie, auch eine dieser beschissenen Weisheiten. So etwas stand auf Kalenderblättern, völlig unbrauchbar für das wirkliche Leben. Wer ging im glücklichsten Augenblick einer Beziehung? Und trotzdem – was war danach noch gekommen?

BERLIN MITTE UND DER REST DER WELT

Etwas stimmte nicht im Land. Die Atmosphäre wurde immer düsterer. Die Menschen mäkelten und maulten und taten nichts gegen das Unheil, das sich zusammenbraute. Je mehr ihm der Gegenwind ins Gesicht blies, desto häufiger floh er aus dem Land. Wenn es ungemütlich wird, fangen sie an zu reisen – die Könige, die Präsidenten, die Kanzler. Man fährt ins Ausland: hier ein warmer Händedruck eines anderen Regierungschefs, dort ein paar Steuergelder an die Armen verteilen. In Afrika, Südamerika, Asien ist ein Regierungschef willkommen, wird geliebt, geschätzt und geehrt, erhält die Zuwendung, die ihm zu Hause verwehrt wird. Manchmal stürzte er nach einer Reise gleich zu ihr Unter den Linden, kam aufgebläht vom Lob der Amtskollegen mit vollem Rückenwind bei ihr herein. Gerade erst ausgestiegen aus dem Kanzlerjet, in dem er sich mit seinen Speichelleckern umgab, hofiert von Journalisten, die sich glücklich schätzten, in der Maschine mitfliegen zu dürfen, der Macht ganz nah, mit der Möglichkeit zu intimen Gesprächen, der Kanzler sehr familiär, wenn auch ein wenig gönnerhaft. Mit dem erstarkten Machtgefühl trat ein anderer Liebhaber auf sie zu. Nach einer dieser Reisen triumphierte er über die erreichten Abkommen, die Begegnung mit dem russischen Präsidenten auf Augenhöhe. »Auf Augenhöhe« – das waren seine Worte. Ana sah ihn sprachlos an, ließ ihn reden und prahlen und hoffte, es würde irgendwann aufhören. Aber zu sehr genoss er seinen Triumph, seine staatsmännische Pose, er war nicht zu stoppen.

Ganz sanft, gefährlich sanft, sagte sie: »Es ist gut. Wo denkst du, bist du hier?«

Er schaute sie verblüfft an. Das erste Mal seit seiner Ankunft schaute er sie an und sah nur Abweisendes in ihrem Gesicht.

»Von dir bekomme ich nie Anerkennung«, sagte er ziemlich laut. »Was immer ich mache. Ich könnte Vollbeschäftigung schaffen, Steuern um 20 Prozent senken, die Verschuldung auf null bringen: von dir keine Anerkennung. Du fühlst dich so stark, so ungeheuer souverän«, sein Stimmpegel stieg. »Fühlst du dich mir sehr überlegen?«

Sie schwieg.

»Du denkst, du hast Macht über mich?«

Sie blieb beharrlich in ihrem Schweigen. Wenn er so war, verabscheute sie ihn.

»Ich muss dich doch nur an dieser kleinen Stelle deines Körpers berühren, und all deine Überlegenheit schwindet.«

Er sagte das eher spielerisch. Zu anderer Gelegenheit wäre sie vielleicht darauf eingegangen, aber sie konnte sein Lächeln nicht übersehen, dieses merkwürdige Lächeln, das er von der Begegnung mit dem russischen Präsidenten auf seinen Lippen trug.

»Du schmilzt, dein Widerstand zerbricht wegen dieser winzigen Schwachstelle. Ich muss dich nur leicht dort streicheln«, insistierte er.

»Wieso glaubst du, dass du der Einzige bist, der das kann?«

Die Ohrfeige traf sie hart und so schnell, dass sie nicht in Deckung gehen konnte. In seinen Augen stand Mordlust. Das war das erste und einzige Mal, dass er sie schlug. Sie war fassungslos. In ihrem ganzen Leben war sie nicht geohrfeigt worden. Natürlich hätte dieser Schlag das Ende sein müssen, aber sie waren nicht am Ende. There are »fifty ways to leave your lover« and »fifty ways to love your lover«. Sie hatten das alles noch vor sich. Nach der Ohrfeige stand sie wortlos auf, griff nach dem erstbesten Gegenstand, der ihr in die Hände geriet. Es war ein Glas. Sie warf es in seine Richtung. Er duckte sich, aber es erwischte ihn an der Wange, knapp unter seinem linken Auge. Die Haut platzte auf, Blut floss aus der Wunde. Der Anblick freute sie. Er stürzte sich in rasender Wut auf sie, zerrte sie zurück auf das Bett. Er vögelte sie ohne Gefühl, eiskalt, ohne Zärtlichkeit. Als sie sich nachher darüber beklagte, sagte er nur abweisend: »Was beschwerst du dich. Du hast doch gesagt, dass jeder dich beglücken kann.«

»Du bist gewohnt, anderen das Wort im Mund zu verdrehen«, schrie sie wütend. »Ich habe gefragt, wieso du glaubst, dass du der Einzige bist. Es war eine Frage! Keine Feststellung.«

Sie packte in Windeseile ein paar Sachen zusammen und verließ grußlos die Wohnung.

»Sankt Moritz, ja, oder Saint Tropez?!«, hörte sie ihn durch die geschlossene Tür brüllen.

Auch das war nicht das Ende. Mit Genugtuung sah sie am nächsten Tag in den Nachrichten, dass er die Platzwunde unter dem Auge mit einem großen Pflaster abdeckte.

Drei Tage später kehrte sie in ihre Wohnung Unter den Linden zurück. Wenige Stunden nach ihrer Rückkehr stand er vor der Tür. Sie ließ ihn eintreten. Absichtlich umarmte sie ihn so stürmisch, dass die Wunde an der Wange erneut aufsprang, wieder floss Blut, es quoll unter dem Pflaster hervor, sie freute sich darüber. Die Wunde sollte möglichst lange bluten. Hoffentlich schmerzte sie. Ana ärgerte sich über sich selbst. Sie hatte ihn unterschätzt. Zu lange hatte sie in ihm den kleinen Jungen gesehen, der verlegen auf seine Schuhspitzen starrte. Sie hatte geglaubt, dass er es mit ein paar miesen Tricks nach oben geschafft hatte. Aber so einfach war das alles nicht.

A man of many talents, dachte sie.

Er besaß mehr davon, als sie ihm zugetraut hatte. Da war der absolute Wille zur Macht, gepaart mit Intelligenz und Geschick; Beharrlichkeit und die Fähigkeit, Misserfolge wegzustecken; ein Talent, Menschen zu überzeugen und Menschen zu manipulieren; eine Rücksichtslosigkeit, sogar Brutalität, wenn es um das Erreichen von Zielen ging. Ziemlich viele Scheißeigenschaften, überlegte sie angewidert.

BARTELS

Er hatte ihre Wohnung komplett verwanzt. Die Genehmigung dazu kam von ganz oben. Geld spielte keine Rolle. Auch das Schlafzimmer war verwanzt. Das brauchte Sengelhoff nicht zu wissen, genauso wenig wie der Kanzler. Es war gut, wenn Politiker nicht alles wussten. Sie wollten es auch nicht. Sie mussten vor Untersuchungsausschüssen dann nicht lügen. Für die Drecksarbeit waren die unteren Ränge zuständig, Leute wie Bartels. Es war merkwürdig, dem Bundeskanzler beim Liebesakt zuzuhören. Bartels war kein Voyeur, in diesem Fall musste es wohl Ecouteur heißen, aber es blieb nicht aus, dass er Zeuge des staatsmännischen Orgasmus wurde. Bartels versuchte, den sexuellen Höhepunkt im Schnelldurchlauf zu überspringen, anfangs auf jeden Fall. Der überwiegende Teil solcher Tonbänder ist öde. Jemand liest oder schläft oder schaut Fernsehen, badet oder putzt sich die Zähne; ein Highlight, wenn das Telefon klingelt. Die Frau war entweder clean oder eine Topagentin. Ihr Leben verlief in gewisser Weise aufregend, aber vollkommen unverdächtig: keine Treffen mit mutmaßlichen Spionen, keine dubiosen Anrufe. Sie telefonierte mit ihren Kindern, Kunsthändlern, ihrem Bruder, sagte Einladungen ab oder zu, telefonierte mit Freundinnen, nie erwähnte sie ihr Verhältnis mit dem Kanzler. Es war, als ob diese Beziehung nicht existierte.

Bartels hatte ihren Background durchleuchtet. Er war dabei nicht auf die Nachbarschaft zwischen ihr und dem heutigen Kanzler gestoßen, diese Merkwürdigkeit aus Kinderzeiten. Es war nicht sein Auftrag gewesen, die Vergangenheit des Kanzlers zu überprüfen.

Die Vita der Frau war schillernd: eine glänzende Familie, internationale Kontakte, Reisen in alle Welt, Verwandte in aller Welt, der Lebensstil geprägt durch Geld und Geschäfte. Gab es einen Ansatz für Spionage, das war die Frage. Familienbande nach Russland, Hass auf die Sozis, vielleicht war sie sogar eine Art Monarchistin? In einem Gespräch mit dem Kanzler sagte sie etwas in dieser Richtung. Bartels suchte die Stelle in seinem Protokoll.

»Meine Großeltern sahen eine Monarchie an ihrer Verkommenheit zugrunde gehen. Meine Eltern sahen, wie eine Diktatur wegen ihrer Verkommenheit unterging, und nun werde ich Zeuge, wie Demokratien an ihrer Verkommenheit zerbrechen. Ironie der Geschichte. Im Rückblick muss man sagen, dass die Monarchien am längsten hielten. Was hat sie so stark und langlebig gemacht? Die Diktatur des anständigen Mannes, des guten Königs – das wäre die Lösung, leider ein Traum, denn die Macht korrumpiert sie am Ende alle, oder fast alle. Am ehesten resistent sind die, die von Kindheit an zur Ausübung von Macht erzogen werden, am wenigsten resistent ist erfahrungsgemäß der von unten Hochgespülte.«

Bartels schenkte sich die anschließende Diskussion mit dem tief beleidigten Kanzler. Monarchistin also? Eher nicht, aber welche Absichten verfolgte Ana Bentlow, wenn sie den Kanzler der Bundesrepublik Deutschland durch die Tür ihrer Nobelherberge Unter den Linden und sogar in ihr Bett einließ? Liebe? – Bartels mochte nicht daran glauben. Sengelhoff hatte etwas in der Nase, und Bartels gab ihm recht. Es war einiges faul an der Sache. Die

Frau war eine Nummer zu groß für diesen Mann. Sie hatte zu viel Format, um sich mit einem Typ wie dem Kanzler einzulassen. Bartels konnte sich nicht vorstellen, dass er ihr imponierte, nur weil er sich bis zur Spitze dieser Regierung durchgeboxt hatte. Er würde ihr auf die Spur kommen, so viel war klar. Es würde vielleicht dauern, wahrscheinlich würde es einige Zeichnungen brauchen, aber am Ende würde er das Geheimnis lüften.

Die Tonbänder waren ein Dokument des politischen Zersetzungsprozesses und des Zustands der Regierung. Je mehr der Kanzler draußen wegen seiner beschissenen Politik unter Druck geriet, desto desolater wurden die Verhältnisse in den vier Wänden Unter den Linden. Die Einschätzung dieser Tatsache zählte nicht zu Bartels' Aufgaben, aber sie entging ihm nicht. Je schlimmer die Schlagzeilen in den Zeitungen, desto unruhiger verliefen die Stunden im Schlafzimmer des sogenannten Zielsubjektes. Bartels hörte die Ohrfeige, er hörte, wie ein Gegenstand geworfen wurde, den darauf folgenden Schrei und den wütenden Liebesakt. Es war der erste, den er nicht im Schnelldurchgang abhorchte. Bartels versuchte sich einzureden, dass es ihm darum ging, die Frau zu verstehen, und dass sein Mithören ihm eigentlich peinlich war, peinlich auch die gewisse Erregung, die er dabei empfand. Er leugnete entschieden, dass sein Verhältnis zu der Frau sich wandelte, und dass seine Bilder, die er von ihr malte, sich veränderten. Er hätte das selbst bemerkt, wenn er die Porträts aus den ersten Tagen der Beobachtung mit den jüngsten verglichen hätte, aber er tat das nicht. Er legte die Zeichnungen fein säuberlich in einer Mappe ab, das Neueste immer zuoberst, sodass er jeweils nur kurz mit dem zuvor gemalten konfrontiert wurde. Auf diesem Vorletzten, das nahm er selbst in der Momentaufnahme wahr, schaute sie ihm sehr sinnlich entgegen. Er fragte sich, ob er sie wirklich so beobachtet hatte oder ob diese Zeichnung seiner überreizten Fantasie entsprang. Viel mehr Fragen ließ er nicht zu. Er deckte das Porträt mit dem zuletzt entstandenen ab.

Bartels bildete sich ein, er könne hören, ob die Frau einen Orgasmus hatte. Tief aus ihrem Bauch drang die Lust mit einem leisen Seufzen aus ihrer Kehle durch die Kopfhörer an sein Ohr. Obwohl er wusste, dass Frauen einen Orgasmus perfekt simulieren können, war er sicher, dass er sich bei ihr nicht täuschte. An ihrem Atmen, am Vibrieren ihrer Stimme, die nicht mehr an den Stimmbändern entstand, sondern aus ihrem Unterleib zu kommen schien, fühlte er den Höhepunkt nahen, wenn es denn passierte. Manchmal war der Liebhaber einfach zu ausgelaugt für die Abenteuer, die er sich zumutete. Woher der Kanzler die Kraft für sein aufreibendes Verhältnis nahm, fragte Bartels sich. Beenden würde er es nicht können, das wurde Bartels beim Abhören der Bänder klar. Die Frau war seine letzte Rettung oder sein Untergang. Er empfand Mitleid mit dem Mann. Ob er ihm helfen könnte oder wollte, wusste er nicht. Alles würde erst einmal weitergehen. Der Kanzler würde die Frau sehen, so oft es eben ging, sie manchmal antreffen und manchmal nicht antreffen, darüber wütend werden oder verzweifelt, sich Liebe holen, wenn es eben ging, und Bartels würde weiterhin zuhören, Informationen sammeln, Bilder malen, Schlüsse ziehen und Sengelhoff informieren.

ANASTASIA

Eine Ohrfeige! Die Erinnerung daran trieb ihr die Zornesröte ins Gesicht. Sie fühlte bei dem Gedanken daran erneut die Scham, weil sie die Beziehung zu ihm nicht auf der Stelle beendete. Ihr Verhältnis war weitergegangen, heftiger und sinnlicher als zuvor. Aus vielen dünnen Fäden flochten sie eine feste Bindung. Macht und Sexualität, Witz und Spaß, Spiel und Liebe oder Liebe spielen – all das gehörte dazu. Je toller sie es trieben, desto weniger schienen die Menschen um sie herum zu merken, was zwischen ihnen vor sich ging. Sie amüsierten sich königlich bei ihren Spielereien, lachten über die Ahnungslosen und verstrickten sich in merkwürdige Scharaden.

Ana ging nun manchmal zu Veranstaltungen, die sie früher gemieden hatte. Nie sagte sie ihm vorher Bescheid, ob sie auftauchen würde oder nicht. Er eröffnete eine Ausstellung in einem Kölner Museum. Erst mittags entschied sie sich, nach Köln aufzubrechen. Sie nahm den Flieger um 16.00 Uhr, checkte schnell im Hotel »Excelsior« am Dom ein, duschte kurz, zog einen kurzen Jeansrock an und warf eine lange Jacke über, deren Muster an ein Gemälde von Paul Klee erinnerte. Deshalb hatte sie die Jacke gekauft. Sie liebte Klee. Dann ging sie zu Fuß hinüber in das Museum. Sie war spät dran. Er hielt gerade seine Laudatio auf den Künstler. Es handelte sich um eine Gerhard-Richter-Ausstellung. Aus irgendeinem Grund mochte er Richter, seine Bilder oder den Künstler selbst.

Sie redete nicht sehr viel über Kunst mit ihm, er hatte keinen blassen Schimmer. Die von einem Schreiberling verfasste Rede interessierte sie einen Dreck. Was wussten diese Leute von Kunst. Ana mochte ein verzogenes Upperclassgirl sein, das sich aus Langeweile ins Kunststudium stürzte – er wollte das gern so glauben. Tatsächlich hatte sie ihr Leben zwischen den Wunderwerken der größten Maler der Welt verbracht. Als Kind hatte sie täglich auf den Monet über dem Esstisch in ihrem Elternhaus gestarrt. Sie brauchte ihren Kopf nicht für die Kunst, sie besaß den Bauch.

Er entdeckte sie vom Rednerpult aus, als sie mit klappernden Absätzen die Lesung der Heiligen Messe störte. Die Tür knallte hinter ihr zu. Das informierte ihn über ihre Ankunft. Sie merkte, dass er bei seinem Vortrag einen Gang zulegte. Da sie sich langweilte, begann sie ein Gespräch mit einem Kunstsammler, den sie kannte. Aus dem Publikum trafen sie vernichtende Blicke. Einige Leute versuchten es mit einem wütenden »Psst!«. Die faden Vorträge nahmen kein Ende. Der dämliche Bürgermeister der Stadt bedankte sich beim Kanzler und kroch ihm dabei ungeniert in den Hintern, obwohl man unterschiedlichen Parteien angehörte. Egal! Sie ging in die Kantine und trank ein Glas Champagner, um weiteren Reden zu entgehen, auch dem sauren Wein, der später gereicht würde. Als sie in die Ausstellungsräume zurückkehrte, war der offizielle Teil beendet. Die Besucher standen plaudernd in Grüppchen beieinander. Für die Bilder interessierte sich keine Sau. Der Kanzler stand mit dem Direktor des Museums zusammen. Ana kannte den Mann aus vielen Begegnungen. Er hatte sie oft um finanzielle Unterstützung angebettelt. Jetzt kümmerte er sich so beflissen um den hohen

Gast, dass er sie nicht wahrnahm oder wahrnehmen wollte. Sie ergriff die Initiative und begrüßte den Museumsleiter. Der Mann wirkte nicht erfreut. Widerwillig stellte er ihr den Kanzler vor, den er lieber für sich vereinnahmt hätte.

»Wir kennen uns«, strahlte Uwe Henning und ließ den Museumsdirektor links liegen.

Das passte nicht in ihren Plan. Sie zog den verschmähten Direktor ins Gespräch und bat ihn nach einem freundlichen Geplänkel, ob sie dem Bundeskanzler ihr Lieblingsbild zeigen dürfe, ein Bild von Klee, das im oberen Geschoss hing. Der Direktor diente sich an, die beiden zu führen. Aber er, der sofort verstand, drängte den Mann, sich um seine Gäste zu kümmern.

»Wir sind sofort zurück«, beruhigte er den Direktor und klopfte ihm kameradschaftlich auf die Schulter. Der Alleingang durch die heiligen Räume des Museums widersprach allen Sicherheitsregeln, aber dem dritten Mann im Staat schlug man die harmlose Bitte nicht ab. Schon im Aufzug fiel er über sie her. Sie bremste, zog ihn im Obergeschoss in den Raum mit dem von ihr geliebten Klee. Kein Wachpersonal störte sie, als sie, versunken in die Schönheit des Gemäldes, langsam in den Liebesakt übergingen. Er stand hinter ihr, sein Kinn ruhte auf ihrer Schulter, seine Arme umschlangen sie. Während sie andächtig die Erhabenheit des Bildes in sich einsog, flüsterte er begehrliche Worte in ihr Ohr. Sie gönnten sich ein kurzes, sehr irdisches Vergnügen angesichts der Werke, deren Schönheit gar nicht von dieser Welt war. Vor ihren Augen verschwamm der Klee'sche »Hauptweg und Nebenwege«, und in Gedanken fügte sie dem Titel die »Abwege« hinzu. Sie kehrten zurück zu der Gesellschaft, lebhaft über das Kunstwerk diskutierend.

»Und, wie fanden Sie es, Herr Bundeskanzler?«, fragte der Museumsdirektor neugierig.

»Doch, ja, sehr eindringlich«, antwortete er ernst, während sie an ihrem Lachen fast erstickte.

Im nächsten Moment stürzte sich ein Langweiler aus dem städtischen Kulturamt auf Ana.

»Wann bist du denn gekommen?«, rief er ihr begeistert entgegen.

»Gerade eben erst«, antwortete sie und sah mitten in das schmutzige Grinsen ihres Liebhabers.

»Hab ich dich nicht vorhin schon gesehen«, beharrte der Depp aus der Kulturszene.

»Da bin ich schon mal gekommen«, sagte sie geistesabwesend.

»Ach«, sagte er, »schon mal gekommen, das ist für eine Veranstaltung ziemlich oft.«

Solche Wortgeplänkel fanden sie damals lustig. Sie fühlten sich wie Kinder, die mit einer selbst erdachten Geheimsprache die Erwachsenen narrten.

Und sie wissen nicht, was sie tun. Sie schraubten den Gefahrenpegel Stück für Stück hoch, die Gefahr erhöhte den Reiz. Wie die Besessenen suchten sie nach erregenden Situationen. Die Verrücktheit hielt sie beieinander. Im Schloss Bellevue flogen sie fast auf. Es gab ein Essen zu Ehren des schwedischen Königs. Vermutlich hatte der Botschafter sie auf die Gästeliste gesetzt. Vielleicht litt seine Frau wieder unter einer Virusinfektion und er plante ein kleines außereheliches Vergnügen. Merkwürdigerweise erschien seine Ehefrau aber doch bei dem Diner, vielleicht eine Spontanheilung. Der Arme. Wenn man sich nicht mal mehr auf die Viren verlassen konnte. Die schwedische Gemahlin war hübsch, aber blass und farblos. Der Botschafter saß mit säuerlicher Miene an der Tafel, kaute lustlos an dem faden Kalbsfilet und suchte verzweifelt Anas Blick. Nach der Hauptspeise nickte sie ihrem Tischherrn, einem trüben Staatssekretär der Finanzen, entschuldigend zu und verließ die erlesene Runde mit ihrem Handtäschchen. Manchmal war so ein Ding nützlich, die Sache mit dem Nasepudern eine gute Ausrede. Bei elend langen Diners sicherte sie eine Verschnaufpause, manchmal ein fröhliches Getratsche in den Restrooms mit anderen genervten Damen. Ein kurzer Blick hinüber zu ihm genügte. Sie wartete im Park, an einen Baum gelehnt, auf sein Eintreffen. Sie rauchte eine Zigarette. Rauchen vorher war auch nicht schlecht. Es half ihr ein wenig über die Zappeligkeit hinweg. Als er im Lichtschein der Tür auftauchte, zog sie kräftig an der Zigarette. Das Aufglühen im Dunkeln wies ihm den Weg. Er verstand das Signal und eilte über den Rasen zu ihrem Baum. Der Smoking stand ihm gut. Man merkte kaum, dass er nicht darin aufgewachsen war. Er trug falsche Manschettenknöpfe an seinem Hemd, aber das bemerkte außer ihr kaum einer in der Runde, der schwedische König vielleicht, aber der hatte andere Sorgen. Sie hätte ihm ein Paar schenken können, aber sie machte Männern grundsätzlich keine wertvollen Geschenke. Dazu war sie zu reich. Er öffnete sein Smokinghemd, als er nur ein paar Schritte von ihr entfernt war. Er mochte es, sie auf seiner Haut zu spüren. Sie liebten sich draußen an dem Baum, nicht überhastet, aber doch ziemlich kurz. Die Nachspeise wartete.

Der Botschafter musste etwas missverstanden haben. Nach Anas Verschwinden war er auf die Suche nach ihr gegangen. Plötzlich tauchte er in der nächtlichen Szenerie im Park auf. Die Situation, in der sich Ana und ihr Liebhaber befanden, war eindeutig. Es hatte keinen Zweck, Erklärungen abzugeben. Der Botschafter verbeugte sich kurz und verschwand. Die formelle Verbeugung wirkte komisch, aber Ana wusste, was sie bedeutete. Von seiner Seite konnten sie mit Diskretion rechnen. Er war ein Gentleman. Ana hörte später nie die leiseste Anspielung von diesem Ehrenmann. Die Geste eines Gentlemans wusste der Kanzler nicht einzuordnen. Wie auch, nachdem er sich in den letzten 20 Jahren mit Hauen und Stechen gegen knallharte Emporkömmlinge nach oben gekämpft hatte. In seiner Welt nutzte man die Blößen der anderen, um sich einen Vorteil zu verschaffen. Henning überlegte nervös, was er von dem schwedischen Botschafter zu erwarten hatte. Sie machte sich nicht die Mühe, ihn zu beruhigen, sondern richtete sich wortlos für ihr Wiederauftauchen in der Gesellschaft her. Zurück am Tisch konnte sie es sich nicht verkneifen, frech zum schwedischen Botschafter hinüber zu grinsen. Der war mit wunderbar ausdruckslosem Gesicht in das Gespräch mit seiner Nachbarin verwickelt, ließ sich auch nicht ablenken, als der deutsche Bundeskanzler seinen Platz wieder einnahm und dabei ein Wasserglas umstieß. Als der Kanzler hektisch danach griff, kippte das nächste, mit Rotwein gefüllte, hinterher. Er unterließ es, dies auch noch aufzufangen, am Ende wären alle Gläser wie die Dominosteine gefallen. Ana unterdrückte einen Lachanfall. Das war nicht leicht, denn sie sah in das unerschütterte Diplomatengesicht ihres Schweden. Für den Rest des Abends herrschte eine merkwürdig angespannte oder erregte Atmosphäre in einem gewissen Dreieck. Drei Orangensoufflés blieben fast unberührt auf den Tellern.

Das Geschehen im Schloss Bellevue hielt sie nicht von weiteren Abenteuern ab. Im Gegenteil, sie eroberten sich immer symbolträchtigere Orte. Ana hatte das Gefühl, dass er sich selbst und ihr beweisen wollte, wie wenig sein Amt und das Drumherum ihm bedeuteten. Das war natürlich Quatsch. Gerade wegen ihrer Bedeutung erregte ihn die Entweihung der Orte.

SANDRO FARINESI

Alessandro Farinesi sah aus, als habe er seine beste Zeit hinter sich, und die Wahrheit war, dass das in jeder Beziehung stimmte. Erstens war er nicht mehr der Jüngste, und zweitens war seine Familie länger verarmt, als die reich waren, mit denen Alessandro heutzutage Umgang pflegte. Natürlich hätte er es mit Arbeit versuchen können, aber so einfach war das nicht. Die Farinesi rührten seit Generationen keinen Finger für ihren Lebensunterhalt. Alessandros Vater hatte von den letzten veräußerbaren Kostbarkeiten aus dem Familienbesitz gelebt. Nun war endgültig Schluss. Man hatte versäumt, den Sohn rechtzeitig darauf hinzuweisen. In seiner Jugend, als die Gleichaltrigen sich auf den Universitäten auf ihre Karrieren vorbereiteten, trieb Alessandro sich mit einigen reichen Jungs an den einschlägigen Amüsierorten herum. Manchmal zugekokst und immer mit schönen blonden Frauen im Arm, führte er das Leben eines Playboys, subventioniert von reichen Freunden, die den lustigen und charmanten Alessandro gern um sich hatten. Von den Freunden verschwand einer nach dem anderen. Sie heirateten, wurden Anwälte, Ärzte, Unternehmer, übernahmen Familienbesitze von Vätern, die das Erbe ein wenig sorgsamer verwaltet hatten als Alessandros Erzeuger. Während Alessandro sich nichts ahnend oder nichts ahnen wollend in der Welt der Schönen und Reichen herumtrieb, köpfte sein Vater die letzte Flasche Château Lafite-Rothschild aus dem einst reich gefüllten Weinkeller und vertickte den Jahrhunderte alten Familiensitz der Farinesi an eine Immobilienfirma. Faktisch gehörte das Anwesen seit Ewigkeiten der Bank, bei der der Vater mit jedem Jahr höher in der Kreide stand. Alessandros Zuhause wurde in ein Luxushotel mit 100 Zimmern umgebaut, keines davon stand ihm zur Verfügung. Langsam kam ihm die Erkenntnis, dass er ein Erbe ohne Erbschaft war. Er erwog kurz, die reiche Tochter des Immobilienmaklers zu heiraten. Sie hatte es unverhohlen auf seinen Titel abgesehen. Eine Vermählung von Geld und Adel bot sich an und hätte Alessandros Probleme mit einem Schlag gelöst. Er gefiel sich aber nicht in der Rolle des Aristokraten, der dem ordinären Geld ein wenig Stil verlieh. Natürlich hätte er die gut betuchte Tochter adoptieren können, sie oder andere tüchtige Zeitgenossen, die zwar Geld, aber keinen Titel besaßen. Letztlich verwarf er all diese Ideen. Wenn er wenigstens ein Talent besessen hätte. Doch ja, er besaß Talent.

Mit seinen Talenten wäre er 250 Jahre zuvor der gefeierte Liebling in allen Salons gewesen. Sein Unglück lag in der zu späten Geburt. Alessandro vereinte alle Anlagen des Rokokomenschen: Er besaß Esprit, Bildung, Sinn für Schönheit, Begabung für die Erotik. 250 Jahre früher hätten sie auf den Knien vor ihm gelegen. Er wäre tänzelnd durch eine Zeit geschwebt, in der es unter Adligen eher verächtlich war zu arbeiten. Amüsement und kunstvolles Nichtstun trieben zu höchster Blüte und Vollendung. Zu seinem Unglück wurde Alessandro in eine Zeit hineingeboren, in der seine Fähigkeiten nicht zur Geltung kamen. Jeder Prolet, der auf dem Immobilienmarkt sein Geld machte, zählte mehr. Geblieben waren ihm sein Titel und die zweifelhafte Ehre, dass Kloschüsselfabrikanten, Immobilienhaie und Börsenspekulanten, wollten sie sich gesellschaftlich ein wenig hervortun, den Grafen Farinesi gern zu sich einluden. Manch einer diente ihm die Tochter des Hauses an. Es waren sogar passable Exemplare dabei, aber letztlich widerstrebten ihm diese Deals. Sein Stolz war das Letzte, was ihn aufrecht hielt.

Alessandro ging nach Deutschland. Dort lebte eine Großmutter, von der er sich ein wenig Unterstützung erwartete. Sie liebte ihren charmanten Enkel, konnte ihm finanziell aber nicht unter die Arme greifen. Zwar bewohnte sie ihr Schloss in Bayern, residierte aber in einem Nebenhaus der barocken Schlossanlage. Der größere Teil des Besitzes war in eine Stiftung übergegangen und die ganze alte Herrlichkeit zur Besichtigung für Besucher freigegeben. Manchmal stapfte die Großmutter an ihrem Krückstock mit finsterer Miene durch den Park, und ein Fremdenführer flüsterte den Besuchern zu, dies sei die alte Gräfin, deren Familie das Schloss gehört habe, einstmals, sie sei im Alter merkwürdig geworden, aber harmlos.

»Spiele ich meine Rolle nicht hervorragend?«, fragte die Gräfin ihren Enkel verschmitzt, zog die Augenbrauen hoch und seufzte: »Sic transit gloria mundi.«

Sie war eine weise alte Frau, sie hatte sich arrangiert. Die Gräfin führte ihren Enkel, der sich in Deutschland Sandro nannte, bei allen wichtigen Leuten ein. Mehr konnte sie für ihn nicht tun. Alessandro lebte von seinen Kontakten. Er kannte Gott und die Welt, und es gab viele, die Stolz empfanden, ihn zu kennen. Seinen Titel erwähnte er selbst nie, aber jeder wusste, dass er der letzte Nachkomme des Grafen Farinesi war. Selbst im zutiefst bürgerlichen Deutschland, das ohne Königshaus auskam, waren die Leute auf den Glanz, den die alten Adelshäuser verbreiteten, erpicht, Politiker besonders, am meisten die Sozis. Vor laufenden Kameras brüsteten sie sich mit stolz geschwellter Brust, einer echten Arbeiterfamilie zu entstammen. Natürlich waren sie überhaupt nicht stolz darauf. Sie sehnten sich nach einem Stammbaum, etwas Kultur, nach etwas Schein, sehnten sich danach, nicht Müller oder Schmidt zu heißen, wünschten sich einen Namen mit Klang oder wenigstens jemanden zu kennen, der einen Namen mit Klang besaß. Und dafür gab es Sandro. Wenn er Tischherr einer reizlosen Kanzler- oder Ministergemahlin war, egal welcher Couleur, ließ er den galanten Kavalier alter Schule heraus. Sie liebten es. Wenn er ihnen die kleinen, hässlichen Bauernhände küsste, schmolzen sie dahin. Geschmeichelt von seinen Aufmerksamkeiten plauderten sie sich um Kopf und Kragen. Es sprach sich so nett mit dem freundlichen und harmlosen Grafen. Die Informationen, an die er nebenbei herankam, verwurstete er in einem Boulevardblatt. In Bonn war das Leben für ihn ein Kinderspiel gewesen. Bonn war ein Dorf, kein Hauptstadtglamour, nur miefige Provinz. Der Graf Farinesi galt als das gesellschaftliche Highlight. Und Bonn war so schön übersichtlich gewesen, ein Zentrum der einsamen Herzen, herumlungernde Abgeordnete, deren Frauen in einem Nest in Schleswig-Holstein oder Bayern saßen und die froh waren, in einer Bar mit ihm zu versacken und ihr einsames Herz auszuschütten. Jede Menge Sekretärinnen, Kanzlersekretärinnen, Ministersekretärinnen, Staatssekretärssekretärinnen warteten auf Abwechslung. Sandro beglückte sie und sammelte Informationen. Was er nachts auf den Kopfkissen erfuhr, verarbeitete er am nächsten Tag zu einer Schlagzeile. Es wunderte ihn, wie selten man ihm das vorwarf. Die meisten lasen seine Artikel, schwiegen und plauderten bei nächster Gelegenheit erneut unbefangen. Es war eine seltsame Symbiose, die sich mit den Jahren zwischen den Menschen in der Politik und den Vertretern der Medien herausbildete. Man lebte voneinander.

Moralisch hielt er sich über Wasser, indem er die Leute, über die er schrieb, die Zeitung und seine Arbeit verachtete. An schlechten Tagen verachtete er am meisten sich selbst. Der Wechsel nach Berlin brachte kurzzeitig Unruhe in sein Leben, aber im Grunde fiel er dort wieder auf die Füße. Die Bonner Bekanntschaften stellten sich alle ein. Er machte da weiter, wo er im Rheinland aufgehört hatte.

Sandro kannte Anastasia aus seinen wilden Jahren. Sie waren sich an den fancy places begegnet, auch sie tummelte sich dort, aber irgendwie anders als er, nicht so verkommen. Sie war immer eine Göttin gewesen, unnahbar für einen heruntergekommenen Typen wie ihn. Er bemühte sich trotzdem einmal um sie, spürte aber schnell ihre Verachtung. Daraufhin zog er sich empfindlich getroffen zurück. Schließlich war er ein Farinesi. Sie sahen sich im »Adlon« wieder, bei einem Empfang, der Kanzler in ihrer Nähe. Alessandro entwickelte mit den Jahren eine feine Spürnase. Er roch Geschichten drei Meilen gegen den Wind. Etwas ging hier vor. Er behielt die beiden im Auge. Eigentlich kamen sich Ana und der Kanzler nicht näher, sprachen nicht miteinander, guckten sich nicht einmal an, aber vielleicht war es gerade das, was Sandros Verdacht weckte. Der Kanzler galt als »Womanizer«, ließ nichts anbrennen, das wusste jeder Journalist in Berlin. Anastasia war zwar nicht mehr die Jüngste, aber immer noch eine Schönheit. Eine wunderbare Frau, dachte Sandro und bedauerte, dass er einer solchen Göttin nichts zu bieten hatte. Dann sah er sie zum Aufzug gehen, sah auch, wie der Kanzler denselben Weg einschlug. Es mochte ein Zufall sein – vielleicht. Sandros Augen folgten den beiden, während er mit einer dieser struppigen grünen Politikerinnen scherzte. Er flirtete ein wenig mit der Frau, obwohl sie für ihn die Erotik eines gemeinen Haushaltsbesens besaß. Sie waren alle gleich, diese grünen Emanzen mit den rot gefärbten Haaren, halbe Kommunisten, wenn sie nur den Mund aufmachten, aber kaum bemühte sich ein veritabler Graf um sie, bekamen sie feuchte Augen. Anastasia und der Kanzler verschwanden im Aufzug, redeten aber nicht miteinander, würdigten sich nicht einmal eines Blickes. Das erregte seinen Verdacht erst recht. Eine Frau wie Anastasia übersah man nicht. Die Tür schob sich zu. Was machten sie hinter dieser Tür? Eine kleine Episode, eine kleine Information, ein Baustein für eine Geschichte, womöglich. Er behielt die Sache im Hinterkopf.

Es kostete ihn ein paar Anfragen bei guten Freunden, um herauszubekommen, wo Anastasia zurzeit wohnte. Manchmal wunderte es Alessandro selbst, wie gern die Leute Auskunft gaben. Sie schienen einem seltsamen Drang zu folgen, dem Wunsch, sich effizient und informiert zu zeigen, auch behilflich zu sein.

ANASTASIA

Das warme Dauerbad machte sie müde und träge und immer lustloser für eine Unternehmung anlässlich ihres 50. Geburtstages. Am meisten verlockte sie im Moment, sich mit ein paar Chips und Bier vor die Glotze zu setzen. Dann erschien ihr die Vorstellung ein wenig freudlos. Der Gedanke an ihre Abiturnacht brachte sie auf eine Idee. Es musste um diese Jahreszeit gewesen sein, nein später, wahrscheinlich im Juni. Sie hatten beide ihre Noten bekommen, hatten beide bestanden – er glänzend, natürlich, wie zu erwarten, sie weniger glänzend, was erwartet war. Sie hatte es geschafft, dank seiner Hilfe. Er hatte sie mit durchgeschleppt.

»Na, hör' mal«, scherzte sie damals, »du hast einen Durchschnitt von 1,4 und mich hast du mit einer 2,7 hängen lassen. Findest du das in Ordnung?«

Mit erschrockener Miene schaute er sie schuldbewusst von unten an.

»War nur ein Scherz«, lachte sie. »Danke!«

Sie gab ihm einen Kuss, einen schwesterlichen, und flüsterte:

»Ich habe eine Überraschung für dich. Treffpunkt: heute Abend, 23.00 Uhr, unten am Bootsanleger.«

AN DER ALSTER

Sie bereitete alles für eine private Abiturfeier vor. Nur er und sie. Ein Dankeschön für seine Hilfe. Aus dem Keller ihrer Eltern klaute sie Champagner, vorsichtshalber zwei Flaschen, und eine Dose Kaviar. Sie hoffte, der Diebstahl würde unentdeckt bleiben. Im anderen Fall hätte sie sich auf ihre Fantasie in Sachen Ausreden verlassen. Der Anleger wurde nachts nicht genutzt, also entfaltete sie sich nach Belieben. Sie schaffte einen Klapptisch ran, den sie mit einem weißen Tischtuch, einem bunten Rosenstrauß, Kerzen und Geschirr dekorierte, dazu zwei Klappstühle, einen Kassettenrekorder. Sogar an einen Champagnerkühler mit viel Eis dachte sie und an Toastbrot, das in einer weißen Serviette warm gehalten wurde. Er kam pünktlich. Sie sah, dass es ihm beim Betreten der Anlegebrücke einfach umhaute: Leise Musik spielte, die Kerzen brannten, sie stand in einem sommerlichen Kleid auf den Planken, hinter ihr die vom Mond beschienene Alster, eine Szenerie wie im Kitschroman. Sie bemerkte einen feuchten Schimmer in seinen Augen. Er hatte sich damals einer linken Schülerorganisation angeschlossen, aber an diesem Abend stand er am Scheideweg, geblendet von Luxus und Stil. Sein Leben hätte vielleicht eine andere Richtung genommen, wäre der Abend anders verlaufen. Hätte, wäre, wenn! Erst einmal ließen sie den Korken knallen. Er schoss hoch hinaus und plumpste ins Wasser der Binnenalster. Sie goss den eiskalten Champagner in die Gläser. Sie stießen an und tranken.

»Ich habe eine Rede vorbereitet«, sagte sie. »Eine Dankesrede! Sie geht etwa so: Liebe Gäste, liebe Freunde, Eltern, Lehrer, verehrter Herr Direktor, ich habe seit heute mein Abitur in der Tasche, verdient habe ich es nicht. Bei mir hat sich in den letzten Schuljahren leider eine gewisse Sorglosigkeit mit bodenloser Faulheit gepaart. Die 2,7 auf meinem Zeugnis ist eine riesige Schmeichelei. Darf ich Ihnen den Mann vorstellen, dem ich alles verdanke, was auf diesem Zeugnispapier steht. Bitte begrüßen Sie ihn mit einem kräftigen Applaus.«

Sie klatschte in die Hände.

»Ihm gelten mein Dank und meine Hochachtung. – Das Büffet ist eröffnet.«

Sie schlemmten Kaviartoasts und leerten die erste Flasche Champagner. Gut, dass sie für Nachschub gesorgt hatte, der zweite Korken ploppte bald. Die Stimmung erreichte schnell ihren Höhepunkt. Sie lachten und tanzten Rock'n'Roll, als ein Elvis-Song im Radio kam, tanzten enger bei einem langsameren Lied. Sie wollte das eigentlich nicht. Sie wusste, wo so was endete. Dieses Ende hatte sie nicht beabsichtigt. Sie wollte eine Dankesparty veranstalten und keine romantische Ouvertüre zu einer Liebesnacht. Sie wünschte sich, dass sie und er Freunde blieben, einfach so, wie es immer gewesen war. Knutschen und miteinander schlafen hätte das alles beendet. Außerdem wollte sie nicht mit ihm schlafen – nicht, weil sie besorgt um ihre Jungfräulichkeit war. Die besaß sie schon länger nicht mehr. Sie wusste nicht einmal, wo sie sie verloren hatte. Sie war einfach abhandengekommen. Den Verlust merkte sie erst, als sie das erste Mal mit einem Mann schlief, aber eine Entjungferung merkwürdigerweise nicht stattfand. Sie war froh darüber und fing nicht an, auf die Suche nach etwas zu gehen, was sie nicht vermisste. Mit ihm wollte sie nicht ins Bett. Sie hatte keine Lust auf Komplikationen. Sie befreite sich aus seinen Armen. Ana wusste, obwohl sie jung war, wie man das am besten machte, ohne den Mann zu verletzen. Aber sie wusste nicht, wie schwer es war, einen entschlossenen Mann aufzuhalten. Als er versuchte, sie zu küssen, war sie bemüht, sich möglichst sanft zu entziehen. So einfach ging das nicht. Sie musste deutlicher werden. Dann hatte sie ihn eben doch beleidigt, und er stürmte zornig davon.

Sie war sauer auf sich und auf ihn und auf den missglückten Abend. Wütend trat sie gegen den Tisch, der mit allem Geschirr, den Gläsern, Blumen und den Kerzenleuchtern, Servietten und Tischtuch, Brotkorb, Flasche und leerer Kaviardose ins Wasser kippte. Sogar der silberne Kühler flog im hohen Bogen in die Alster und sank langsam und stetig wie die »Titanic«. Der Rest ging schneller unter. Ziemlich gut hielt sich das Tischtuch über Wasser. Daneben schwamm die Kaviardose und schaukelte, von einem leisen Wind getrieben, der Innenstadt entgegen. Ihr blieben die Klappstühle und eine Flasche mit einem Rest vom Champagner. Sie hockte sich breitbeinig auf den Stuhl und setzte die Flasche an den Mund. Die Gläser waren bei den Alsterkarpfen oder wie immer die Viecher hießen, die in der trüben Brühe überlebten. Der Champagner prickelte und hob ihre Stimmung. Irgendwann musste sie sogar grinsen über die versaute Party, die ein paar Fische unter Wasser weiterfeiern konnten. Am nächsten Tag zeigte er sich nicht und auch nicht am übernächsten, er tauchte überhaupt nicht wieder auf. Sie sah ihn nach der verkorksten Abifeier zwei, drei Jahre nicht. In den Sommerferien trampte er für einige Wochen mit einem Freund nach Spanien und nahm danach sein Studium in Berlin auf, während Ana ihre Ausbildung in Paris begann.

WIEDER MÜNCHEN

Schweren Herzen entschloss sie sich, aus der Wanne zu steigen. Sie wollte ihren 50. nicht verschrumpelt wie eine 100-Jährige antreten. Im Bademantel ging sie zum Telefon und bestellte eine Flasche Champagner und ein paar Sandwiches. Sie packte die Sachen in eine Plastiktüte und ließ sich von einem Taxi an die Isar hinunterbringen. Sie war froh, dass sie niemanden angerufen hatte. So war es schöner. Es fühlte sich richtig an. In einen Mantel eingewickelt hockte sie sich auf eine Bank am Flussufer und öffnete die mitgebrachte Flasche. Der Korken flog in einem sauberen Bogen ins Wasser, der Champagner schäumte nach dem unruhigen Transport kräftig. Schnell rettete sie die guten Tropfen in ein Glas, an das sie auch gedacht hatte.

»Happy Birthday, altes Haus«, gratulierte sie sich selbst.

Sie aß ein Sandwich, trank zwischendurch und fühlte sich sauwohl. Die wichtigen Anlässe sollte man eigentlich immer allein feiern, dachte sie zufrieden. Ein Penner trottete heran. Er schob einen voll bepackten Einkaufswagen vor sich her, in dem er, so nahm sie an, seinen ganzen Hausstand aufbewahrte. War das nicht ihr alter Traum, ein Umzug mit dem Einkaufswagen?

»Hast du nicht einen Schluck für mich«, sprach der Alte sie in gemütlichem Bayerisch an.

»Hast du ein Glas?«, fragte sie.

Er kramte in seinem Einkaufswagen, zog ein Rotweinglas hervor, polierte es an seinem alten Lodenmantel und hielt es ihr hin. Sie goss schön voll.

»Ist aber fei nett von dir«, meinte er und setzte sich zu ihr auf die Bank. »Was ist das denn für ein Tropfen?«, fragte er.

»Sekt«, sagte sie.

»Macht nix. Fei besser als gar nix. – Du siehst aber nicht aus, als ob du kein Zuhause hättest.«

»Mmh, genau genommen hab ich tatsächlich im Moment keins, ist aber nicht so schlimm. Ich wohne in einem Hotel.«

»Mei, in einem Hotel. Und wieso sitzt jetzt hier? Ist doch ziemlich kalt.«

»Ich feiere was.«

»Allein?«

»Aber nein, du bist doch da. Kannst mir gratulieren, ich bin gerade ein halbes Jahrhundert alt geworden.«

Sie goss ihm das Glas noch einmal voll. Sie stießen auf ihren Geburtstag an. Das Sandwich lehnte er ab.

»Bloß nix Festes.«

»Komm schon«, drängte sie ihn. »Sonst haut der Alkohol so rein.«

»Ja, drum!«

Sie schwatzte ihm das Sandwich auf.

»50«, sagte er nachdenklich, »vor 50 Jahren bist du geboren, da fing gerade meine Karriere an.«

»Und dann, was passierte dann?«

Er atmete tief ein und blies die Luft prustend durch die Lippen. Erst dachte sie, er wollte ihre Frage nicht beantworten, aber er brauchte ein wenig Zeit, um sich zu erinnern oder seine Gedanken zu ordnen oder um den richtigen Anfang zu finden.

»Ich bin Artist gewesen, Trapezkünstler.«

Er machte eine Pause, als erkläre sein Artistsein alles Weitere. Vielleicht schwelgte er auch in Erinnerungen oder sortierte sie. Es brauchte auf jeden Fall lange, bis er fortfuhr zu erzählen. Ihr war es recht, sie hatte Zeit.

»Mit meiner Partnerin trainierte ich zusammen, seit wir beide 16 waren. Sie war eine zierliche kleine Russin. Bildschön! Beide waren wir Zirkuskinder. Zwischen uns klappte es einfach. Ich weiß nicht, ob du dir das vorstellen kannst, die totale Harmonie zwischen zwei Trapezkünstlern, die Harmonie der Körper – und die Harmonie des Geistes. Das ist etwas Besonderes.«

Er schaute verträumt in den Himmel.

»Wir liebten uns, wir heirateten, wir hatten Erfolg. Einmal gewannen wir den Preis des Zirkusfestivals von Monte Carlo. Fürst Rainier persönlich übergab uns den ›Goldenen Clown‹. Danach konnten wir uns die Engagements aussuchen. – Ja, wir waren gut, das perfekte Paar.«

Er verstummte. Ana ahnte, dass nun der traurige Teil der Geschichte folgte.

»Sie verliebte sich in einen anderen?«, fragte sie.

»Ja. In so einen reichen Burschen. Er besaß ein Autohaus. Verdrehte ihr völlig den Kopf. Ich war rasend vor Eifersucht. Erst traten wir noch gemeinsam auf, aber du verstehst, wie gefährlich das ist. Stell dir vor, deine Partnerin ist mitten im Flug und du bekommst einen Anfall von Eifersucht. Man kennt sich selbst nicht. Ich hatte Angst, ich würde sie eines Tages nicht mehr auffangen, mich hinterher stürzen. Sie merkte, dass es so nicht weiterging. Sie verließ mich und den Zirkus und heiratete ihren Autofritzen. – Erst versuchte ich es mit einer neuen Partnerin, aber mit keiner klappte es wie mit ihr. Dann wollte ich eine andere Nummer aufziehen. Ich probierte dies und das aus. Vor allem probierte ich es mit dem Alkohol, da war ans Trapez nicht mehr zu denken. Zuletzt stand ich in einer verschlissenen, zu großen Uniform am Manegenrand und riss Karten ab. Das ertrug ich nicht lange. Wenn man einmal da oben geschwebt ist und eine echt große Nummer war, und plötzlich soll man Karten abreißen, nein, dös geht fei net. Da bin ich gegangen.«

Sie konnte ihn gut verstehen, vor allem die Versuchung, den Partner nicht mehr aufzufangen. Ana schloss die Augen und sah einen gewissen Herrn durch die Lüfte segeln. Doch ja, gerade im Moment war sie ziemlich sicher, dass sie ihn genüsslich abschmieren ließe. In welche Abgründe ihrer eigenen Seele ließ sie der Alte mit seiner Erzählung schauen. Sie teilte den Rest aus der Flasche auf zwei Gläser auf. Sie saßen einige Zeit schweigend nebeneinander, rauchten ein bisschen und tranken. Irgendwann erhob er sich, dankte für den guten Tropfen und meinte, er müsse sich nun langsam nach einem Schlafplätzchen umsehen. Sie zog einen 100er aus der Tasche und drückte ihm den Schein in die Hand. Erst wollte er die Gabe nicht annehmen, aber sie überzeugte ihn, dass sie es sich gerade leisten könne.

»Es ist mein Geburtstagsgeschenk«, sagte sie.

Er steckte das Geld in eine geheime Innentasche seiner Hose und zuckelte davon. Er drehte sich ein letztes Mal um und rief: »Wenn du mal in der Klemme bist, helf' ich dir gern aus.«

Sie dankte und war froh über sein Angebot – man konnte nie wissen.

Ana machte sich, zufrieden über den Verlauf ihrer Geburtstagsparty, auf den Heimweg. Sie dachte tatsächlich »Heimweg«. So war das immer bei ihr gewesen: Zu Hause fühlte sie sich da, wo das zurzeit benutzte Bett stand.

Am nächsten Morgen wachte sie also sozusagen zu Hause auf. In dem Zimmer im »Bayerischen Hof« fand sie alles, was sie brauchte: ein Bett mit einer guten, harten Matratze, eine Badewanne, einen weichen Bademantel, ein Telefon. Sie musste nur den Hörer abnehmen, und zehn Minuten später stellte sich ein Kellner mit einem Frühstück ein: Vollkornmüsli mit Früchten, ein Brötchen mit Marmelade und Kaffee. Sie dachte an den Obdachlosen, zog die Decke bis zum Kinn hoch und genoss die Wärme. Arme Sau, wo mochte er geschlafen haben? Sie vertrieb den trüben Gedanken und machte Pläne für die kommenden Tage. Das Thema Geburtstag hatte sie abgehakt. Die kleine private Feier am Abend zuvor hatte sie vollkommen zufriedengestellt. Blieb die lästige Pflicht, die Mailbox abzuhören. Ihre Söhne hatten sicher in der Nacht versucht, sie zu erreichen. Sie musste sich bei ihnen melden, sonst würden sie sich Sorgen machen. Es waren 18 Anrufe gespeichert. Als Erstes hörte sie einen Chor von Besoffenen. Sie grölten »Happy Birthday« und dann übernahm ihr Jüngster:

»Hi, Mom, wir feiern deinen Geburtstag mit ein paar Freunden, Mike kennst du ja« (das war ein netter New Yorker Junge aus einer lustigen Künstlerfamilie), dann Mikes Stimme:

»Happy Birthday and all the best, we all love you!«

Sie hörte die Glückwünsche von diversen Freunden und dann ihren Ältesten:

»Mom, du bist die Beste! Wir haben dir ein tolles Geschenk nach Berlin geschickt, du darfst es jetzt aufmachen. Wir sind so gespannt, ob es dir gefällt.«

Sie war so gerührt, dass sie die anderen Meldungen auf der Mailbox erst einmal wegdrückte. Die Tränen liefen ihr links und rechts an den Wangen hinunter. Sie bekam den Fluss nicht gestoppt, was ihr egal war, denn keiner sah zu. Ihre zwei Jungs, sie war so stolz auf sie. Mit ihrer Erziehung hatte sie sich wirklich Mühe gegeben. Sie hatte ihren ersten Job im Louvre dafür an den Nagel gehängt, und sie hatte das nie bereut. Mit ihren Kindern zusammen zu sein, war nie eine Pflicht gewesen. Sie hatten so viel Spaß gehabt, und sie war froh um jede Minute, die sie mit ihnen verbringen konnte. Es war so schwer, Kinder zu vernünftigen Menschen zu erziehen. Woran sollte man sich halten? Früher erzog man die Heranwachsenden in ihrer Familie zur Hochherrschaftlichkeit, aber was für einen Sinn hatte das in der heutigen Welt? Für Hochherrschaftlichkeit gab es keinen Platz mehr. Doch ja, auf manchen Schlössern in Deutschland residierte sie noch, aber auch dort nur vereinzelt. Wie viele der alten Familien hielten sich mit Basaren und Tannenbaumverkauf über Wasser, um von dem Erlös die nötigsten Reparaturen des Besitzes zu finanzieren. Ade, du schöne Hochherrschaftlichkeit. Sie hatte ihre Jungs in sehr liberalem Geist erzogen, ihnen frühzeitig Respekt vor anderen Menschen, Disziplin und Durchhaltevermögen, Achtung vor den Werten anderer, Großzügigkeit, Bescheidenheit und Höflichkeit beigebracht. Als die Jungs merkten, dass sie eines Tages ein Vermögen erben würden, war ihre Erziehung vollendet. Die Erkenntnis konnte die beiden nicht mehr verderben. Solange sie ihr Geld nicht selbst verdienten, hielt Ana sie relativ knapp. Sie bewohnten in Boston zusammen ein kleines Zweizimmerappartement, arbeiteten hart und machten ihre Sache an der Uni gut, sogar sehr gut. Dabei waren sie zwei lustige Gesellen mit viel Humor. Sie war gespannt auf ihr Geschenk, aber nun lag es in Berlin, und sie saß in München. Im Laufe des Tages würde sie die Haushälterin anrufen und ihr sagen, sie solle all ihre Post zu ihrem Hamburger Wohnsitz schicken.

Nach einer Pause hörte sie die anderen Anrufe ab. Ihre Söhne hatten es noch zweimal versucht. Den Hintergrundgeräuschen nach zu urteilen, war die Geburtstagsparty in Boston ein voller Erfolg. Ein Anruf kam von ihrem Bruder, der ihr sehr lieb gratulierte und mitteilte, er habe ein wunderschönes Geschenk für sie, das sie aber bitte selbst abholen müsse.

»Nicht, weil es so groß ist, ich kenne ja deine Abneigung gegen sperriges Gut, aber ich habe ein wenig Sehnsucht nach dir und würde mich freuen, wenn du mich bald besuchst.«

Henning hatte es fünfmal versucht. Beim ersten Mal klang er vorwurfsvoll.

»Es ist 23.30 Uhr und ich stehe in deiner Wohnung. Ich wollte mit dir in deinen Geburtstag hineinfeiern.«

Der zweite hörte sich kläglicher an.

»Wo bist du Liebes? Ich warte noch ein bisschen auf dich. Ich habe ein sehr schönes Geschenk, vielleicht kann dich das locken.«

Nichts Unter den Linden deutete darauf hin, dass sie diese Wohnung quasi aufgegeben hatte. Er hatte keinen Grund, misstrauisch zu werden.

»Liebling, die Blumen welken schon. Wo treibst du dich herum? Ich wollte eigentlich der Erste sein, der dich an deinem Geburtstag umarmt.«

Bei der letzten Meldung klang er sehr müde.

»Ich liege auf deinem Bett und bin schläfrig. Ich strenge

mich aber doll an, um nicht einzunicken. Die Rosen riechen nach Verwesung – ich bald auch.«

Er klang sehr erschöpft, und sie merkte ihm seine Verunsicherung an. Fast tat er ihr leid, aber nur ein wenig. Sie verdrängte ihr Mitgefühl. Fifty ways to leave your lover, sie hatte den ihr angemessenen gewählt, endgültig. Sein letzter Anruf war um 0.30 Uhr registriert, danach war er eingeschlafen, völlig ausgepowert von jeder Minute des Tages, die an seinen Nerven zerrte. Dort in Berlin hatte sie nichts verpasst.

Ana verspürte plötzlich Sehnsucht nach Einsamkeit und Natur und Unerreichbarkeit. Das gab den Ausschlag. Sie zog sich an. Groß war die Auswahl in ihrem Kleiderschrank momentan nicht, deswegen dauerte die Sache nur ein paar Minuten. Ihr erster Weg führte sie zur Bank. Von den Bodyguards, die sie nach ihrer Scheidung kurzfristig engagierte, hatte sie eine Lektion gelernt. Die beiden Jungs waren beim Bundeskriminalamt ausgebildet worden, oder war es der Bundesnachrichtendienst gewesen? Egal. Sie brachten ihr auf jeden Fall bei, dass die meisten Menschen eine breite, weit sichtbare Spur hinterlassen, wenn sie überall mit Kreditkarten bezahlen. Dann sei es ein Kinderspiel, einem Verfolgten auf den Fersen zu bleiben. Wenn man verschwinden will, ist Bargeld das Geheimnis. Das hatte sie sich gemerkt, deshalb hob sie eine ordentliche Summe bei ihrer Bank ab und verstaute das Geld in den hinteren Hosentaschen, rechts den größeren, links den kleineren Betrag, den sie für die kommenden Einkäufe bereithielt. Vielleicht war ihre Vorsicht übertrieben, aber sie wusste, wozu verlassene Ehemänner und Liebhaber fähig waren. Von einem Taxi ließ sie sich zu einem Sporthaus fahren. Die Skisachen waren von der Geschäftsleitung in die hinterste Ecke verbannt und stark reduziert worden. Es war März, da waren andere Sportarten angesagt. Aber sie fand alles, was sie brauchte für eine Skitour. Schuhe für Tourengänger, Skisocken, eine windfeste Hose, eine Jacke aus ebensolchem Material, ein paar Unterziehpullover, einen Rucksack, Schneebrille, Mütze – alles zu Ausverkaufspreisen. Beim »Oberpollinger« besorgte sie sich Unterwäsche und Waschsachen. Dann fühlte sie sich gut ausgerüstet, legte die Sachen im Hotel ab und ging zum »Franziskaner«. Der Leberkäs dort war exzellent und trieb ihren zu hohen Cholesterinspiegel kurzzeitig über den Sollwert hinaus. Egal, schließlich war es ihr Geburtstag. Sie trank ein Weizenbier zum Leberkäs und fühlte sich wohl wie lange nicht. Als Nachspeise verwöhnte sie sich mit warmen Topfenknödeln.

Gegen 15.00 Uhr rief sie ihre Kinder an und ließ sich von ihnen über Satellit umarmen. Sie vermisste ihre Jungs. Während des Telefonats schniefte sie ziemlich viel. Die beiden lachten und trösteten ihre Mutter.

»Ostern sind wir bei dir! – Wie findest du das Geschenk?«

Sie musste gestehen, dass sie sich nicht in Berlin aufhielt.

»Verratet mir wenigstens, was es ist«, quengelte sie, aber die Jungs blieben stur und meinten, sie müsse nun eben abwarten. Ana bettelte ein bisschen herum.

»Na, na – wo bleibt denn deine berühmte Selbstdisziplin?«, neckte ihr Jüngster und erinnerte sie an ihre eigenen Erziehungsmethoden.

»Dann werde ich es vorerst nicht öffnen können; ich bin auf Reisen«, sagte sie.

»Wie auf Reisen?«

»Unterwegs halt. München.«

Sie verabschiedeten sich voneinander. Für einen Moment war sie traurig und wünschte sich sehnlich, ihre beiden Kinder fest in die Arme zu schließen.

Sie blieb noch eine Nacht in München. Im Hotel benutzte sie ein letztes Mal die Kreditkarte. Jeder Hobbydetektiv würde sowieso herausfinden, dass sie dort abgestiegen war. Vom Münchener Hauptbahnhof aus fuhr sie mit dem Zug weiter. Ein Mietwagen wäre bequemer gewesen, aber bei den Verleihern hätte sie mit Karte zahlen müssen, also entschied sie sich dagegen. Was für Gedanken und Umstände ich mir mache, dachte sie und kam sich lächerlich vor, aber ihr Misstrauen war nicht unbegründet. Sie hatte in den letzten Wochen das ungute Gefühl gehabt, beobachtet zu werden. Ihr verstorbener Ehemann konnte das kaum veranlasst haben. Obwohl – zutrauen würde sie es ihm. In ihrer zünftigen Skiausrüstung hätten sie allerdings kaum ihre eigenen Kinder wiedererkannt. Sie trat ihre Reise ohne Ballast an. Passend zu ihrem Aussehen kaufte sie sich ein Ticket für die zweite Klasse. Auf dem Bahnsteig schaute sie sich prüfend um, musterte verstohlen die Wartenden und beobachtete, wer mit ihr einstieg. Alle sahen gleich verdächtig oder gleich unverdächtig aus. Keine Massenmörder, nur »Bild«-Zeitungsleser mit einem heimlichen Hang zum Massenmord. Keine Spitzel in Sicht. James Bond war gerade im Karibik-Einsatz. Sie bestieg einen Großraumwagen, der ihr angenehmer als ein Abteil war, in dem sich die Passagiere die Knie aneinander rieben, während sie den Blicken der zu nah sitzenden Mitreisenden angestrengt auswichen. Neben ihr plumpste eine bäuerliche Frau in den Sitz, worauf ihre ausladenden Hüften und die dicken Oberarme sofort auf Anas Platz herüberwogten. Die Frau war redselig und erzählte, sie kehre vom Besuch ihrer in München lebenden Tochter nach Hause zurück in ihr Tiroler Dorf in der Nähe von Innsbruck. Dort bewirtschafte sie mit ihrem Mann einen Bauernhof. Sie sprach einen schwer verständlichen Tiroler Dialekt mit kehligen Lauten. Ana suchte unauffällig den Hals der Bäuerin nach einem Kropf ab, fand aber keinen. Nachdem die Bauersfrau Vertrauen zu ihrer Mitreisenden fasste, erfuhr Ana in den nächsten zwei Stunden alles Wissenswerte über die Hühnerzucht. Sie hörte aufmerksam zu und stellte interessierte Fragen. Man konnte nie wissen, wozu solche Kenntnisse gut waren.

»Schauen S' bloß mal bei uns herein, wenn Sie in der Nähe sind. So feine Eier haben Sie noch nie gegessen«, lud die Bäuerin sie ein. »Die Hühner laufen den ganzen Tag auf dem Hof herum, da schmecken die Eier anders als dieser Dreck aus den Legebatterien. Pfui Teufel! Was die Leut' in der Stadt so alles fressen.«

Ana konnte der Frau nur beipflichten. Sie aß eigentlich gar keine Eier. Die Lebensumstände der Hühner in den Legefabriken grausten sie. Sie fürchtete auch, von den tierischen Depressionen angesteckt zu werden, wollte sich die Stresshormone der armen Viecher nicht einverleiben. Schweinefleisch mied sie mittlerweile ebenso, weil die armen Tiere von den dauernden Hormontherapien sicher völlig durcheinander waren. Davon konnte sie als Frau ein Lied singen.

Auf dem Innsbrucker Bahnsteig verabschiedete sie sich von der dicken Bäuerin, die sich humpelnd und ächzend aus dem Zug gequält hatte. Erneut deutete die Frau auf das leere Körbchen, das sie mit sich führte, und bedauerte, dass Ana keines ihrer Hühnereier probieren konnte.

Feines Leben – während ihrer Abwesenheit hatten die glücklichen Hühner der Bauersfrau bestimmt fleißig weiter produziert.

Da sie in die Welt der zweiten Klasse umgestiegen war, beschloss Ana, konsequent zu bleiben. Sie setzte ihre Reise mit einem Bus fort. Wann zuletzt hatte sie einen Bus benutzt? Sie versuchte sich zu erinnern. Es dämmerte ihr, dass sie sich dieses Vergnügen im Leben bisher nicht gegönnt hatte. Das rächte sich jetzt. Sie hatte keine Ahnung, wie das Fahren mit öffentlichen Verkehrsmitteln funktionierte. Vor dem Bahnhof standen mehrere Busse – aber mit welchem Ziel? »Nach Gries im Sellrain?«, fragte sie einen der Fahrer. Sie hatte Glück. Der richtige Bus wartete bereits und fuhr 15 Minuten später los. Na bitte, geht doch, dachte sie. In einem Handyshop am Bahnhof kaufte sie schnell einen Prepaid-Chip für ihr Telefon. Auch diesen Tipp bekam sie von ihren Bodyguards. Bloß nicht mit dem eigenen Handy telefonieren!

»Man kann dich im halben Universum orten. Mit der Prepaidcard bist du ein Nobody.«

Den Bus erreichte sie pünktlich. In sehr gemütlichem Tempo zuckelte er über die Dörfer und hielt an jedem Misthaufen an. Ana war das egal. Sie hatte es nicht eilig, genoss den Anblick der hübschen, säuberlichen Tiroler Häuser mit den hölzernen Balkons und den nett bemalten Fassaden. Sie versuchte zu glauben, dass dahinter ebenso nette Menschen wohnten. Nach dem Verlassen der Stadt stieg die Straße bald steil an und schlängelte sich durch das enge Sellraintal. Ana kannte sich aus in der Gegend. Ein Freund besaß auf dem höchsten Punkt der Passstraße ein Hotel. Einst ein kaiserliches Jagdschloss war der zum Hotel umgebaute Besitz nun Mittelpunkt eines

Skigebietes. Da sie keinesfalls Bekannte treffen wollte, fuhr sie nicht bis hinauf in das Skigebiet, sondern blieb weiter unten in der kleinen Ortschaft Gries. Als sie dem Bus entstieg, hatte sie ein kurzes Déjà-vu-Erlebnis. Es brauchte ein paar Minuten, bis sie das erdete. Erst als sie das Hotel »Post« betrat, überkam sie eine Ahnung, als sei ihr beim Verlassen des Busses ein Gesicht aufgefallen, das ihr schon mal begegnet war. Sie ging zurück zur nahe gelegenen Haltestelle und schaute sich um. Es hielten sich nur wenige Menschen auf der Straße auf und niemand kam ihr bekannt vor.

»Du bist hysterisch«, murmelte sie vor sich hin. Vielleicht hatte sie sich getäuscht, aber das merkwürdige Gefühl verließ sie nicht.

Die »Post« war ein gemütlicher alter Gasthof, außen mit Lüftlmalerei verziert, innen dominierte helles Zirbenholz. In Anas Doppelzimmer stand ein Zirbenholzbett. Die dicken Plumeaus waren mit blau-karierter Bettwäsche bezogen, der kleine alte Bauernschrank reichte aus für ihr mageres Gepäck. Alles in dem Zimmer war einfach, aber sehr sauber, ordentlich und anheimelnd. Sie machte sich kurz frisch und ging in den Ort, um eine Skischule zu suchen. Man versprach, ihr einen Tourenbegleiter zu organisieren, der sich bei ihr im Hotel melden würde.

Als sie die Skischule verließ, rannte sie fast in einen dunkelblauen Mercedes hinein. Die hintere Fensterscheibe öffnete sich, und das Gesicht eines alten Freundes tauchte auf.

»So schön und doch so lebensmüde?«, fragte Andreas Ebersberg.

»Kann man denn ahnen, dass in dieser Bergidylle solche Rowdys unterwegs sind«, antwortete Ana munter, obwohl sie sich ein wenig ärgerte, dass man sie im Sellraintal erwischte. Andreas und seine Frau waren auf dem Weg ins Jagdschloss hinauf, und damit wussten alle Gäste dort, dass sie sich in der Gegend aufhielt.

»Sehen wir uns gleich oben?«, fragte Magdalena Ebersberg.

»Nein, nein, ich verschwinde morgen in die Berge. Ich brauche ein paar Tage Natur ohne Menschen«, erklärte Ana.

»Vielleicht kommst du nach deiner Tour hoch. Wenn du lange genug mit den Murmeltieren gesprochen hast, sehnst du dich bestimmt nach menschlicher Gesellschaft.«

»Kann sein. Sag oben nichts. Ich habe bisher keine weiteren Pläne gemacht«, antwortete Ana und verabschiedete sich von den beiden Freunden.

In einem Skiverleih suchte sie die passende Ausrüstung zusammen und nahm in ihrem Gasthof ein frühes Abendessen ein. Sie bestellte ein Kalbsschnitzel mit Kartoffelpüree und Erbsen und aß als Nachspeise Apfelstrudel mit Vanilleeis. In den nächsten Tagen würde sie reichlich Pfunde verlieren, deshalb genoss sie das üppige Mahl ohne Reue. Während des Abendessens meldete sich der Skilehrer bei ihr, ein drahtiger braun gebrannter Tiroler in den 40ern. Ana hatte um einen erfahrenen und nicht zu jungen Begleiter gebeten. Die jungen waren meist zu sorglos und risikofreudig, Eigenschaften, die man auf einer Skitour nicht gebrauchen konnte.

»I bin der Froanz«, stellte sich der Tourenbegleiter vor. Sie lud Franz zu einem Glas Rotwein ein. Sie besprachen das Programm für die kommenden Tage. Da sie am nächsten Morgen um 7.00 Uhr starten wollten, trennten sie sich bald. Ana schlüpfte früh unter das dicke karierte Plumeau.

Mitten in der Nacht wachte Ana in einer merkwürdigen Verwirrung auf. Aus einem Traum, den sie nicht gleich zu fassen bekam, nahm sie eine sehnsüchtige Erregung mit in den Dämmerzustand vor dem Erwachen und schließlich in die Wirklichkeit hinüber. Während der Kopf das Ende der Affäre beschlossen hatte, erinnerte der Körper sich und klagte über den Entzug. Dem Kopf konnte man Dinge erklären, dem dummen Körper nicht. Er bettelte um Zärtlichkeiten, die der Kopf ihm verbot. Sie wusste, dass sie den Traum schnell festhalten musste, um ihn nicht an den Tag zu verlieren. Sie ahnte, dass der Inhalt ihr nicht recht sein würde, aber vom Verdrängen hielt sie nichts. Sie entspannte sich, um den flüchtenden Traum an einem Zipfel zu fassen. Sein Gesicht tauchte vor ihren geschlossenen Augen auf, seine Haltung und Gestik strahlte Effizienz und Selbstsicherheit aus. Alles antrainiert, hundertmal eingeübt. Dann plötzlich dieser Blick, ein kurzer Seitenblick hinüber zu ihr und gleich darauf dieses schnelle Niederschlagen der Augen, ein schüchternes Lächeln. Es war noch da, manchmal, und es rührte sie tief. Es gab eine Seelenverwandtschaft zwischen ihnen, von der er nichts ahnte. Schließlich versteckte sie ihre angeborene Schüchternheit sorgfältig. Die Menschen verdienten es nicht, dass man seine Schwächen offenbarte. Seine Schüchternheit kannte sie seit der gemeinsamen Kindheit. Seine Scheu entsprang einem Misstrauen gegen die Menschen, das ihn in vorsichtiger Zurückhaltung abwarten ließ. Er hatte seine Schüchternheit frühzeitig als Schwäche diagnostiziert und bekämpft, indem er sich in der Schule besonders häufig zu Wort meldete. Anfangs wurde er oft rot, wenn er sprach. Aber je häufiger er sich darin übte, desto besser gelang es ihm, seine Scheu zu überwinden oder eher zu verstecken. Schüchternheit bei Männern rührte Ana, während sie strotzende Selbstsicherheit abstieß. Wie war es einem Menschen möglich, dieser Welt mit Selbstsicherheit gegenüberzutreten? Vielleicht aus Dummheit, zumindest aus Mangel an Sensibilität. Nun hatte er sie in ihrem Traum mit diesem traurigen und schüchternen Blick gestreift, und im Traum war sie weich und nachgiebig geworden und hatte sich danach gesehnt, ja wonach – verdammt. Am frühen Morgen sollte sie zu einem langen Marsch in die Berge aufbrechen. Um 7.00 Uhr würde der Franz vor dem Hotel auf sie warten. Sie brauchte Schlaf. Dieses von Sehnsucht getriebene Herumwälzen in ihrem Bett konnte sie nicht gebrauchen. Es gelang ihr nicht, sich auf den Grund für ihren überstürzten Weggang zu konzentrieren. Es fielen ihr plötzlich nur gute Dinge ein. Sie erinnerte sich an eine Veranstaltung im »Adlon«. Er hielt die Laudatio auf einen Autor, der ein Buch über Deutschland und seinen Weg nach oben oder nach unten geschrieben hatte. Egal, es spielte auch keine Rolle. Sie beide hatten das Buch nicht gelesen. Ana langweilte sich und schlenderte zur Rezeption, plauderte mit einem Angestellten des Hotels, der von ihren Trinkgeldern mittlerweile mindestens eine Villa an der Côte d'Azur besaß. Sie beschäftigte ihn für dies und das. Mal besorgte er Theaterkarten, mal ein Zimmer für Freunde, wenn das Hotel eigentlich ausgebucht war. Aus einer Laune heraus bat sie ihn um einen Zimmerschlüssel.

»Ich würde gern einer Freundin eine der schönen Suiten zeigen. Im Dezember möchte sie eine Woche in Berlin verbringen.«

Natürlich gab der Portier ihr den Schlüssel. Am Applaus im Hintergrund hörte sie, dass er seine Rede beendet hatte. Sie ging hinüber und machte ihm ein Kompliment.

»Eine echte Scheißrede, aber ist okay. Ist ja auch ein Scheißbuch. – Komm doch bitte zu den Aufzügen«, flüsterte sie ihm zu und ging voraus. Ohne den Schlüssel konnte er keine obere Etage anfahren, also musste sie auf ihn warten. Sie bestiegen zusammen den Fahrstuhl, ohne sich anzuschauen. Kaum schloss sich die Tür, umarmte er sie.

»Warte ein paar Sekunden.«

Die Tür öffnete sich, und ein verblüffter Hotelgast gaffte sie an. Sie ignorierte den Mann, sagte nur sehr beflissen.

»Wenn Sie ein paar Minuten Zeit für unseren Vorsitzenden hätten, Herr Bundeskanzler. Er wäre Ihnen sehr dankbar.«

Dann waren sie um die Ecke verschwunden. Sie öffnete die Tür einer Suite. Das musste man dem Hotel lassen, für seine Gäste sorgte es hervorragend. Sie ließ Badewasser in die Wanne, an deren Rand eine Batterie von Gläsern stand, die mit bunten Kristallen gefüllt waren. Sie entschied sich für Gelb, und sofort verbreitete sich ein Duft nach Limonen oder Margeriten oder gelben Veilchen im Bad. Als er mit einem Drink aus der Minibar in der Hand zu ihr kam, lag sie in der Wanne.

»Hast du das Zimmer gemietet?«, fragte er.

»Wir besichtigen es. Dazu gehört selbstverständlich, dass man die Wanne ausprobiert. Komm rein!«

»Ich hab' einen Termin.«

»Komm trotzdem rein. Du bist eben ein bisschen zu spät.«

Er setzte sich auf den Wannenrand und streichelte ihre Wange, fuhr mit seinen Fingerspitzen ihren Hals hinunter, ließ die Finger unentschlossen auf ihrer Schulter kreisen, vermied die Annäherung an zu gefährliche Stellen, um ihre Sinnlichkeit nicht zu wecken. Er hatte sehr zärtliche Hände. Sie wollte unbedingt, dass er weiter machte.

»Ich kann wirklich nicht. Es ist ein wichtiger Termin«, seufzte er bedauernd. Er stützte sich auf dem Wannenrand ab und beugte sich über sie, um ihr einen Kuss zu geben, der als Abschiedskuss gedacht war. Sie zog nur ein bisschen an seinem Arm, ganz wenig. Er rutschte am glitschigen Rand ab und lag plötzlich neben ihr im Wasser. Seine Kleider hatte er nicht mehr ausziehen können, natürlich nicht. Die Sache mit dem Termin hatte sich vorerst erledigt. Er telefonierte kurz mit seiner Sekretärin, erzählte, jemand habe ihm einen Liter Orangensaft über den Anzug gegossen. Netterweise habe ihm das Hotel ein Zimmer zum Umziehen zur Verfügung gestellt. Sie solle ihm bitte einen der Anzüge aus dem Büro vorbeibringen. Ana fand seine Geschichte sehr plausibel und lobte ihn dafür.

»Du lügst ziemlich gut – wie alle Politiker.«

Danach rief Ana ihren Portier an der Rezeption an und erklärte, dass er gleich die Sekretärin des Bundeskanzlers auf Zimmer 203 schicken solle. Es handle sich um ein Missgeschick – ein Glas Orangensaft über den Anzug. Sie sei dem armen Mann zu Hilfe gekommen. Um seinen nächsten Termin pünktlich wahrnehmen zu können, müsse der Kanzler sich auf dem Zimmer umziehen. Der Portier verstand seinen Beruf. Er akzeptierte alles, was sie sagte. Henning legte seine nassen Kleider ab. Die Badewanne war groß genug für zwei. Sie bekam ihren Willen. Eine halbe Stunde Zeit blieb für die Liebe. Sie nutzten sie gut, sehr gut, wenn sie sich recht erinnerte.

Der Gedanke an die halbe Stunde in der Wanne erwärmte sie. Unter der dicken Bettdecke im Gasthof »Zur Post« wurde es heiß. Streifte sie das riesige Daunenungetüm zurück, wurde ihr zu kalt, da frostige Luft durch das geöffnete Fenster in ihr Zimmer drang. Plötzlich spürte sie einen Windzug. Sie drehte sich zur Tür und hätte schwören können, dort kurz einen Lichtspalt gesehen zu haben. Verstört starrte sie auf die nun geschlossene Tür, unfähig sich zu bewegen. Endlich entschied sie sich, das Bett zu verlassen. Sie tapste barfuß zur Tür, öffnete, schaute den Flur hinunter. Niemand zu sehen. Sie drückte die Tür zu, drehte den Schlüssel um, erst da fiel ihr auf, dass sie die Tür geöffnet hatte, ohne den Schlüssel zu benutzen. Sie war sicher, dass sie vor dem Zubettgehen abgeschlossen hatte, so sicher, wie man sich in solchen Dingen eben sein konnte. Ana schlüpfte wieder unter die Bettdecke und versuchte, sich zu konzentrieren. Hatte sie die Tür vor dem Schlafengehen verschlossen oder nicht? Der Gedanke kreiselte in ihrem Kopf, immer wieder rekonstruierte sie den Ablauf des Abends, sah sich das Zimmer betreten, die Tür schließen und war sich sicher, dass sie den Schlüssel umgedreht hatte. Dann fing sie von vorn an, betrat noch mal das Zimmer, drückte die Tür zu und war sich nun gar nicht mehr sicher, ob sie wirklich abgeschlossen hatte. Sie wusste, dass sie keine 100-prozentige Sicherheit erlangen würde und doch versuchte sie es mit immer neuen Rekapitulationen, bis sie so verängstigt war, dass sie bei jedem Geräusch erschrak. Gegen 4.30 Uhr döste sie erschöpft von ihrer Schlaflosigkeit ein. Als das Läuten des Weckers sie hochriss, fühlte sie sich müde und erschlagen. Der Gedanke, stundenlang durch den Schnee bergan steigen zu müssen, erfreute sie nicht.

Sie quälte sich aus dem Bett, taumelte frierend zum Fenster, um es zu schließen, und kippte sich im Badezimmer jede Menge eiskaltes Wasser ins Gesicht. Es munterte sie kaum auf. Daraufhin duschte sie erst heiß, dann kalt und fühlte sich trotzdem, als ob ihr jemand nachts auf dem Kopf herumgetrampelt hätte. Vielleicht der Einbrecher. Sie war 50, fühlte sich aber doppelt so alt.

»Das zum Thema – man ist so alt, wie man sich fühlt.« Sie grinste. Nach der kalten Dusche hielt sie es plötzlich für möglich, dass sie in der Nacht Gespenster gesehen hatte. Sie zog sich warm an, packte ihre wenigen Habseligkeiten in den Rucksack und ging hinunter in den Frühstücksraum. Der Hotelier hatte versprochen, trotz der frühen Stunde ein Frühstück für sie und den Franz herzurichten. Er hielt Wort. Als sie die Gaststube betrat, roch es dort nach frischem Kaffee und »I bin der Froanz«, wie sie ihn bei sich nannte, wartete auf sie. Er begrüßte Ana munter und machte den Eindruck eines gut ausgeschlafenen Menschen. Dass sie nicht ebensolchen Eindruck vermittelte, sah sie an Franzens Blick.

»Hab ein bisschen schlecht geschlafen, nach einem Kaffee bin ich aber auf den Beinen«, versicherte sie ihrem Tourenführer, glaubte aber selbst nicht daran.

Es gab sogar frische warme Brötchen zu der frühen Stunde. Der Wirt umsorgte sie väterlich und ermunterte sie, Stullen für die Tour herzurichten, ein Angebot, das sie sofort annahmen. Um kurz vor 7.00 Uhr verabschiedeten sie sich bei ihrem freundlichen Gastgeber, packten ihre Sachen in den kleinen Geländewagen des Skilehrers und fuhren ein paar Kilometer bergan bis zu einem Parkplatz, wo sie das Auto abstellten. Von da an ging es auf Skiern weiter. Als sie aufbrachen, wurde es gerade hell, aber die Sonne versteckte sich noch hinter den Berggipfeln. Es war mindestens acht Grad unter null und Ana fror, als sie die Felle auf die Ski montierte.

Franz gab ein nicht zu schnelles Tempo vor. Anfangs schnaufte sie ein wenig. Offensichtlich verbrauchte ihre kalte Muskulatur allen zur Verfügung stehenden Sauerstoff, aber sie fand bald in den gleichmäßigen Rhythmus ihres Führers. Als ihr wärmer wurde, hielt sie mühelos mit. Franz legte eine Spur in den tiefen Schnee, in der sie ihm folgte, – links, rechts, links, rechts, ganz gleichmäßig. Man hörte nur das Schlurfen der Ski und das Klacken der Schuhe in den sich öffnenden Tourenbindungen. Sie schwiegen und marschierten ohne Pause, immer im selben Rhythmus, egal, ob das Gelände eben war oder anstieg, linker Ski vor, rechter Ski vor und im Gegenrhythmus dazu die Arme. Bald fühlte sie die Harmonie in ihren Bewegungen und später die Harmonie mit den Bewegungen von Franz und schließlich die Harmonie mit der Natur. Eine Tour gehen, war Meditation. Man verlor das Gefühl für die Zeit. Der Kopf wurde frei, böse Gedanken flogen davon, kehrten als schöne zurück. Ein vollkommenes Wohlbefinden stellte sich ein. Irgendwann stahl sich der erste Sonnenstrahl über den Berggipfel. Sie blieben kurz stehen, begrüßten ihn und genossen dankbar seine Wärme. Ana fühlte, wie die Entspannung ein verklärtes Lächeln auf ihr Gesicht zauberte, und genoss ihre Zufriedenheit. Franz zog seine Jacke aus und empfahl ihr, dasselbe zu tun.

»Wenn du erst schwitzt, ist es zu spät.«

Franz duzte sie, aber es war dieses »du«, das die Tiroler einfach mangels einer »Sie«-Form gebrauchen und das keinesfalls respektlos oder zudringlich klang. Die Tiroler sagten auch »Du, Bürgermeister, weißt du schon …?«, mit vollem Respekt vor dem Amt.

Sie durchquerten ein langes Tal, das zwischen zwei Bergketten eingebettet lag. Es ging ständig leicht aufwärts, aber sie fand die Tour bisher nicht anstrengend. Menschen begegneten sie keinen. Ana genoss, dass sie nicht mehr misstrauisch Gesichter prüfen musste. Sie drehte sich keinmal um und hielt Ausschau nach Verfolgern. Sie fühlte sich sicher.

Als sie das Ende des Tals erreichten, deutete Franz nach oben.

»Jetzt geht's da hinauf. Machen wir vorher eine Pause?«

Sie schaute auf den steilen Abhang, musste den Kopf in den Nacken legen, um den Kamm zu sehen, auf den sie hinaufkraxeln würden, ein ordentlicher Aufstieg, eine Pause schien angebracht. Sie schnallten die Ski ab, hockten sich auf einen Felsen und packten die Brote aus. Franz hatte süßen heißen Tee in einer Thermoskanne mitgebracht. Sie aßen, streckten ihre Gesichter der Sonne entgegen, spürten die wohlige Wärme des Tees von innen und die der Strahlen von außen. Sie schwiegen. Das war das Beste. In der Stadt kommentierten die Leute jeden Scheiß: schönes Wetter heute, kalt heute, heiß heute. Franz schwieg. Die Leute in den Bergen und die Menschen am Meer konnten das.

»Packen mias!«

Das war das Signal für den Aufbruch. Ski untergeschnallt, Rucksack geschultert, und der Aufstieg begann. Anfangs schnaufte sie ein bisschen, aber sie kam gut in den Rhythmus. Die Beine und Arme arbeiteten automatisch, der Kopf wurde frei, die Gedanken kamen und gingen, ohne dass sie versuchte, sie in eine bestimmte Richtung zu steuern.

»Du weißt gar nicht, wie normale Menschen leben.« Immer wieder hatte er ihr das vorgeworfen. Er hatte sogar recht damit, 100 Prozent. Sie hatte einfach keine Ahnung, wie sich der Durchschnittsbürger durchs Leben schlug. Er vergaß nur eines dabei. Er selbst wusste ebenfalls seit Langem nicht mehr, wie die Menschen da draußen lebten, genauso formulierten es die Herren Politiker gern: die Menschen draußen im Lande. Merkten sie gar nicht, wie sie ihr Denken durch diese Formulierung verrieten? Sprache ist verräterisch. Die da draußen und wir hier drinnen.

»Ich bin in einer Arbeiterfamilie groß geworden«, rechtfertigte er sich, wenn sie ihm entgegnete, wie weit er abgehoben hatte.

»Vergessen und Verdrängen ist nicht besser, als gar nicht wissen«, hielt sie ihm vor.

»Ich habe nichts vergessen«, behauptete er. »Ich weiß, womit der kleine Mann zu kämpfen hat. Bei jeder meiner Entscheidungen denke ich an die kleinen Leute.«

»Also, wenn du mit dem Vorstandsvorsitzenden von Siemens im Privatjet zum Wiener Opernball fliegst, denkst du dabei an den kleinen Mann. Wie du dem kleinen Mann nützt, ja?«

»Wenn ich den Kontakt zum Siemenschef pflege, hilft das dem kleinen Mann.«

»Ich glaub's einfach nicht. Im Übrigen möchte ich nicht in einem Land leben, in dem sich die Leute selbst und freiwillig als ›der kleine Mann‹ bezeichnen. Kein Italiener käme auf die Idee, von sich selbst als dem ›kleinen Mann‹ zu sprechen. Was ist das für eine furchtbare deutsche Marotte?«

»Es ist das, was die Leute fühlen. Sie fühlen sich klein und hilflos. Man muss sie beschützen. Sie fühlen sich klein, weil sie klein gemacht wurden, unter anderem von Leuten wie euch.«

»Wer ungefähr ist ›euch‹?«

»›Euch‹ ist zum Beispiel deine Familie. Ihr habt die Leute kleingemacht. Ihr habt ihre Arbeitskraft ausgebeutet. Sie gerade so viel wie nötig gefüttert und sie verachtet für ihre Unbildung, für ihre Spießigkeit, ohne zu ahnen, was es bedeutet, wenn das Geld an keinem Monatsende für das Nötigste reicht. Ihr wisst einfach nichts vom normalen Leben.«

Das normale Leben! – Was war denn normal? Er hatte doch selbst keine Ahnung mehr davon. Er war oben angekommen, schaute von seinem Gipfel hinunter und glaubte, den Überblick zu haben. Leider lag das Tal im Nebel. Er sah gar nichts mehr von dem, was da unten los war. Niemand redete mit einem Bundeskanzler normal. Der Kontakt zu Bürgern fand nur organisiert statt: in Talkshows mit gecastetem Publikum; bei Reden auf Marktplätzen mit anschließendem, auf fünf Minuten getaktetem Händeschütteln; auf Parteitagen, wo sich keiner mehr traute, einem Kanzler zu sagen, wie es mit der Stimmung in der Partei stand. Vom Kanzleramt ging es in der gepanzerten Limousine zum Flughafen, ab in den Kanzlerjet, kein Einkauf im Laden an der Ecke, wo der Händler erzählt, wie teuer das Obst geworden ist, wie drückend die Steuerlast, wie beschissen das Straßenpflaster. Keine Biertischgespräche mit Freunden, die Tacheles reden. Die Kanzlerretorte.

Und nichts von dem, was sie beide trieben, hatte mit Normalität zu tun. Sie waren völlig verrückt. Trieb sie ihn, trieb er sie? Oder wurden sie beide von einem Dämon getrieben?

Anfangs scheute sie sich, sein Terrain zu betreten. Sie wollte ihn nicht im Kanzleramt, nicht im Bundestag sehen. Sie wollte seine Macht nicht direkt spüren, gerade weil er sich so sehr wünschte, Ana seine Macht spüren zu lassen. Befanden sie sich in einer Art Kräftemessen? Sie hatte es erst nicht bemerkt oder nicht bemerken wollen, sie waren in diese Beziehung hineingeschlittert. Hineinschlittern war Anas Spezialität. Sie entschloss sich zum Angriff, als sie ihn und seine Minister eines Tages in den Nachrichten sah: wie sie im Parlament gelangweilt auf ihren Ministerstühlen hin- und herrutschten; wie sie dabei spöttisch über einen Oppositionsredner grinsten; wichtigtuerisch mit ihrem Handy herumspielten; desinteressiert Akten durchblätterten; Augen rollten; gähnten oder gar schliefen; wie sie den politischen Gegner mit kränkenden Bemerkungen bedachten oder mit Missachtung straften. Es machte sie wütend. Was für einen verheerenden Eindruck hinterließ dieses Verhalten auf ein Volk, auf eine Jugend, wenn die Obersten des Landes im Fernsehen vorführten, wie man respektlos mit seinem Gegner umging. Wie man Macht genießt und auskostet, vergessend, dass es nur geliehene Macht war. Vielleicht wollte sie ihm den Respekt vor sich selbst nehmen, aus Wut, aus Verachtung über die Art, wie er sein Amt führte, wie er dümmlich mit der Macht herumspielte. Es war keine gute Idee. Sie hatte keinen bestimmten Plan, als sie ihn eines Tages im Kanzleramt abholte. Sie stand als offizieller Termin in seinem Kalender: 19.30 Uhr, Ana …, Journalistin. Er wollte ihr unbedingt seine Privaträume zeigen. Das lehnte sie ab. Sie hatte immer eine Abneigung gegen das Eindringen in die Intimsphäre anderer Menschen gehabt. Ihr war es unangenehm, das von Leuten selbst benutzte

Bad zu betreten. Sie schreckte an der Tür vor dem ihnen eigenen Geruch zurück, manchmal schon an der Haustür. Jede Familie hatte ihre eigene Duftmarke. Sie schreckte auch zurück vor den persönlichen Gegenständen in einem Bad. Womöglich war eine Nasenhaarschere dabei, oder es lagen Hämorrhoiden- und Pilzcremes herum, Tamponschachteln, Enthaarungsmilch und Mundwasser. Sie wollte nicht so genau wissen, ob ihre Gastgeber Kondome benutzen oder Pessare, die in einer Schachtel sichtbar im Regal standen. Sie wollte nicht mit ihren Nagelscheren und Hornhauthobeln konfrontiert sein. Wenn sie Uwe Henning in der Kindheit bei seinen Eltern besuchte, benutzte sie manchmal die Toilette, es gab nur die eine im Bad der Familie. Während sie auf der Toilette hockte, schnupperte sie herum und roch das billige Rasierwasser vom Vadder. Sie ekelte sich ein wenig vor der Oberfläche der Wanne, die nicht weiß glänzte, sondern rau und gräulich aussah, an manchen Stellen war das Emaille abgesplittert, darunter lauerte der Rost. Vor der Toilette lag ein lila Fransenteppich. Die Brille war mit einem gleichfarbigen Stoff überzogen, den sie beim Herunterklappen des Deckels mit spitzen Fingern berührte. Am Waschbecken lag eine leicht schmuddelige blaue Lux-Seife, die offensichtlich von der ganzen Familie für die Morgentoilette gebraucht wurde. Ana spülte ihre Hände nur mit Wasser ab. An drei beschrifteten Haken hingen bunt gemusterte Handtücher der Familienmitglieder, für jeden eines. Sie waren vom vielen Waschen dünn und verschlissen. Da es keine Gästehandtücher gab, benutzte sie eines davon zum Händetrocknen. Sie nahm immer das der Mutter und wischte ihre Finger am untersten Zipfel ab. Sonst standen in diesem Bad nur ein Becher mit drei Zahnbürsten und eine Zahnpasta. Alles andere schien die Familie als überflüssigen Luxus zu betrachten: keine Parfumflakons, keine Kosmetika, Gesichts-, Körper-, und Augenfaltencremes oder gar ein Regal mit flauschigen Handtüchern und Schränke, in denen seidene Morgenmäntel hingen wie im Bad ihrer Mutter. Nirgends spürte sie den Unterschied ihrer Existenzen so sehr wie in diesem Raum der kleinen Wohnung. Damals hatte sie das Gefühl, mit dem Benutzen des Badezimmers trete sie Uwes Familie einen Schritt zu nahe. Sicher waren die privaten Kanzlerräume luxuriöser ausgestattet, aber trotzdem mochte sie nicht in seine Intimsphäre vordringen. Womöglich roch das Appartement nach dem Parfum seiner Frau. Oder es lag ein Schal von ihr herum. Vielleicht hatte sie Zimmerpflanzen hingestellt, Philodendron oder Aloe, womöglich Tischläufer und Perserteppiche ausgelegt. Ana wollte das alles nicht sehen. Sie fürchtete, dass der Anblick von Geschmacklosigkeiten jede Erotik in ihr abtöten würde. Sie hatte das erlebt. Es gab solche Gegenstände: Ein Gummibaum auf einem Blumenhocker machte sie auf der Stelle frigide, gewisse Ledersofas hatten denselben Effekt oder Brokatkissen, Brokatkissen und -deckchen, sie lösten bei ihr eine irreparable Frigidität aus. Die Erotik war eine zarte Pflanze, die schnell verdorrte. Auch Wörter konnten einen verheerenden Effekt haben: »lecker« zum Beispiel, gern »läckä« gesprochen oder »läggä«.

Uwe Henning sprach reines Hochdeutsch. Auch sonst unterliefen ihm wenig Fehler. Er hatte als häufiger Gast im Hause Bentlow gut aufgepasst, hatte nie seinen Ellenbogen beim Essen auf dem Tisch abgelegt, wie »der Vadder« es tat. Wenn Anas Mutter die Augenbraue kaum merklich hob, wusste er, dass er etwas falsch gemacht hatte. Was für eine Kraft hatte es ihn gekostet, diese Dinge zu lernen? Wie viele peinliche Situationen musste er überstehen? Carlo, der Strengste aus Anas Familie, wies ihn schon in Kindertagen zurecht, während ihr Bruder Leon, der Rennfahrer, viel lässiger war. Leon beherrschte die Form, aber es störte ihn nicht, wenn andere sie verletzten. Ihr fehlte Leon sehr. Er hatte ein wenig Leichtigkeit in ihre Familie gebracht, umgab sich mit allen möglichen Frauen, die in den Augen der Eltern nicht standesgemäß waren, aber meist witzig und frech – so, wie Leon es liebte. Ana selbst lag mit ihren Ansichten zwischen Carlos Strenge und Leons Laisser-faire, aber Brokatdecken hielt sie eben auch nicht aus.

Sie und Uwe gingen also hinüber in den Bundestag, wo sie zu nächtlicher Stunde eine Privatführung bekam. Sie genossen den Ausblick von der Kuppel. Er präsentierte ihr sein Büro, den Plenarsaal, nahm für sie auf seinem Stuhl Platz, drehte sich lässig hin und her. Es reizte sie, dass er in diesem Moment etwas von der überheblichen Art annahm, die sie im Fernsehen beobachtet hatte. Sie saß ihm gegenüber auf dem Schreibpult.

»Gibt es hier Überwachungskameras«, fragte sie.

»Keine Ahnung, die Fernsehkameras sind nachts ausgeschaltet, aber Überwachungskameras? Wüsste ich nicht.«

»Traust du dich?«

Sie wusste, dass ihn die Idee reizte.

»Du spinnst!«, erwiderte er.

Ana sah Angst, aber auch Verlangen in seinen Augen. Sie beobachtete ihn, wie man ein Versuchstier beobachtet: interessiert, ohne Mitleid. Er nahm ihren Arm, zog sie näher zu sich, noch unentschlossen. Sie provozierte ihn nicht weiter. Seine Hand fuhr leicht über ihren Oberschenkel, langsam höher, der Wärme entgegen. Sie hatte seine Hände immer gemocht, sie waren schlank und sensibel. Seine Finger wagten sich weiter vor. Sie sah seine bebenden Nasenflügel, wie seine Brust sich schneller hob und senkte. Das Entscheidungszentrum lag nicht mehr im Kopf, Befehle kamen von tiefer unten. Er war ein Mann, und der Mann siegte über den Kanzler, den Karrieristen, den Vernunftmenschen. Er zog sie mit der freien Hand weiter zu sich heran, ungeduldig jetzt.

»Komm«, sagte er leise, nun ohne Zögern in der Stimme. Sie hörte seinen unruhigen Atem, ein unterdrücktes Seufzen, das sie aus der Fassung brachte. Sie glitt auf seinen Schoß. Ganz wenig wiegte sie ihren Unterleib. Die kleinste Bewegung genügte, da der Kopf alles vorbereitet hatte. Der Liebesakt dauerte nur ein paar Sekunden. Für diesen kurzen Augenblick waren die physikalischen Gesetze ausgehebelt: kein Raum, keine Zeit. Sie fühlte, dass er auf dem Höhepunkt gern geschrien hätte, aber der Schrei ging nach innen. Nur sie hörte und sah seine wahnsinnige Lust, die sie mit ihm teilte, die größte Lust, die sie und er je erlebt hatten.

Er hasste sie hinterher dafür, dass sie alles entweiht hatte, was ihm wichtig war. Dass sie ihm den Respekt vor seinem Amt und vor sich selbst genommen hatte, dass sie keinen Respekt gezeigt hatte vor ihm und seinem Amt. Er hasste sie leidenschaftlich, aber was hieß das? Hass war ja nur die eine Seite der Medaille, eine alte Weisheit, und so verband sie der Hass, statt zu scheiden.

Wieder ein guter Moment für Trennung. Sie verpassten ihn. Vielleicht meinte er, nur sie könne ihm die Selbstachtung zurückgeben, die sie genommen hatte. Ana wusste, dass sie nichts Gutes mehr von ihm zu erwarten hatte. Es war ihr Fehler, dass sie danach nicht aus seinem Leben verschwand.

Auch sie hatte etwas verloren in dieser Nacht auf der Regierungsbank. Sie hasste nicht, aber sie litt unter einem Gefühl von Einsamkeit. Sie war gleichgültig geworden. Betrübt und gelangweilt betrachtete sie den Mann, der seiner Aufgabe nicht mehr gewachsen war. Vielleicht quälte sie das schlechte Gewissen, deshalb tat sie Buße und durchlebte mit ihm den Winter. Die Stimmung im Land verschlechterte sich und die Stimmung in ihrer merkwürdigen Beziehung.

SANDRO

Wenn man einer bestimmten Gesellschaft angehört, ist es einfach zu erfahren, wer sich gerade wo mit wem aufhält. Jeder kannte jeden, aber niemand wusste genau, wie nahe einer dem anderen stand. Für Alessandro war es ein Leichtes, Anastasia auf der Spur zu bleiben. Er fragte einfach Georg oder Friedrich oder Karl. Anastasia?

»Ach Ana, ja, lange nicht gesehen, aber Weihnachten ist sie in Moritz, das hat mir Irene erzählt oder Bettina, auf jeden Fall ist sie in Moritz.«

Wunderbar, in Moritz, also ging Alessandro auch nach Moritz, das war im Januar gewesen. Er saß sogar neben Ana, abends im »Dracula-Club«. Während sie sich auf der Tanzfläche amüsierte, fischte er dreist ihr Handy aus der Tasche der zurückgelassenen Jacke. Er probierte es mit der Wiederholwahltaste.

»Wittenburg«, drang eine weibliche Stimme an sein Ohr.

»Scheiße, doch nicht Irene, das alte Plappermaul«, erschrocken drückte Sandro auf Abbruch. Trotz des Schocks versuchte er es mit der nächsten Nummer, ein Handyanschluss.

»Liebling! Wie schön, dass du anrufst.«

Er war sich mit der Stimme nicht sicher. Bei dem Lärm der Musik und im Durcheinander der Gespräche und des Lachens, er hätte gern ein paar Worte mehr aus dem Mann auf der anderen Seite herausgelockt, aber es kam nur ein: »Hallo« und noch mal »Hallo«.

Es fiel ihm nichts Besseres ein, als die Nummer wegzudrücken. Sandro stopfte das Handy zurück an seinen Ort. Ab dann brummte es in regelmäßigen Abständen aus Anas Tasche. Er hätte gerne abgehoben, traute sich aber nicht. Als das nächste Lied einsetzte und Ana weitertanzte, fasste er neuen Mut. Falls sie ihn erwischte, dann war eben alles nur ein Spaß gewesen. Beim nächsten Signal zog er das mobile Telefon aus ihrer Tasche und drückte den Empfangsknopf.

»Hi!«, hauchte er in den Hörer. Er legte seine Stimme eine Oktave höher und hoffte, in dem Getöse würde er mit diesem blöden Trick durchkommen.

»Liebling, ich versuche es schon zum zehnten Mal«, hörte Sandro ein kräftiges männliches Organ an seinem Ohr. Sandro plapperte einfach drauf los, das Erstbeste, was ihm einfiel.

»Sie tanzt! He, Ana, Telefon! Sorry, sie hat offensichtlich was Besseres zu tun. Soll ich sie holen?«

»Nein, nein!«

Sandro wollte den Mann auf der anderen Seite unbedingt zum Sprechen bringen.

»Kann ich ihr was ausrichten?«

»Nein, schon okay!«

Sandros nächste Bemerkung verschaffte Ana wahrscheinlich eine Menge Ärger:

»Ich kann sie aber den Armen ihres Tänzers entreißen, kein Problem«, brüllte er ins Telefon.

»Arschloch!«

Das war das Letzte, was Sandro von seinem Gesprächspartner hörte. Er war sich nicht sicher mit der Stimme. Möglich war es. Als Ana vom Tanzen zurückkehrte, ging das Handy in ihrer Jackentasche erneut. Sie warf einen kurzen Blick auf die Nummer und drückte den Anruf weg. Schade!

Der Aufenthalt in Moritz brachte nichts. Was hatte er sich vorgestellt? Der Kanzler würde sich auf der Berghütte gemütlich zu ihnen setzen, seine Geliebte in den Arm nehmen und im »Dracula-Club« cheek to cheek mit ihr tanzen?

Ana war schön und rätselhaft wie immer, lustig und redegewandt, zu Sandro eher schnippisch. Sie hielt ihn auf Distanz.

Ich bin dir auf der Spur, du Schöne, dachte er und genoss ein Gefühl der Überlegenheit. Manchmal versuchte er, sie mit gewissen Themen in Verlegenheit zu bringen, plauderte nebenbei über Politik, die Regierung, den Kanzler.

»Ein Womanizer, lässt nichts anbrennen in Berlin!«, behauptete Sandro frech und versuchte es mit diesem kleinen Testballon, den er in Anas Richtung starten ließ. »Letzte Woche habe ich ihn mit einer hübschen Blonden gesehen.«

Ana lag lässig in einem Liegestuhl. Keiner konnte so lässig daliegen wie sie. Sie ließ die Eiswürfel in ihrem Drink Karussell fahren und zuckte nicht einmal mit der Wimper – eine Sphinx.

»Wie sagt der Kölner?«, fragte einer.

»Man muss auch jönne könne!«, ertönte es im Chor.

»Was finden die Frauen an einem wie ihm?«, meinte ein anderer.

»Ana, eine Frage an dich als Frau«, richtete sich Sandro wieder an seine Gegenspielerin.

»Politiker haben auf mich die gleiche Wirkung wie drei Valium in Rotwein aufgelöst«, erwiderte sie gelangweilt und gab sich keine weitere Mühe, auf die an sie gerichtete Frage zu antworten.

Sandro beharrte: »Vielleicht die urwüchsige Kraft des Proletariers?«

»Ich bin fast 50. Ich bin zu alt für diese Frage«, behauptete sie mit einem Augenaufschlag, der sie umgehend Lügen strafte.

»Fishing for compliments, my dear?«, mischte sich ein Freund aus Great Britain ein. Sein Oxford-Englisch näselte James so überheblich, dass man sich wunderte, warum er überhaupt das Wort an diese Bande richtete. In seinen Augen galten sie sicher alle als minderwertig, weil sie nicht britisch waren.

»I'm really thirsty«, meldete er dann an, verschwand und kehrte mit einem riesigen Glas Scotch zurück.

»Und ich dachte, ich sei degeneriert«, bemerkte Sandro kopfschüttelnd.

»Die Engländer sind ein Inselvolk, zu wenig frisches Blut«, meldete sich Jean-Luc, ein französischer Freund.

»Und die Kolonien?«, fragte Boris, ein Russe, der ihnen im Grad der Alkoholisierung um Längen voraus war.

»Die Früchte unseres Leibes haben wir dort gelassen«, meldete sich James zu Wort.

»Was ist eigentlich mit den Früchten des Leibes unseres Kanzlers«, fing nun Sandro wieder an. »Drei Ehen, keine Kinder!«

»Wahrscheinlich hat er sich in seiner Spontizeit sterilisieren lassen«, überlegte Jean-Luc. »Fanden die 68er es nicht unverantwortlich, Kinder in diese imperialistische Scheißwelt zu setzen?«

»Ja – und die linken Tanten wollten sich doch vor allem selbst verwirklichen. Kinder standen diesem Wunsch im Weg. Fuck and go! War das nicht die Devise in den 60ern und 70ern?«

»Upps – und wer zahlt meine Rente?«, fragte Manfred, ein stockschwuler 60-Jähriger, der sich nach Kalifornien zurückgezogen hatte, um das Vermögen durchzubringen, das seine fleißigen schwäbischen Eltern ihm in Form einer Zulieferfabrik für Fahrzeugteile hinterlassen hatten.

»Da musst du selbst ran, Manfred«, ermahnte ihn Sandro. »Ich meine mit dem Kinderkriegen.«

»Ich?«, quietschte der Angesprochene entsetzt auf. »Tut mir leid, Schätzchen, da kann ich nichts für euch tun! Das Kinderkriegen überlass ich euch Adligen. Ihr scheint ein diebisches Vergnügen daran zu haben. Die Einzigen, die sich in diesem Land vermehren, sind doch die Adligen und die Türken. Wartet es ab, ihr Lieben, in 50 Jahren gibt es in Deutschland nur noch Adlige und Türken. Die Frage, die sich stellt: Wer wird bei wem putzen?«

»Wenn du mich fragst«, meinte Sandro, »werden die Adligen bei den Türken putzen, denn die Türken in unserem Land beweisen heute schon erheblich mehr Vitalität und Tüchtigkeit als der Adel.«

»Du musst nicht von dir auf andere schließen, Sandro«, mischte sich Ana mit spitzem Unterton in das Geplänkel.

»Ich habe die Konsequenzen gezogen: keine Kinder! Lieber kein Farinesi als einer, der putzen gehen muss.«

»Schade eigentlich! Ich sehe die Schlagzeile vor mir: ›Der putzende Graf‹ oder ›Die Gräfin als Putzfrau‹. Passt doch gut in dein Blatt.«

Wieder schlug Ana diesen schnippischen Ton an. Das ärgerte Sandro und reizte seine Rachelust. Mit ihrer spitzen Zunge hatte sie ihn tief verletzt, auch wenn er sich nichts anmerken ließ. Er litt unter dem Niedergang seiner Familie mehr, als er zugab. Tatsächlich hatte er auf Ehe und Kinder verzichtet, um nicht zusehen zu müssen, wie die Nachkommenschaft Farinesi weiter in den Abgrund sank. Er zelebrierte den Untergang mittlerweile lustvoll, was er stilvoller fand, als sich klagend zurückzuziehen. Er wurde aus seinen düsteren Gedanken gerissen, als ein feister Typ über Anas ausgestreckten Fuß stolperte. Der Mann war nicht mehr nüchtern, als er sich in rheinischem Dialekt entschuldigte.

»Kann isch dir'n Drink spendieren, Süße. Isch bin der Jupp und wie heißt du?«

»Bentlow.«

»Und mit Vornamen?«, wollte der in einen bunten Skianzug hineingezwängte Mensch wissen.

»Gräfin«, antwortete Ana kühl. Sie konnte Männer auf schrecklich arrogante Art abblitzen lassen. Die rheinische Frohnatur zog unter dem Gelächter der Freunde davon.

Sie hatten viel Spaß in Moritz. Aber außer Spesen nichts gewesen, musste Sandro zugeben. Er ließ sich nicht entmutigen. In ihm erwachte der Rokoko-Mensch mit seiner Lust an Intrigen. Nun erst recht, schwor er sich. Es wurde Zeit, ein paar alte Bonner Bekanntschaften aufzuwärmen. Nach seiner Rückkehr durchforstete er sein Telefonbuch. Gegen seine sonstigen Gewohnheiten führte er es mit großer Sorgfalt. Das Telefonbuch mit den privaten Nummern von Politikern, Schauspielern, Erbprinzen und regierenden Fürsten war sein ganzes Kapital. Seine Wahl fiel auf Elke Schiffers. Sie war damals im gemütlichen Bonn Sekretärin im »Erich-Ollenhauer-Haus« gewesen, nun hatte sie es ins Kanzleramt geschafft. In welcher Funktion sie dort saß, wusste Sandro nicht genau. Er hatte sie lange nicht gesehen. In Bonn war sie ziemlich verrückt nach Sandro gewesen, der Umgang mit ihr nicht mal eine allzu lästige Pflicht. Wenn er sich richtig erinnerte, war sie im Bett recht munter. Heute musste sie um die 40 sein. Wenn sie sich einigermaßen gehalten hatte, konnte Sandro das Nützliche mit dem Angenehmen verbinden. Es gab ein kleines Problem: In Bonn hatte er sich sang- und klanglos aus ihrem Leben zurückgezogen. Er erinnerte sich nicht einmal daran, wieso und warum, wahrscheinlich war sie ihm langweilig geworden, oder sie lieferte keine Informationen mehr. Frauen erinnerten sich an solche Kränkungen, im Zweifelsfall ein Leben lang. Er musste sich etwas einfallen lassen, um den alten Kontakt aufzuwärmen. Eine wirklich erleuchtende Idee kam ihm nicht, also rief er Elke Schiffers einfach an und plauderte, als sei nichts gewesen. Er wolle mal ihre Stimme hören und gern wissen, wie es ihr in Berlin ergehe. Sehen würde er sie auch liebend gern.

»Ich habe viel zu tun«, meinte sie spröde.

»Auch nachts?«, fragte er frech, weil er wusste, dass sie der Typus war, bei dem das ankam.

»Nachts liege ich bei meinem Mann im Bett«, erwiderte sie abweisend. Natürlich, sie hatte nichts vergessen. Dass sie verheiratet war, erleichterte seine Aufgabe nicht. Oder vielleicht doch – je nach dem.

»Du bist verheiratet? Wunderbar – ich gratuliere! Trotzdem würde ich dich gern sehen, ein bisschen über Bonn plaudern, über Leute lästern und unterm Tisch ein bisschen deine zarten, weißen Schenkel streicheln.«

Er war sich nicht sicher, ob ihn die Erinnerung trog, aber im Zweifelsfall hatten die meisten Frauen zarte, weiße Schenkel, oder es gefiel ihnen zumindest, dass man ihre Schenkel so beschrieb. Ganz bestimmt war Elke kein Sonnenbanktyp gewesen, zumindest das wusste er und tippte deshalb auf weiße Schenkel.

»Also, wie gefällt dir die Idee? Wenn du darauf bestehst, könnte ich meine Hände erst einmal im Zaum halten.«

Sie schluckte, das hörte er.

»Du bist ein Arsch und ein Wüstling«, schimpfte sie – ziemlich halbherzig.

»Seit wann gefällt dir das nicht mehr?«, fragte er.

Sie trafen sich am Tag darauf bei »Borchardt« in der Nähe des Gendarmenmarkts. Er lud sie zu Champagner ein. Frauen wie ihr konnte man mit Schampus imponieren, was sehr hübsch war im Vergleich zu Frauen wie Ana, die im Zweifelsfall einen Weinberg in der Champagne besaßen. Er hoffte, dass die Redaktion für die Kosten aufkam. Er sah das Foto von Ana auf der Titelseite, darunter die fette Schlagzeile: »Ist das seine Vierte?« Sandro beschloss, dass bei so einem Reißer noch eine kleine Portion Trüffelspaghetti und zwei Schnitzel, die Spezialität des Hauses, drin waren. Immerhin erfuhr er bei der zweiten Flasche, dass Elke Schiffers im Sekretariat des Kanzleramtsministers arbeitete, dass sie sich mit allen Parteigrößen duzte und sie hatte einen Parteigenossen geheiratet, keine große Nummer, den Assistenten eines Abgeordneten. Sie tratschten ein bisschen, lästerten über den einen oder anderen Minister, ließen die Opposition nicht aus. Sandro machte ihr ein wenig den Hof, beging aber nicht den Fehler, sie bei der ersten Begegnung in Sachen Kanzler anzuzapfen: zu plump und zu durchsichtig. Nur Geduld, ermahnte er sich. Seine Informationen holte er immer nebenbei ein: Meist glaubten seine Gesprächspartner, dass eigentlich Sandro derjenige war, der auspackte. Das waren die Köder, die er auswarf, um die anderen aus der Reserve zu locken. Eine Woche später lag Elke in seinem Bett. Sandro hatte sich nicht geirrt. Sie hatte wirklich schöne, weiße Schenkel. Er genoss das Stelldichein. Hinterher mixte er zwei »Whisky sour«, die sie im Bett tranken. Der charmante Sandro erzählte lustige Geschichten aus Sankt Moritz und Saint-Tropez. Irgendwann waren die Berliner Nächte dran. Er ließ ein paar Anekdoten vom derzeitigen Kanzler einfließen.

»Ich habe ihn mit einer Superfrau erwischt«, log er und weckte Elkes Neugierde.

»Erzähl, wie sieht sie aus? Seine Sekretärin hat mir erzählt, dass was läuft. Sie kommt aber nicht dahinter.«

»Und ich dachte, das sei talk of the town. Ich war ein paar Wochen nicht in Berlin und fürchtete, ich hätte was verpasst.«

»Wer ist sie? Wie sieht sie aus?«, insistierte Elke.

»Nicht mehr jung, aber sehr schick, sehr elegant, ziemliche Klasse. Hätte nicht gedacht, dass er so eine an Land ziehen kann, aber vielleicht habe ich ihn unterschätzt. Freunde sagten mir, es gehe eine Weile mit den beiden.«

»Das hat mir seine Sekretärin auch gesagt. Er lässt sich plötzlich zu allen möglichen und unmöglichen Stunden Unter den Linden absetzen, gleich um die Ecke vom Kanzleramt, sehr praktisch.«

»Das muss nichts bedeuten«, wiegelte Sandro ab.

»Doch, doch, die Barbara hat Telefonate mitgekriegt. Einer Sekretärin kannst du nichts verheimlichen, das sag' ich dir.«

Mit den neuen Informationen machte Sandro sich auf die Jagd. Er schlug sich die Nächte um die Ohren, lauerte vor Anas Haus, verfolgte sie bei ihren Gängen durch die Stadt. Wenn es draußen warm war, bezog er Posten an einem Tisch vor dem »Adlon«. Das war angenehmer, als an zugigen Hausecken herumzustehen. Aber weil er nicht Tag und Nacht vor ihrer Tür Wache halten konnte, blieb seine Mission erfolglos.

BARTELS

Bartels sah den Mann zum zweiten Mal vor dem Haus des Zielsubjekts herumlungern. Er roch, dass etwas faul mit ihm war. Wie ein Agent sah der Typ nicht aus, viel zu exzentrisch. Er trug einen blau-grün gestreiften Kaschmirschal zum gut sitzenden, wenn auch abgetragenen Blazer, der innen mit einem schillernd grünen Stoff gefüttert war. Bartels bewunderte diesen Seidenstoff immer, wenn der Mann nach einem Feuerzeug suchte, das er jedes Mal in einer anderen Jackentasche fand. Wie konnte man nur so unorganisiert sein. Der Verdächtige stülpte sich ein grünes Käppi von Ralph Lauren über und schob eine verspiegelte »Ray Ban« über die Augen, wenn er die Frau verfolgte. Bartels wunderte sich, wozu diese Verkleidung nötig war. Als der Mann zum dritten Mal auftauchte, stellte Bartels ihn auf dem Gehweg Unter den Linden, ganz in der Nähe des observierten Objektes. Er tippte ihm leicht von hinten auf die Schulter, sodass der Mann sich erschrocken umdrehte und blinzelnd ins Sonnenlicht starrte. Das hatte Bartels genauso beabsichtigt. Er nutzte den Überraschungseffekt, zeigte eine gefälschte Karte, murmelte »Polizei« und bat den Mann höflich, sich auszuweisen. »Kein Problem!«, beruhigte Bartels den Erstaunten. »Nur eine Routinekontrolle im Regierungsviertel.«

»Routinekontrolle?«

Mit einem Underdog hatte Bartels es nicht zu tun. Der

Mann schlug einen selbstbewussten Ton an trotz des Überraschungsmoments.

»In diesen Zeiten, Sie verstehen, Terrorismus-Prävention, also, würden Sie mir bitte Ihren Ausweis zeigen«, insistierte Bartels.

Der Mann durchwühlte seine Taschen, nicht nervös oder hektisch, sondern mit großer Gelassenheit. Bartels registrierte das und ging davon aus, dass der Typ seine Souveränität zurückgewann. Der Gestellte zog ein unordentliches Geldbündel aus der Gesäßtasche seiner Hose, blätterte es durch – der Ausweis war nicht dabei. Dann machte er sich an die Taschen des Blazers. Bartels musterte den Verdächtigen aufmerksam, sah seinen müden Blick, der aber weniger von einer durchzechten Nacht herrührte, eher eine Jahrhunderte alte Müdigkeit verriet. Ihm entging nicht der leicht verächtliche Zug um den Mund, die zu langen dunklen Haare, der trotz allem wache Gesichtsausdruck. Der Mann hatte mittlerweile seine »Ray Ban« abgenommen. Bartels merkte sich, dass er Gauloises-Zigaretten rauchte, denn ein Päckchen kam beim Suchen zum Vorschein. Er merkte sich den Namen des Schneiders, der in das Futter des Blazers aufgenäht war, die Initialen auf dem blütenweißen Taschentuch, die Zahl der Schlüssel, das BMW-Label auf dem Autoschlüssel. Er sah den Ring mit dem Wappen auf dem linken kleinen Finger, die Marke des Handys. Schließlich tauchte der Ausweis auf. Bartels' Blick scannte die Daten: Alessandro Farinesi, Graf Farinesi, geboren in Padua, italienische Staatsangehörigkeit.

»Sie sind Tourist?«, fragte Bartels.

»Nein, ich lebe in Berlin.«

»Vielen Dank, Herr Farinesi, verzeihen Sie die Störung, aber – na ja – die Umstände, bitte haben Sie Verständnis.«

Graf Farinesi steckte sich eine Zigarette zwischen die Lippen und begann mit der Inspektion seiner Taschen, fand endlich das goldene Feuerzeug in der Innentasche des Blazers. Das hätte ihm Bartels gleich sagen können. Farinesi zündete sich die Gauloises an.

»Kein Problem«, sagte er, ohne die Zigarette aus dem Mund zu nehmen, drehte sich um und überquerte die Straße in Richtung »Adlon«.

Es kostete Bartels nur ein paar Minuten am Computer, um Informationen über den Grafen Alessandro Farinesi zu finden. Das Internet war voll von Geschichten über ihn und von ihm. Dass der Mann für ein Boulevardblatt arbeitete, war keine gute Nachricht. Genauer gesagt war es eine Scheißnachricht, die die Dinge komplizierte. Wie war der Typ dazwischen geraten und wieso? Was wusste er? Oder besetzte er in diesem Spiel eine Rolle, die Bartels nicht durchschaute? Er musste diesen Farinesi näher unter die Lupe nehmen.

GEHEIMTREFFEN

Manchmal hasste Sengelhoff seinen Job, diese lächerliche Konspiration. Er traf sich mit Bartels in einem »Burger King« nicht weit entfernt vom Alexanderplatz. Wieso eigentlich in einem »Burger King«? Was für eine Scheißidee. Hin und wieder übertrieb Bartels es mit der Vorsicht, aber er war der Profi. Oder war es seine Art von Humor? Sengelhoff hatte das Gefühl, Bartels machte sich über das Amt und den Job lustig. Er spielte Spion und grinste sich eins. Die Art und Weise, wie er sich bei einem Treffen aus dem Schatten eines Hauseingangs löste und einen erschreckte oder wie er seinem Kontaktmann ein Dokument in die Tasche schob – das war schon merkwürdig, filmreif. »Der dritte Mann« in Berlin. Und nun musste Sengelhoff seine wertvolle Mittagspause in einem »Burger King« verbringen, zwischen kichernden jungen Mädchen und rüpelhaften Halbstarken. Außerdem schmeckten ihm Burger nicht. Lieber hätte er das Angebot des Innenministers zu einem gemeinsamen Mittagessen in einem der guten Restaurants am Gendarmenmarkt angenommen. Nach einer langen Sitzung genoss Sengelhoff es, in entspannter Atmosphäre Nachlese zu halten. Andererseits wollte er sich von Bartels Bericht erstatten lassen. Manchmal war es nützlich, den Leuten dabei ins Gesicht zu sehen. Nicht, dass er Bartels misstraute, aber man musste den Mitarbeitern zeigen, dass sie an der kurzen Leine liefen, gerade jemandem wie Bartels, der viele

Freiheiten genoss. Bartels war sowieso ein Fall für sich, schwer zu durchschauen. Natürlich ließ Sengelhoff ihn in Abständen überprüfen, er wusste auch von Bartels' zweiter Existenz in Italien, aber bisher hatte es keinen Anlass gegeben, das als Bedrohung zu sehen. Der Mann war ein Eigenbrötler, ein Künstler, ein Agent mit eigenen Methoden, aber er war effizient und zuverlässig. Der richtige Mann in dieser schwierigen Angelegenheit.

Bartels kam gleich zum Thema.

»Sie wird beschattet«, sagte er.

»Scheiße – von wem?« Sengelhoff hatte langsam die Schnauze voll von Uwe Hennings Weibergeschichten. Er hatte weiß Gott genug anderes zu tun.

»Ziemlicher Mist! Leider keine gute Nachricht. Ein Journalist – Boulevardzeitung, Spezialist für Klatsch und Tratsch«, berichtete Bartels. »Sandro Farinesi, Graf Farinesi, kennen Sie ihn?«

»Natürlich«, knurrte Sengelhoff. »Wer kennt den nicht, der Kerl ist eine Pest. Verdammte, beschissene Scheiße«, fluchte Sengelhoff. »Was weiß der Typ?«

»Keine Ahnung! Ich habe ihn nicht gefragt, aber er lungert seit einiger Zeit vor ihrem Haus herum, sporadisch, auch nachts. Wenn wir Pech haben, sieht er unseren Mann in ihr Haus gehen. Ich denke, er kann eins und eins zusammenzählen.«

»Woher weiß das Arschloch Bescheid?«, überlegte Sengelhoff laut. »Wird unser Mann unvorsichtig? – Natürlich wird er unvorsichtig. Scheiße, Scheiße, Scheiße! Wieso kann der seinen Schwanz nicht in der Hose behalten. Was treibt er? Will er den Skandal, will er etwa alles aufs Spiel setzen, alles wegen einer Frau? Sagen Sie es mir, Bartels, ist er unvorsichtig?«

»Ich denke, ja. Nicht, wenn er in ihr Haus geht. Gott sei Dank ist da außer ihrer Wohnung eine europäische Behörde drin, rein zufällig. Das macht die Sache einigermaßen unverdächtig. Aber aus den überwachten Gesprächen merke ich, dass Sachen laufen, Unvorsichtigkeiten. Ich bin mir nicht sicher, es kommen nur Andeutungen.«

»Reden Sie, Bartels«, befahl Sengelhoff. »Sie stehen ja nicht vor Gericht. Was vermuten Sie?«

»Die beiden sind völlig durchgeknallt. Es klang so, als ob sie neulich beim Bundespräsidenten im Park fast erwischt wurden. Kann sein, dass der schwedische Botschafter sie entdeckt hat. Ich bin beim Abhören nicht schlau aus der Sache geworden.«

»Scheiße – ist der völlig von Sinnen!« Sengelhoffs Wut schlug in Resignation um.

»Noch was?«, fragte er.

Bartels schüttelte den Kopf. »Nicht im Moment.«

»Wenn nur eine Zeile davon in der Presse erscheint, Bartels, ich reiße Ihnen den Arsch auf.«

Sengelhoffs Tonfall wurde drohend.

»Tun Sie was! Dieser Journalist muss zum Schweigen gebracht werden. Stopfen Sie dem Typen das Maul. Haben Sie verstanden? Und der Frau am besten auch. Die Sache muss ein Ende haben.«

Sengelhoff schob seinen Stuhl geräuschvoll zurück, stand auf und ging. Den Burger ließ er unberührt auf dem Tisch zurück. Bartels wurde das Gefühl nicht los, dass Sengelhoff ihn nicht zufällig so abrupt verließ. Der Präsident war ein alter Fuchs. Er hatte ihn nicht unbeabsichtigt mit diesen letzten Sätzen allein gelassen, das war Bartels klar. Nur, was machte er mit dem Vermächtnis? Er aß ein Stück von Sengelhoffs liegen gebliebenem Burger, dann zog er seinen Skizzenblock aus dem Aktenkoffer. Auf dem obersten Blatt schaute ihm seine letzte, unfertige Zeichnung der Frau entgegen – verführerisch lächelnd. Sein Versuch, ihren zweifelnden und von Zeit zu Zeit traurigen Blick einzufangen, war ihm misslungen – nicht das erste Mal.

Peter Sengelhoff stand ein Treffen mit dem Kanzler bevor. Um seinen Kopf abzukühlen, machte er sich zu Fuß auf den Weg. Es ärgerte ihn, dass er in Gegenwart von Bartels ausgerastet war. Er neigte nicht zu cholerischen Anfällen, im Gegenteil. Gerade seine Ausgeglichenheit, seine kühle Vernunft schätzte man an ihm, aber nach dem Gespräch mit Bartels hätte er gern eine Tür eingetreten. Seine Nerven lagen blank. Das war nicht gut. Er versuchte, an anderes zu denken, aber seine Gedankengänge führten zu dieser blöden Weibergeschichte zurück. Er hatte keine Lust, seine Karriere aufs Spiel zu setzen, nur weil sein alter Kumpel die Hände nicht von den Weibern ließ. Was war bloß in den Mann gefahren – Midlife-Crisis? Untergangsstimmung? Wenn nicht bald etwas geschah, würden Köpfe rollen, seiner mit – das war Sengelhoff klar. Er musste an Nollau denken. Hätte der wirklich zurücktreten sollen? Plötzlich war er sich nicht mehr ganz so sicher. Obwohl – die Sache mit Willy Brandt hatte doch ziemlich anders gelegen. Aber immerhin, auch Frauengeschichten. Dieser bescheuerte Uwe Henning – vögelte beim Staatsempfang und wo sonst noch überall herum. Für einen vernunftgesteuerten Mann wie Sengelhoff war das unerklärlich, unvorstellbar. Ihn packte eine unheimliche Wut auf diesen Idioten. Er nahm die Sache zu persönlich, das merkte er selbst und überlegte, ob er Uwe Henning insgeheim um sein abenteuerliches Liebesleben beneidete. Sengelhoff selbst war Sex nie so wichtig gewesen, aber er fragte sich, ob ihm etwas entging. Sengelhoff führte eine gute Ehe, wie man das so sagt. Er war seit über 20 Jahre mit derselben Frau verheiratet, sie mochten sich, schätzten sich. Natürlich stritten sie manchmal, aber sie hatten sich gern. Sengelhoff merkte selbst, wie leidenschaftslos das klang. Ihm war bewusst, dass Uwe Henning anderes genoss.

Sengelhoff riskierte einen Blick in das Schaufenster eines Ladens mit Berliner Kuriositäten, überlegte kurz, ob er seiner Frau »Berliner Luft« mitbringen sollte. Die wurde in den Souvenirläden in Dosen angeboten. Er fand die Idee dann doch eher lächerlich. Die Kölner Luft war scheiße, zugegeben, wahrscheinlich die schlechteste im ganzen Land, aber so viel besser war die Berliner nun auch nicht. Im Schaufenster hing ein Spiegel, in dem er sich kurz betrachtete: Er sah einen Mann in mittleren Jahren mit blondem, leicht schütterem Haar, blasser Haut, ein Gesicht mit nicht sehr markanten, strengen Zügen – oder sogar verbitterten? Er war größer als Uwe Henning, das war das Einzige, worin er ihn übertraf. Uwe war nicht groß, eher untersetzt und hatte früher bereits mit seinem Gewicht kämpfen müssen. Die geringe Körpergröße hatte er immer mit seiner riesigen Klappe wettgemacht. Mit seinem Gequassel hatte er die Weiber rumgekriegt. Er quatschte sie einfach nieder, schon zu Studentenzeiten, das erlebte Sengelhoff oft mit. Einen Mangel an Frauen hatte es in Hennings Leben nie gegeben. Die Frauen hatten ihn toll gefunden, früher die 68erinnen, die Hippiegirls, irgendein Mädchen fand sich damals immer an Uwes Seite, eine ihn bewundernde Jüngerin. Geheiratet hatte er in erster Ehe eine Kommilitonin, eine zielstrebige Juristin, eher nickelbrillig. Drei Jahre später verliebte sich Uwe Henning in die geschiedene Frau eines Arztes, ein völlig anderer Typ als seine Erste, ein ziemlicher Feger, aber mit Stil, schick gekleidet, eine gute Gastgeberin. Sie zog mit Uwe nach Hamburg und machte sich dort hervorragend an der Seite des Bürgermeisters. Aber der gute Uwe ließ auch in Hamburg nicht die Finger von anderen Frauen: eine kleine, nette Journalistin hier; die eine oder andere Abgeordnete der Bürgerschaft dort, wobei er durchaus parteiübergreifend tätig war. Peter Sengelhoff half ihm damals mehrfach aus der Patsche, nicht qua seines Amtes, mehr als Freund, war auch immer für eine Ausrede gut gewesen. Irgendwann hatte die Zweite die Schnauze voll, sie war nicht blöd und hatte die kleinen Affären ihres Mannes mitgekriegt. Als die Zweite ging, stand die Dritte vor der Tür: eine Hamburger Museumsdirektorin, eine sehr gebildete und gut aussehende Frau, was Uwe Henning nicht bei ihr hielt. Nun stromerte er also wieder, aber ein Gefühl sagte Sengelhoff, dass die Sache diesmal anders lag. Vielleicht war es diesmal Uwe, der auf die Schnauze fiel.

Sengelhoffs Handy klingelte.

Bartels meldete sich.

»Wir sollten sie an die Kette legen.«

Sengelhoff dachte einen Moment nach. Elektronische Überwachung? Zumindest wussten sie dann, wo die Frau sich herumtrieb.

»Okay. Ich kümmere mich darum.«

Unter den Linden kam er an dem Haus der Kanzlergeliebten vorbei. Sengelhoff blieb einen Moment stehen, blickte die Fassade empor. Erste Adresse, dachte er. Einer von diesen luxuriösen Neubauten in exklusiver Lage und direkt um die Ecke vom Kanzleramt, wie praktisch. Uwe Henning – der Proletariersohn, er hatte es weit gebracht. Sengelhoff drehte sich um und schaute hinüber zum Hotel »Adlon«.

»Wirklich feine Adresse, mein Uwe«, wiederholte er halblaut.

Sengelhoff war im Grunde seines Herzens Sozialist geblieben. Er bekam ein anständiges Gehalt, er wohnte in einem sehr passablen Haus im feinen Kölner Stadtteil Lindenthal, sie besaßen ein kleines Ferienhäuschen in der Toskana, fuhren im Winter zum Skilaufen, aber er war trotzdem Sozialist geblieben. Er mischte sich nicht mit den Kapitalgrößen der Stadt. Seine Freunde waren alte Parteigenossen, ein paar Leute aus der Kulturszene, Lehrerkollegen seiner Frau. Aber was war aus Henning geworden, fühlte der noch sozialdemokratisch? Man musste wohl fragen, ob er überhaupt je Sozialdemokrat war. Im Grunde war Uwe Henning immer an erster Stelle und vor allem Henningist gewesen. Sozialist? – Eher nicht, mein Uwe, dachte Sengelhoff und machte sich auf in Richtung Kanzleramt.

Als Sengelhoff das Büro des Kanzlers betrat, verging ihm beim Anblick seines alten Freundes jeglicher Neid, wenn er sich denn eingeschlichen hatte. Uwe Henning sah mitleiderregend aus, zehn Jahre gealtert, dick geworden, mit ungesunder Gesichtsfarbe, völlig übernächtigt. Kein Wunder, bei dem Lebenswandel, dachte Sengelhoff. Schadenfreude wollte sich nicht einstellen.

»Du siehst scheiße aus«, ließ er den Freund unverblümt wissen. Er konnte sich das leisten. Sie kannten sich lang genug, zu lang, um sich falsche Komplimente zu machen.

»Das hast du aber nett gesagt. Danke!«, brummelte Uwe Henning.

Sie tauschten ein paar Höflichkeiten aus, Nachfragen nach der Familie, Gesundheit et cetera.

Danach ließ der Kanzler sich von Sengelhoff informieren: Terrorismusbekämpfung, Rechtsradikale, Anarchisten, Antisemiten, kurdische Gruppen und Separatisten aus aller Herren Länder, Themen, auf die keine Vergnügungssteuer stand. Uwe hörte konzentriert zu, machte sich Notizen, stellte ein paar Fragen, die richtigen Fragen, wie Sengelhoff bemerkte. Der Kopf des Regierungschefs arbeitete also noch ordentlich.

Als sie mit dem Wichtigsten durch waren, fragte Henning ihn, eher nebenbei, nach der anderen Sache.

»Neue Erkenntnisse?«

»Zurzeit nichts Konkretes«, meinte Sengelhoff vorsichtig. »Und du, irgendein neuer Verdacht?«

»Nur ein ungutes Gefühl.«

»Mann, Uwe, vielleicht beendest du die Sache langsam. Warum ein Risiko eingehen?«

Henning schaute seinen alten Kumpanen entsetzt an. Panik lag in seinem Blick.

»Das geht nicht, Peter«, sagte er leise, aber bestimmt. »Nicht jetzt.«

Das war das erste Mal, dass Sengelhoff der Gedanke kam, dass es hier um eine andere Sache ging, etwas Tiefes, Persönliches. Es war eine kurze Eingebung, ein Geistesblitz, den er gleich in einen Winkel seines Gehirns verdrängte und dort zu lange schmoren ließ. Später bereute er das. Zum zweiten Mal an diesem Tag ging ihm auf, dass es etwas im Leben seines alten Freundes gab, das er, Sengelhoff, nicht in der Lage war zu verstehen. Es lag einfach nicht in seiner Natur, und er war sich nicht sicher, ob er froh oder traurig darüber sein sollte. Er erkannte, dass Henning sein ganzes Leben lang nach etwas bei den Frauen gesucht hatte. Womöglich hatte er es nun gefunden, bei dieser geheimnisvollen Geliebten.

»Okay, dann legen wir sie an die Kette«, schlug Sengelhoff vor und erläuterte dem Kanzler, was er damit meinte. Zu seinem Erstaunen empörte der sich in keiner Weise darüber. Er schien zufrieden mit dem Vorschlag, und Sengelhoff erklärte ihm, wie das Ganze abzulaufen hatte. Sie würden den Sender in ein Goldarmband einbauen.

»Den Rest überlasse ich dir. Du wirst das Ding schon an den Mann oder besser an die Frau bringen. Der Verschluss wird sich nicht öffnen lassen«, erklärte Sengelhoff. »Ist das klar? Du legst es ihr um, klick, und dann ist sie an der Leine. Kein Schritt mehr ohne uns.« Er schaute den Freund forschend an. »Ist dir das recht so?«

»Okay für mich«, bestätigte der Kanzler. »Und bitte ein anständiges Armband«, grinste er fast jungenhaft und sah glatt fünf Jahre verjüngt aus. »Sonst schmeißt sie es mir an den Kopf. Du weißt, wer sie ist.«

Der Mann hatte Nerven.

»Das Geld kommt aus meinem Sonderetat«, maulte Sengelhoff.

»Ein anständiges, verstanden!«, lachte Henning, klopfte seinem Freund auf die Schulter und umarmte ihn zum Abschied. Da war er wieder, dieser Charme, mit dem er die Leute einwickelte und der ihm half, in schwierigen Zeiten zu überleben. Dann schob er Sengelhoff zur Tür hinaus.

»Entschuldige, ich muss dich rausschmeißen, der nächste Termin.«

ANASTASIA

Sie wollte immer weiter laufen, nie wieder reden, nie wieder diese unnützen, hohlen Sätze plappern oder hören. Sie wünschte sich diese Ruhe, in der das lauteste Geräusch von den Ski herrührte, die durch den Schnee schleiften. Sie fühlte sich wie ein Rekonvaleszent, der auf dem Weg ist, von einer langen schweren Krankheit zu genesen.

Sie verabscheute dieses Deutschland. Es entwickelte sich immer mehr zu einem Jammertal. Wenn sich zwei Leute auf einer Party begrüßten, fragte einer, mehr seufzend als sprechend:

»Na, wie geht's denn so?«

Die Antwort lautete immer häufiger:

»Ganz gut, für diese schwierigen Zeiten.«

Wiederum Seufzen.

Schwierige Zeiten! Was für schwierige Zeiten eigentlich? Sie konnte es nicht mehr hören. Das Jammern war zum Volkssport geworden. Die Zeitungen und das Fernsehen stimmten an, und das Volk fiel mit ein. Die Arbeitslosen nicht mal vorweg, von denen hörte man am wenigsten, nein, die Lehrer, die Beamten, die Handwerker, die Unternehmer, das waren die Tonangebenden im Orchester und allen voran die Journalisten. Ana hatte kürzlich einen Zeitungsartikel über die sinkende Geburtenzahl gelesen. Eine Journalistin schrieb, man müsse heutzutage eine Frau bewundern, die noch den Mut habe, ein Kind in diese Welt zu setzen. War die Autorin bei Trost?

60 Jahre zuvor hatten Paare klaglos eine ganze Kinderschar in eine von Krieg zerstörte Welt gesetzt.

Berlin lag unter einer grauen Decke. Es wurde kalt und ungemütlich in der Stadt, und er wurde immer grauer. Die Zahlen drückten auf sein Gemüt: die Arbeitslosenzahlen, die Wirtschaftszahlen, die Zahl der Rentner, die Geburtenzahlen, die Zahl der Insolvenzen, die sinkende Zahl der Parteimitglieder und die Zahl seiner Wähler oder besser Nichtwähler. Ana brachte ihn mit Leuten zusammen, die ihm Rat gaben, nicht diesen 30 Vorstandsheinis, die überall das Maul aufrissen und immer genau wussten, was im Land zu geschehen hatte, selbst aber nur global dachten, vielleicht denken mussten, Fabriken schlossen, mit billigen Arbeitskräften im Ausland produzierten. Selbst kassierten sie höchste Einkommen, was so lange okay war, wie sie Erfolge schafften. Aber blutleer und ideenlos meckerten sie viel und bewegten wenig. Ana vermittelte ihm ein paar wirkliche Wirtschaftsfachleute: mittelständische Unternehmer mit Weitblick, ein paar kluge Köpfe aus dem Umfeld ihres Vaters. Bis kurz vor seinem Tod hatte der Vater einen kleinen Kreis von Wirtschaftsweisen um sich versammelt. Sie trafen sich einmal im Monat, darunter ein alter jüdischer Bankier, der so gestochen scharf dachte und formulierte, dass seine klaren Ideengebäude jedem Zuhörer einleuchteten. Ihr Vater sagte immer: Die Juden erinnern das Wissen aus Jahrhunderten nicht, sie haben es in ihren Genen gespeichert. Wenn Ana Onkel Salomon, er war nur ein Nennonkel, reden hörte, zweifelte sie nicht daran, dass er Hunderte Weltwirtschaftskrisen miterlebt und 50 weitere persönlich abgewendet hatte.

»Entschließ dich zu einem Befreiungsschlag, mein Junge. Du bist ein schlaues Köpfchen«, sagte Onkel Salomon bei einer dieser Unterredungen und klopfte dem Kanzler ermunternd auf die Schulter. Wahrscheinlich hatte niemand mehr so mit ihm geredet, seit er Bundeskanzler war. Onkel Salomon behandelte ihn nicht gerade wie einen Idioten, aber erklärte ihm die Zusammenhänge in etwa so, wie man sie einem Grundschüler auseinandersetzte.

»Zwei Jahre bis zu den nächsten Wahlen, mein Junge. Erhöh' die Mehrwertsteuer. Lieber ein Ende mit Schrecken als ein Schrecken ohne Ende. Kurz und trocken. In zwei Jahren haben wir den positiven Effekt, und der Schmerz ist vergessen. Du hast Geld in der Kasse und kannst was bewegen. Und weg mit den Subventionen, Steuern runter, Subventionen weg. Deine Arbeitslosen, mein Junge, die musst du nun wirklich von der Straße kriegen. Denk dran: Der Staat schafft keine Arbeitsplätze. Du solltest den von euch so verhassten Unternehmern etwas anbieten.«

Onkel Salomon nahm ein Stück Papier und schrieb ihm auf, welche Maßnahme zu welchen Effekten führte. Es war vollkommen überzeugend.

»Sie verstehen genau, was ich meine, nicht wahr. Sie wissen, dass ich recht habe. Machen Sie es, Herr Bundeskanzler. Nur Mut. Sie ahnen sicher, dass ich kein Anhänger Ihrer Partei bin, aber ich traue dieser sogenannten Opposition nichts zu. Wenn das Richtige für unser Land geschieht, ist es egal, wer es macht.«

Zum Abschied stand Onkel Salomon vor ihm, ein alter, dürrer Mann mit schlohweißem Haar, hoch aufgeschossen. Trotz seines hohen Alters hielt er sich aufrecht, stützte sich aber mit der rechten Hand auf einen Stock, eine imposante

Erscheinung. Die Stimme, auch wenn er oder gerade, weil er sie nie erhob, strahlte Autorität aus. Die Augen blitzten und verrieten, wie viel Lebendigkeit in ihm steckte. Beim Abschied legte er dem Kanzler die Linke auf die Schulter und duzte ihn wieder, aber das klang nicht herablassend, sondern vermittelte diese besondere freundschaftliche Note des Hamburgers:

»Mein Sohn«, sagte Onkel Salomon, »ein Rat. Tu nichts gegen deine Überzeugung. Wenn du das, was du für richtig hältst, nicht durchsetzen kannst, nimm deinen Hut. Denk' immer daran, es gibt ein Leben nach all dem, und du musst dir im Spiegel in die Augen schauen können, vielleicht noch ziemlich lang.«

Er schüttelte sein in Ehren ergrautes Haupt, als wundere er sich selbst darüber.

»Schauen Sie mich an. Vielleicht noch ziemlich lang«, bemerkte er nachdenklich. »Auf Wiedersehen, Herr Bundeskanzler.«

Dann gab er Ana einen Kuss und ging.

Das Problem war, dass eigentlich keiner in der Regierung, nicht mal der Finanzminister, eine Ahnung von wirtschaftlichen Zusammenhängen hatte. Sie wussten es einfach nicht. Woher auch? Sie waren Oberschullehrer, Postbeamte, Beamte beim Versorgungsausgleichsamt, Hauptschullehrer, Grundschullehrer, Realschullehrer, Sonderschullehrer und natürlich Gewerkschafter, das in erster Linie. Die schlechte Nachricht: Sie durften entscheiden. Sie gaben dem Land die Richtung, drückten ihm ihren Stempel auf und wussten nicht, wovon sie redeten, ahnten nicht einmal, dass sie Schaden anrichteten.

Seine Fraktion zog nicht mit. Sein Fraktionsvorsitzender machte ihm die Hölle heiß. Die Basis rebellierte. Frustriert dementierte er, bevor die Vorschläge überhaupt auf dem Tisch waren. Ana verließ in immer kürzeren Abständen die Stadt. Das reizte ihn zusätzlich, aber wenn sie da war, reichte es immer nur für eine Stunde hier und ein paar Minuten da. Er wollte, dass sie verfügbar war, auf ihn wartete, falls er für fünf Minuten Zeit fand. Dann war er so erschöpft, dass sie nur den Schatten eines Mannes neben sich liegen sah. Er kam mit Vorwürfen durch die Tür, weil er ihre häufige Abwesenheit eifersüchtig beäugte. Er misstraute ihr. Nicht zu unrecht. Sie traute sich nicht mal selbst. Es beunruhigte sie, dass er ihre Aufenthaltsorte immer zu kennen schien. Hin und wieder stand eine Story über sie in den Klatschspalten, aber die las er ja wohl nicht. Woher also wusste er? Vielleicht war sie wirklich paranoid, aber manchmal spürte sie einen Verfolger auf ihren Fersen. Das verdarb ihr die Reisen, auf denen sie sich eigentlich erholen wollte von dem unerträglichen Zustand in Berlin. Manchmal schaltete sie das Handy ab, ging mit Freunden zum Abendessen, ins Theater, auf eine Party, wollte einfach nur ein bisschen Spaß haben. Genau das ertrug er nicht. Wenn sie einen Tag nicht erreichbar war, musste sie damit rechnen, dass er sie zu später Stunde unangemeldet überfiel. Sie verfluchte sich dafür, dass sie ihm ihren Schlüssel überlassen hatte. Das nahm ihr jede Freiheit. Sie konnte Freunde nicht spontan auf einen Drink einladen, zumindest nicht, wenn er in der Stadt war. Nur wenn sie ihn in den Nachrichten mit dem amerikanischen Präsidenten in Washington Hände schütteln sah oder mit dem japanischen in Tokio, riskierte sie es, Freunde zu sich in die eigene Wohnung zu bitten. Selbst Paris war zu nah. Nie wusste sie, ob er – unabhängig von Flugplänen – seine Maschine bestieg und zwei Stunden später vor ihrer Tür stand, immer mit diesem gehetzten oder leeren Blick, diesen angespannten Gesichtszügen. Wie ein Süchtiger stürzte er sich auf sie, als könne sie ihn befreien von all dem Druck, der auf ihm lastete, von den Albträumen, der Panik vor den 100 Entscheidungen am Tag, von der jede einzelne eine Zeitbombe war. Jedes »Ja«, jedes »Nein« gefährlich, jedes »Vielleicht« nur ein Aufschub. Kein Thema, das nicht Explosionsstoff barg: Steuern hoch, Steuern runter, Waffen liefern, Waffen nicht liefern, Soldaten in Krisengebiete oder nicht, den Amerikanern nachgeben, ja oder nein, mit den Gewerkschaften gegen die Arbeitgeber oder mit den Arbeitgebern gegen die Gewerkschaften? Wer konnte diese Last tragen, wer konnte den Druck täglich aushalten? Jeder Orgasmus war die ersehnte Besinnungslosigkeit für Sekunden, keine Zeit, um dabei an mehr als an sich selbst zu denken. Sie erwischte ihn, wie er beim Liebesakt auf die Uhr schaute, bei einem guten Timing kam er um zehn Sekunden vor 20.00 Uhr oder um zehn Sekunden vor 21.45 Uhr oder um zehn Sekunden vor 22.30 Uhr zum Höhepunkt, um noch stöhnend zur Fernbedienung zu greifen und mit dem Erkennungssignal der Tagesthemen oder des Heute-Journals den Fernseher einzuschalten. Dann sah sie ihn doppelt: neben sich liegend, außer Atem, ein wenig zerzaust, ohne Hose, und auf dem Bildschirm, gekämmt und korrekt gekleidet gab er blubbernd hohle Sätze von sich.

»Wir müssen, wir können und wir werden die Arbeitslosigkeit bekämpfen.«

»Merkst du eigentlich nicht mehr, welchen Scheiß du redest? Gibt es noch jemanden in deinem Umfeld, der dir das sagt?«

»Wie bitte, was meinst du?«

Er guckte erstaunt.

Sie äffte ihn nach:

»Wir müssen, wir können wir werden, wir sollten, wir dürfen … Was für ein Scheiß! Sag doch einfach: Wir machen es. Schluss, Ende, das reicht.«

Dann wurde er wütend. Wenn sie oben angekommen sind, werden sie immer wütend, wenn man sie kritisiert, bis keiner mehr da ist, der es wagt. Kritiker schaffen sie sich vom Hals, Mann für Mann, bis nur die Jasager, die Kopfnicker übrig sind, die Speichellecker. Das Paradies für Politiker: 100 Prozent Zustimmung. Ein kurzes Glück, denn bald häufen sich die Fehler und mit den Fehlern die Probleme, mit den Problemen der Stress. Er steckte mittendrin in diesem Teufelskreis. Keine Kritiker mehr! Manchmal gibt es eine Ehefrau, die vorsichtig Kritik wagt. Weg mit ihr. Ana wusste, warum sie in ihrem Wolkenkuckucksheim keine Kritik mehr ertragen. Pure Angst. Im Grunde wissend, wann sie die Probleme nicht mehr bewältigen, zweifeln sie im Stillen, ob sie die Richtigen sind, der richtige Mann an der richtigen Stelle. Aber wehe, diese Zweifel machen sich breit. Panik! Jeder, der die wunde Stelle berührt, muss verschwinden. Bloß nicht erinnert werden. Verdrängen, weg mit all den Miesmachern! Und sie blöde Kuh hatte sich freiwillig darauf eingelassen, eine Rolle in diesem traurigen Stück zu übernehmen. Was wollte sie mit diesem Schatten eines Mannes in ihrem Bett? Schluss machen, aber wie? Sie steckte sich eine Zigarette an.

»Gib mir einen Zug«, bat er.

Er hatte vor Jahren aufgehört zu rauchen, besser gesagt, Zigaretten zu kaufen. Dafür inhalierte er gierig ihre.

»Ich muss mich den ganzen Tag der Kritik stellen. Ich bin zu müde, um mir abends deine Vorwürfe anzuhören«, sagte er verstimmt.

»Und ich bin zu munter, um mit einem müden Mann zu vögeln.« Er schaute wie damals, als sie sein Geschenk nicht beachtet hatte. Sie schätzte, das war der Grund dafür, dass sie ihn an diesem Abend nicht verließ. Wieder einmal hing ihr der kleine Elefant hinterher.

Das Stimmungstief wurde auf einer nach unten offenen Skala gemessen. Einen absoluten Nullpunkt schien es nicht zu geben. Das Jahresende bescherte eine verlorene Landtagswahl. Während die Zahl der Arbeitslosen neue Rekordhöhen erreichte, ließ sich der Wirtschaftsminister von einem befreundeten Vorstandsvorsitzenden in ein Luxushotel auf Sardinien einladen. Dass der betroffene Manager einem Energiekonzern vorstand, machte die Sache unappetitlich. Es gab zu viele Überschneidungen in den Interessen. Die Meldungen überschlugen sich. Eine Woche lang kam der Minister nicht aus den Schlagzeilen. Die »Bild«-Zeitung brachte täglich neue pikante Details ans Licht: die Rechnung aus einem Sternerestaurant – 980 Euro für vier Personen, bezahlt vom Vorstandsfreund, eingeladen der Minister und seine Gemahlin; Greenfees im exklusiven Golfklub von Porto Cervo, bezahlt vom Vorstand, eingeladen der Minister, seine Gemahlin und zwei Söhne; die Rechnung für eine gecharterte Motorjacht, bezahlt vom Vorstand, eingeladen der Minister, seine Gemahlin und zwei Söhne und so weiter. »Bild« war im Skandalfieber. Die Zeitung hielt die Geschichte warm bis zum Wahlsonntag. Der Wähler rächte sich auf dem Stimmzettel. Der Skandal nahm den bekannten, 100 Mal erlebten Verlauf: Dementis, erste Eingeständnisse, aber man sah keinen Grund zum Rücktritt; es ging um eine Privatangelegenheit; der Kanzler stützte seinen Minister, der Opposition wurden unlautere Motive unterstellt, die den Minister demontieren sollten, reine Wahltaktik, unsauberer Wahlkampf; weitere Enthüllungen, weitere Dementis, durchsetzt mit Eingeständnissen, man habe womöglich Fehler gemacht, die Lage nicht richtig eingeschätzt; der Kanzler stützte seinen Minister mit der nun eingeschränkten Erklärung, falls es keine neuen Eröffnungen gebe, die dann folgten. Endlich der Rücktritt, mit der Bemerkung, der Minister fühle zwar weiterhin keine Schuld, wolle aber Schaden von seiner Partei abwenden, könne auch seiner Familie diese öffentliche Hetzjagd nicht mehr zumuten.

Zwei Tage vor Weihnachten tauchte er in jammervollem Zustand mitten in der Nacht bei Ana auf. Die Erschöpfung stand ihm ins Gesicht geschrieben. Seine Körperhaltung drückte Erschlaffung aus. Er war am Ende seiner Kräfte. Ein paar Stunden zuvor hatte sie ihn in den Nachrichten gesehen. Mit äußerster Disziplin bewahrte er während einer Pressekonferenz Haltung. Nun, zwischen ihren sicheren vier Wänden, brach seine Selbstbeherrschung weg. Er sackte in einem Sessel zusammen, legte den Kopf auf der Rücklehne ab und brachte die nächsten zehn Minuten keinen Ton hervor. Sie bot ihm einen Whisky an, den er viel zu schnell hinunterstürzte, den zweiten gleich hinterher. Er lockerte seine Krawatte, zog die Jacke aus. Sie sah die Schweißränder an seinem weißen Hemd.

»Was für ein Scheißtag«, stöhnte er.

Sie ließ ihm eine Badewanne ein, machte ihm einen weiteren Drink, was sollte sie schon tun? Zwei Tage bis Weihnachten, eine kurze Verschnaufpause, vielleicht half ihm das. Er würde in seinem Bungalow in Hamburg sitzen, zusammen mit seiner Frau, Kinder hatten sie nicht. Vor der Tür würden die Bodyguards Wache halten und nicht mal den Weihnachtsmann reinlassen. Sie hatte keine Ahnung, ob das lustig war. Es war das Leben, das er gewählt hatte.

»Was machst du Weihnachten?«, fragte er.

»Ich fahre nach Moritz.«

Da explodierte er.

»Moritz, ich kann es nicht mehr hören. Weißt du eigentlich, wie du klingst? Wenn du das sagst, Moritz. Dann sehe ich euch vor mir, reich, versnobt und so beschissen arrogant und selbstsicher. Schon als Kind habe ich das gehasst, wenn ihr sagtet: ›Weihnachten fahren wir nach Moritz.‹ Ich wusste, ich würde allein im Hamburger Schmuddelwetter zurückbleiben. Ihr zogt eure schicken engen Skihosen an und dicke hellblaue Pullover mit V-Ausschnitt. Ich sehe dich, als wärst du gerade gestern vor meinen Augen in die Limousine gestiegen. Du sahst elegant und reich aus und hattest diese lässige Selbstsicherheit, die nur betuchte Kinder haben. Dann kamt ihr zurück, mitten im Winter braun gebrannt. Niemand war damals im Winter braun gebrannt, nur die paar Privilegierten, die in die Skiorte fuhren. Braun gebrannt und gesund saht ihr aus. Und ich, blass und kränklich von Wintererkältungen, lungerte auf der Straße herum, von mittags an, wenn ich wusste, ihr kämt zurück. Und ich hatte so auf deine Rückkehr gewartet, mich gefreut wie wahnsinnig. Endlich fuhr die Limousine vor. Ihr sprangt heraus, fröhlich schnatternd, aufgetankt mit Erlebnissen: Skifahren, Schneeballschlachten, Kinderpartys. Ihr begrüßtet mich, lustig, freundlich, ihr wart ja wohlerzogene, nette Kinder. Nur gab es da einen winzigen Unterschied: Ihr hattet euch nicht nach mir gesehnt, aber ich, ich hatte gewartet, jedes herannahende Auto mit erwartungsvollem Blick begrüßt. Ich hatte mich auf euch gefreut. Das konntet ihr euch nicht vorstellen. – Moritz! Es kotzte mich an, und es kotzt mich heute noch an. Moritz heißt, man ist Insider, nicht wahr? Alle anderen sagen brav Sankt Moritz, aber ihr, die ihr da zu Hause seid, ihr Insider sagt Moritz und Corviglia und Chesa Villa und Suvretta und ›Dracula-Club‹. Das kommt selbstverständlich über eure Lippen.«

Er brüllte immer lauter, ließ seine Wut heraus: die Wut aus der Kindheit, die Wut über die Ungerechtigkeiten der Welt und die Wut über diesen absolut beschissensten aller beschissenen Tage seiner Politikerkarriere.

»Wenn ich diese satten Arschgesichter deiner sogenannten Freunde sehe, wird mir kotzübel«, brach es aus ihm heraus.

»Schau dir deine Politikerfreunde an, schau dir die Staatsoberhäupter an, denen du die Hände schüttelst«, konterte Ana mit Zornesröte im Gesicht. »Überlegst du dir nie, wie viel Blut an deren Händen klebt? Der russische Präsident, mit dem du dich Arm in Arm fotografieren lässt. Du weißt genau, was der Mann zu verantworten hat, und lobst ihn doch für seine Taten. Ihr nennt das Politik, ja? Händeschütteln mit dem chinesischen Staatschef, dem amerikanischen, Bussi, Bussi mit dem französischen. Ekelst du dich nicht manchmal vor dir selbst? Nein, alles Politik! Man tut's ja für das Vaterland. Wie weit geht das? Wie viele Schweinereien akzeptiert man als Politiker, bis man jemandem nicht mehr die dreckige Hand schüttelt?«

»Hör auf«, sagte er drohend.

»Wieso – kannst du ein bisschen Wahrheit nicht vertragen?« Ana redete sich in Rage. »Du und die anderen Staatschefs – ihr seid das Problem. Ihr diplomatisiert euch zu Tode und merkt gar nicht mehr, dass ihr alles, aber auch alles falsch macht. Darin seid ihr euch gleich, alle von der Realität abgehoben. Deswegen versteht ihr euch so gut. Überall habt ihr eure Finger drin. Hier geht es um Rohstoffe und dort um billige Arbeitskräfte, um Handel und Waffenlieferungen. Ihr liefert wirklich Waffen an diese Ärmsten der Armen und schaut zu, wie sie sich gegenseitig niedermetzeln. Ich möchte, dass kein Pfennig meiner Steuern mehr als Entwicklungshilfe nach Afrika geht. Solange sie damit nur eure Waffen kaufen, wird es dort jeden Tag schlimmer. Was habt ihr alles zu verantworten – du und deine Freunde? Mäkele also nicht an meinen Freunden herum.«

»Lenk nicht ab«, sagte er nun ruhiger, der Streiterei müde. »Ich rede von deinen Freunden. Was könnten sie mit ihrem Geld in dieser Welt bewegen! Stattdessen machen sie einen Sport daraus, sich mit möglichst nutzlosen Dingen zu amüsieren. Findest du das nicht ekelhaft? Ich verabscheue das«, fauchte er ihr, wieder wütend werdend, entgegen. »Und wenn du dich mit diesen reichen Nichtstuern amüsierst, verabscheue ich dich auch. Darf ich es in den Klatschspalten nachlesen, mit wem du geflirtet hast, dein neuestes Verhältnis, mit wem du getanzt hast?«

»Schick doch einen Spion, der kann dich auf dem Laufenden halten.«

Er stutzte, als sie das sagte, schaute einen Moment fast erschrocken oder ertappt. Vielleicht bildete sie sich das ein, aber etwas stimmte nicht, da war sie sich fast sicher. Sie vergaß es wieder.

»Bleib hier!«, sagte er hastig und fast im Befehlston.

»Ich fahre Weihnachten nach Sankt Moritz.«

Sie betonte das »Sankt«.

»Du würdest nicht ein klitzekleines Bisschen deiner Vergnügungen opfern. Hauptsache, die gnädige Frau hat ihren Spaß, nicht wahr, Vergnügen bis zum Erbrechen. So ist es immer gewesen, und es ist wirklich beschissen.«

»Red' nicht so mit mir, ich bin nicht deine Frau«, sagte sie wütend.

»Du solltest es aber sein. Ich wollte immer nur dich zur Frau. Heirate mich! Komm, lass uns zu ›Borchardt‹ was essen gehen. Ich werde dich so verliebt anschauen wie an dem Tag, als wir das Abitur bestanden, als wir unten an der Alster saßen. Du hast gar nichts bemerkt – wie immer. Ich bin noch genauso verliebt in dich. Meinetwegen können es alle wissen. Dann hast du deine beschissenen Schlagzeilen.«

»Du glaubst nicht wirklich, dass ich scharf darauf bin, in die Schlagzeilen zu kommen.«

»Was weiß ich. Bleib hier! In Berlin! Bitte! Ich komme, so oft ich kann.«

»Ich bin mit meinen Söhnen in Sankt Moritz verabredet. Ich habe sie ein halbes Jahr nicht gesehen. Sie stehen beide kurz vor dem Examen und freuen sich wie wahnsinnig auf ein paar Tage mit mir, und ich freue mich noch mehr.«

Plötzlich fiel alle Wut von ihm ab.

»Verzeih, verzeih mir«, bettelte er. »Ich wusste ja nicht ..., warum hast du das nicht gleich gesagt?«

Er sah zerknirscht aus, noch müder als bei seinem Eintreffen. Sie hatte Mitleid. Er nahm sie in die Arme, oder hielt er sich fest an ihr?

»Ich mache im Moment alles falsch, alles geht schief. Ich möchte dich nicht verlieren. – Können wir uns nicht vielleicht in Portofino treffen? Immer, wenn ich am Ende bin, wenn ich glaube, ich schaffe es nicht mehr, dann denke ich an Portofino. Es waren die zwei glücklichsten Tage in diesem Jahr. – Vielleicht sogar in meinem Leben«, fügte er leiser hinzu. Dabei zog er sie enger an sich, begann sie zu entkleiden und zu liebkosen. Während er ihr sein Verlangen ins Ohr flüsterte, wiegte er sie langsam dem Gipfel entgegen, und diesmal vergaß er nicht, sie mitzunehmen. Vielleicht war es genau das, diese Fähigkeit, in kritischen Momenten das Richtige zu tun, die ihn an die Spitze seiner Partei und an die Spitze der Regierung brachte. Sie verließ ihn nicht an diesem Abend – wieder einmal nicht.

Nach dem Liebesakt sah er für Minuten aus wie ein kleiner Junge, fast wie ein Baby. 50 Jahre wie ausgelöscht, die Ängste, der Hass aus Jugendtagen, die Finten und Intrigen gegen Freund und Feind, die schmutzigen kleinen Geschäfte auf dem Weg zum Erfolg, das Niedermetzeln von Gegnern und, viel schlimmer, das Niedermetzeln von Freunden. Nichts davon sah man in seinem Gesicht, für einige Minuten. Dann fuhr der Geist des Politikers, des Machtmenschen in ihn zurück. Als habe er Kraft aus dem Geschlechtsakt gezogen, griff er zum Telefon. Sie wusste nicht, wen er anrief, sie hörte nur den Satz:

»Du kannst jetzt dem Ludwig sagen, dass ich bereit bin, seinen Rücktritt entgegenzunehmen.«

Mein Gott, dachte sie, wie kalt, wie absolut abgebrüht und kalt. Eisige Schauer liefen ihr über den Rücken. Sie fragte sich, ob er die Kraft für diesen brutalen Satz bei ihr sammelte, gerade, vor ein paar Minuten. In diesem Moment der Besinnungslosigkeit, in dem sich alles Fühlen und alle Stärke, vielleicht sogar das Denken in den Lenden konzentrierte, war da der Entschluss für diesen grauenvollen Satz herangereift? Sie fühlte sich schuldig, wie ein Handlanger.

SENGELHOFF

Sengelhoff saß übermüdet und schlecht gelaunt in seinem Kölner Büro. Er arbeitete zu viel und er schlief nachts schlecht. Der Fall Uwe Henning machte ihm zu schaffen. Die Sache war eine Zeitbombe. Es war nicht Sengelhoffs Art, auf die Explosion zu warten. Aber er wusste nicht, wie er den Zünder entfernen sollte, ohne dass das Ding hochging.

Der Besuch in Berlin störte auch in anderer Hinsicht seine Ruhe. Der Gedanke, dass in seinem Leben etwas fehlte, hatte sich zwischen Alexanderplatz und Brandenburger Tor eingeschlichen. Er war ihm lästig. Sengelhoff versuchte, ihn möglichst weit von sich zu schieben, aber so einfach ging das nicht. Gedanken, wenn sie sich erst einmal aus dem Unterbewusstsein lösten, führten ihr Eigenleben.

Am Morgen war Sengelhoff mit einem Ständer wie in Pubertätszeiten aufgewacht. Das war ihm lange nicht passiert. Seine Frau lag neben ihm, aber er spürte, dass sie nicht gemeint war. Wann überhaupt hatte er zum letzten Mal mit ihr geschlafen? Er konnte sich nicht genau erinnern. So war das also: Während der gleichaltrige Uwe Henning seine Nächte im Liebesrausch verbrachte, an allen möglichen und unmöglichen Orten herumvögelte, konnte er, Sengelhoff, sich nicht mal mehr erinnern, wann er die eigene Frau zuletzt beglückt hatte. Und nun dieser Ständer. Er fürchtete, dass die Erregung, in der er erwacht war, mit den Aufzeichnungen zu tun hatte, in die er am Vortag hineinhören musste. Er hatte nur ein paar Stellen checken wollen, dabei blieben ihm Intimitäten nicht erspart. Er war nicht glücklich darüber.

In der Nacht hatte er einen Traum. Er lag nackt auf seinem Bett. Plötzlich betrat die Frau sein Schlafzimmer. Er wusste im Traum, dass es Hennings Geliebte war. Sie war nackt, aber ihre Haut, der ganze Körper schimmerte. Sie war von Kopf bis Fuß mit einem feinen Goldspray überzogen. Es stand eine Art Reck im Raum. Sie ergriff im Sprung die Stange und begann sich wie ein Weltklasseturner an diesem Reck zu drehen, flog über die Stange und ergriff sie wieder. Er schaute gebannt zu, konnte sich nicht lösen von dem herrlichen Anblick, der Schönheit ihres Körpers und der Perfektion ihrer Bewegungen, obwohl es ihm ein wenig peinlich war, wenn sie die Beine spreizte und er auf ihre vergoldeten Schamlippen sah: »Komm, du kannst das auch«, rief sie ihm lachend zu. Er erhob sich zögernd, ergriff die Reckstange und versuchte es mit ein paar vorsichtigen Drehungen. Er war erstaunt, wie leicht es ging und wie gut er die Übungen beherrschte, wurde mutiger, ließ die Stange sogar los, wagte den Absprung, aber statt auf den Füßen zu landen, breitete er die Arme aus und flog davon. Er ruderte nur leicht mit den Armen und es wunderte ihn, wie lange sich ein Mensch in der Luft halten konnte. Als er den Kopf wendete, entdeckte er die Goldfrau an seiner Seite. Er ergriff ihre Hand, und sie schwebten gemeinsam weiter. Als er erwachte, spürte er das Glück über das Gefühl zu fliegen – und er hatte einen Ständer. Er traute sich nicht aufzustehen und ins Badezimmer zu gehen, weil er nicht wusste, ob seine Frau wach war. Da er nackt schlief, hätte sie womöglich seinen Ständer gesehen. Das wäre ihm peinlich gewesen. Schließlich regte seine Frau sich und verließ als Erste das gemeinsame Ehelager.

»Kommst du nicht?«, fragte sie und zog ein wenig an seinem Federbett. »Es ist kurz nach 7.00 Uhr.«

Er hielt seine Decke fest und hasste seine Frau für einen kurzen Moment, weil sie den Traum von der Goldfrau nun gänzlich verscheuchte.

»Sofort«, antwortete er knapp.

Er war froh, als sie ohne weiteren Kommentar im Badezimmer verschwand. Einen Augenblick später hörte er das Rauschen der Dusche und spürte kurz das Verlangen, sich zu berühren, aber merkte, fast ein wenig enttäuscht, dass die Härte aus seinem Glied schwand. Der kurze Wortwechsel mit seiner Ehefrau hatte genügt, ihn zu ernüchtern.

Sengelhoffs Handy klingelte. Es war Uwe Henning.

»Sie ist weg«, brüllte er in den Apparat hinein. »Was macht ihr eigentlich für einen beschissenen Job? Sie ist verschwunden – seit zwei Tagen.«

»Moment, Uwe, ganz ruhig. Was ist los?«

»Sie ist weg, das ist los. Seit zwei Tagen antwortet sie nicht am Telefon. Sie ist nicht in ihrer Wohnung. Sie hat ihr Handy abgeschaltet. Wo ist sie, in Gottes Namen?«

Wieso in Gottes Namen?, dachte Sengelhoff, war sein alter Freund Uwe nicht bekennender Atheist? Er hörte die blanke Panik in Hennings Stimme. Er ließ sich nicht davon anstecken. Wieso auch? Bartels hatte sich seit Tagen nicht gemeldet, also gab es keine dramatische Veränderung der Situation. Kein Grund zur Panik. Das sagte er Henning.

»Kein Grund zur Panik, Uwe. Wenn es Probleme gäbe, wüsste ich davon. Und wir haben sie schließlich an der Leine.«

»Die Leine scheint ziemlich lang zu sein, verdammt, Peter«, fluchte Henning. »Seit zwei Tagen höre ich nichts von ihr, das ist bisher nie passiert. Ich habe ihr sicher 20 Mal auf die Mailbox gesprochen, und sie rührt sich nicht.«

»Wahrscheinlich ist sie verreist.«

»Aber sie hatte gestern Geburtstag. Wieso sollte sie an ihrem Geburtstag einfach abhauen und mir nichts sagen, kannst du mir das verraten?«

»Ruhe, Uwe, es kostet mich ein Telefonat, um herauszukriegen, wo sie ist. Kannst du dich bis dahin abregen? Noch einmal: Wenn sich etwas getan hätte, wüsste ich es.«

Er redete auf den Kanzler ein wie ein Nervenarzt auf seinen kranken Patienten. Die Taktik zeigte kaum Erfolg.

»Was heißt, du wüsstest das? Du weißt doch offensichtlich nicht, wo sie ist. Zwei Tage weg, und sie hat mir nichts gesagt. Findest du das normal? Das ist nicht normal, das ist Scheiße! Eine riesige, gottverdammte Scheiße. Ich weiß nicht, was hier los ist. Etwas stimmt ganz und gar nicht, und ich will bei Gott wissen, was es ist.«

Schon wieder Gott, dachte Sengelhoff.

Dann nur Stille am Ohr. Der Kanzler hatte aufgelegt. Nein, aufgeknallt.

Sengelhoff fiel es wie Schuppen von den Augen. Schlagartig wurde ihm klar, worum es hier eigentlich ging. Sicher nicht um Spionage und böse Mächte. Es ging um Eifersucht, reine Eifersucht. Eifersucht also? Oder spielte ihm seine Fantasie einen Streich? Eifersucht – das passte eigentlich nicht zu Henning. Und doch, an Hennings Stimme, an seiner Wortwahl hatte er erkannt, dass der Kanzler kurz davor war auszurasten. Plötzlich erinnerte sich Sengelhoff, dass er seinen Freund schon einmal in dieser Gemütslage erlebt hatte. Er wusste, dass Uwe Henning in der Stimmung, in der er sich gerade befand, zu allem fähig war. Auch zu einem Amoklauf. Seine Intuition sagte ihm, dass es wichtig war, sich an dieses letzte Mal zu erinnern. Es war eine Ewigkeit her. Studentenzeiten, Berlin, ihre wilden Jahre. Was genau war passiert? Eines Nachts hatte Sengelhoff in einer ihrer Stammkneipen in Kreuzberg für einen Absacker haltgemacht. In einer Ecke der schmuddeligen Pinte hing Henning, völlig stoned, zugekifft bis über die Halskrause. Anscheinend hatte er sich nach dem Joint noch mit Alkohol abgefüllt, keine gute Idee, wie sich herausstellte. Er hatte Henning nie vorher in so einem Zustand gesehen. Es kifften damals fast alle ein bisschen. Sengelhoff selbst stand nicht darauf, er fürchtete sich vor dem Kontrollverlust. Er fragte einen Kommilitonen, was mit Henning los sei.

»Keine Ahnung«, sagte der. »Er redet nicht mit uns, und wenn er einen Ton von sich gibt, nur, um uns als Arschlöcher zu beschimpfen.«

Sengelhoff sah, dass Henning nicht mehr in der Lage war, den Weg nach Hause zu finden, also packte er den Freund und zerrte ihn hoch. Henning lallte nur.

»Peter, du Arschloch, fick dich doch.« Etwas in dieser Art. Er ließ sich nicht beirren und zog den torkelnden Kommilitonen aus der Kneipe hinaus. Die frische Luft ernüchterte Uwe Henning wenigstens so weit, dass er sich nach Hause schleifen ließ, aber er blieb außer sich, versuchte abwechselnd, in die Spree zu springen oder ein Schaufenster einzuschlagen. Er trat gegen jeden Mülleimer, der im Weg stand, gegen jede Autotür. Zwischendurch brüllte er so laut, dass sich über ihnen die Fenster öffneten, aus denen Leute sich fluchend über den nächtlichen Lärm beschwerten. Das provozierte Uwe zusätzlich. Er beschimpfte alle Passanten als »verpisste Underdogs«, Spießer und Arschlöcher. Schrie, sie alle hätten keine Ahnung, keinen Schimmer von Frauen. Sengelhoff konnte sich keinen Reim auf die wirren Sätze machen. Da er aber Angst bekam, der Freund könne sich das Leben nehmen, brachte er ihn nicht in dessen verkommene Wohngemeinschaft, sondern nahm ihn mit in die eigene Wohnung. Sengelhoff zog es damals vor, gegen den herrschenden Trend, für sich zu wohnen. Er lebte bei einer alten Witwe zur Miete, die ein Haus in Kreuzberg besaß. Der Schlachterladen unten hatte einst ihrem Mann gehört. Sie hatte alles vermietet und ließ sich von Sengelhoff einige Hausmeisterdienste besorgen. So kam ihn das Wohnen nicht zu kostspielig. Er zerrte den halb bewusstlosen Freund die Treppe hoch und packte ihn aufs Sofa, wo er aber nicht gleich einschlief. Mit den Nachwirkungen des Marihuana-Alkohol-Konsums setzte die depressive Phase ein. Uwe Henning hielt Sengelhoffs Hand und bat inständig, er möge ihn nicht verlassen. Sengelhoff war eigentlich todmüde, fürchtete aber weiterhin, der Freund könne sich aus dem Fenster stürzen, so verzweifelt, wie er wirkte. Also zog er sich einen Stuhl an das Sofa heran und hockte sich neben den in Melancholie verfallenden Uwe, der immer wieder aus seinem Dämmerschlaf hochschreckte, um dann über das Thema Frauen zu philosophieren. Sengelhoff erinnerte sich, dass es um eine besondere Frau ging und Uwe Sachen sagte, wie:

»Es gibt nur die eine, wenn ich sie nicht haben kann, will ich nie wieder eine.« Er hatte von Erlebnissen in der Kindheit gefaselt und von der Absolutheit der Liebe und dass man nur einmal lieben könne. Alles andere sei Scheißsex, niedere Instinkte, rein körperliche Befriedigung ohne Bedeutung. Sengelhoff verstand am Ende, dass Uwe nachmittags von einer Frau Besuch gehabt hatte, jemand von früher. Er war später selbst über das endlose Gefasel eingenickt und hielt alles sowieso eher für eine momentane Stimmung des Freundes. Merkwürdig blieb, dass Uwe Henning, der immer von Frauen umschwärmt war, nach dieser Nacht wochenlang keine Frau an sich ran ließ. Jetzt fragte Sengelhoff sich, ob diese alte Geschichte und der damalige Amoklauf mit der heutigen Geliebten zu tun hatten. Nun also wieder diese gefährliche Stimmung. Sengelhoff wusste, dass er schnell reagieren musste.

Nur kein erneuter Amoklauf. Es war kein guter Zeitpunkt dafür. Uwe Henning war Kanzler.

Sengelhoff war froh, als er Bartels gleich telefonisch erreichte.

ANASTASIA

Zur Mittagszeit erreichten sie den Gipfel. Ana war durchgeschwitzt, aber sie fühlte sich frei und glücklich. Ihr Kopf war so klar wie seit Langem nicht. Von hier oben bekam man den Blick für das Wesentliche. Alles ganz einfach, dachte sie und freute sich, dass sie nicht einmal wusste, was genau ganz einfach war. Es war egal. Ihr T-Shirt klebte klitschnass an der Haut.

»Zieh dir ein trockenes Hemd an«, befahl Franz.

Sie schaute sich suchend um.

»Eine Umkleidekabine gibt es hier nicht«, bemerkte der Bergführer spöttisch. »Ich dreh mich um.«

Sie zog sich alle Hemden vom Leib und fühlte für einen Moment den leichten Wind und die wärmenden Sonnenstrahlen auf der nackten Haut. Am liebsten hätte sie sich nackt in den Schnee gelegt, streifte dann aber doch das trockene T-Shirt über. Sie hatten sich das Mittagessen verdient: Schwarzbrot und Tee, zum Dessert einen Apfel.

»Jetzt haben wir einen Traumhang vor uns«, erklärte Franz. »Die Abfahrt liegt im Schatten. Wenn wir Glück haben, gibt's einen Pulverschnee vom Feinsten. Danach steigen wir etwa eine Stunde auf und dann bekommst du die Belohnung: eine Abfahrt durch einen Wald – die wird dir gefallen. Die Hütte ist danach nicht mehr weit.«

Die Abfahrt durch einen unberührten Tiefschneehang ist wie Surfen auf der ultimativen Welle. Wenn der Schnee pulvrig ist, verursacht der Ski ein leises Zischen. Man muss seinen Körper unter Kontrolle halten, um im Rhythmus zu bleiben, sonst überkreuzen sich die Ski und man stürzt. Franz fuhr vor und legte eine perfekte Schlangenlinie in den Schnee. Ana bemühte sich, eine ähnlich schöne Kurvenstrecke zu produzieren. Wenn sie den Absatz eines Hügels erreichten, stoppten sie und schauten zurück, um die eigenen Spuren zu bewundern. Sie spürte das zufriedene Lächeln auf ihrem Gesicht und wie sich die Zufriedenheit im Körper ausbreitete. Ihr Rhythmus wurde immer besser, ihr Atem ging ruhig und stetig, kein Schnaufen mehr wie am Anfang. Sie machte sich nicht die Mühe, über Bestimmtes nachzudenken. Die Gedanken flossen durch sie durch.

Anas Familie war immer viel auf Reisen gewesen. Sie besaßen ein Chalet in Sankt Moritz, ein Schlösschen in Schleswig-Holstein, in der Travemünder Bucht. Der Großvater Botschafter, der Onkel Botschafter, eine Großmutter Russin, die andere Französin. Man besuchte Verwandte, Freunde. Ana war beruflich unterwegs. Irgendwann schloss sie das Studium der Kunstgeschichte ab. Sie begutachtete Sammlungen für Sotheby's. Typisch, spottete er einmal: Was reiche Mädchen eben machen. Das Reisen lag ihr im Blut. Hielt sie sich zu lange an einem Ort auf, wurde sie nervös und unleidlich. Über dieses Verhalten konnte man tiefenpsychologische Betrachtungen anstellen, aber warum sollte sie ihr Nomadenleben von einem Therapeuten analysieren lassen? Hatte es nicht immer Menschen gegeben, die sich auf der Walz wohlfühlten, und andere, die es vorzogen, an einem Ort zu verweilen, ein Haus bauten, eine Familie gründeten. Die Nomaden und die Sesshaften. Eine gewisse Unruhe war immer das erste Anzeichen für ihren bevorstehenden Aufbruch. Sie wurde gereizt ohne sichtbaren Grund. Plötzlich packte sie ein paar Sachen zusammen und reiste überstürzt ab. Jeder Vorwand war ihr recht. Die Kinder in den USA besuchen, eine Sammlung aufstöbern, in einem ihrer Häuser nach dem Rechten sehen. Er hasste diese Rastlosigkeit in ihr. Wenn er die Anzeichen kommen sah, wurde er selbst übellaunig und oft verletzend.

»Ich habe es immer verabscheut – euer Reisefieber«, beklagte er sich. »Immer musste einer von euch gerade dringend fort oder kam an. Immer wurden Sachen ein- oder ausgepackt. Eure Haushälterin befand sich in dauernder Aufregung, weil sie einem Familienmitglied bei den Reisevorbereitungen helfen musste. Kaum ein Wochenende, das ihr friedlich in eurer schönen Villa verbrachtet. Das erste warme Frühlingswochenende: herrlich, hinaus aufs Land. Winter: wunderbar, schnell nach Moritz! War es deiner Mutter langweilig, fuhr sie nach Paris oder Brüssel zum Einkaufen, besuchte ein Konzert in der Carnegie Hall oder traf sich mit einer Freundin in München. Und wenn eure Familie die Sachen packte, um in die Sommer- oder Winterferien zu gehen, blieb ich zurück mit der Langeweile, die ausbrach, sobald ihr alle verschwunden wart. Manchmal fuhr ich ins Alte Land zum Onkel und meinen Cousins, aber da war ich auch der Außenseiter, der arrogante Verwandte aus der Stadt, der nur Hochdeutsch sprach. Zwei oder drei Mal nahmt ihr mich mit nach Travemünde. Die erste Reise begann mit einer Demütigung. ›Hast du Badesachen?‹, fragte deine Mutter, als sie mich einlud. Ich stand mit gesenktem Blick vor ihr. Ich schaffte es nie, ihr in die Augen zu schauen. Sie hatte immer so etwas Hoheitsvolles. Ich war vor lauter Freude über die Einladung vollkommen aus dem Häuschen und nun diese entsetzliche Frage. Natürlich hatte ich eine Badehose, aber es war eine altmodische Wollhose, die sich dehnte und hinunterrutschte, kaum kam sie mit Wasser in Berührung. Bei den Verwandten auf dem Land machte das nichts, da trugen alle Kinder diese unförmigen Dinger, aber unter euch eleganten Reichen? Unmöglich. Schlagartig verging mir die Lust auf diesen Seeurlaub. Ich sagte keinen Ton. Deine Mutter merkte, dass sie einen wunden Punkt berührt hatte. Es tat ihr, glaube ich, leid. ›Wir regeln das‹, sagte sie.

Dein Vater hatte die Szene beobachtet, die Peinlichkeit und meine Not sofort erkannt. Er war ein großartiger Mann, genau das, was ein Junge als Vater braucht. Er besaß diese natürliche Autorität. Er konnte mir alles sagen, ohne dass es mir unangenehm war. Ich hatte großen Respekt vor ihm und fühlte mich trotzdem in seiner Gegenwart nie unwohl. Er nahm mich zur Seite und gab mir eine Lehre fürs Leben.

›Junge‹, sagte er, ›du bist intelligent und aufgeweckt. Du brauchst vor niemandem zu kuschen, nur weil deine Eltern nicht im Wohlstand leben. Du musst es den Menschen aber zeigen, was für ’n doller Kerl du bist. Schau ihnen gerade in die Augen wie ein Mann. Senk nie den Blick vor einem anderen Menschen, sonst hat er dich schon besiegt. So, mien Jung, und nu regeln wir beiden die Sache mit der Badehose. Da lassen wir uns von den Wiefslüd nicht reinreden. Die sollen sich um ihre eigene Badekledage kümmern. Da haben die genug mit zu tun.‹ Dann ging er mit mir in die »Hamburger Kinderstube« und schenkte mir eine schicke blau-weiß gestreifte Badeshorts. Vor lauter Dankbarkeit schossen mir die Tränen in die Augen.«

Ana saß ein Kloß im Hals, als sie sich an die Geschichte erinnerte, an die Art, wie er sie erzählt hatte, seinen Blick. In welche Nöte gerieten Kinder und sie hatte damals nichts bemerkt in ihrer Sorglosigkeit. War sie achtlos und grausam gewesen oder einfach nur ein normales munteres Kind, das sich nicht allzu viele Gedanken machte?

Sie stiegen im Schatten eines Berges aufwärts und erreichten ein steiles felsiges Stück. Franz riet ihr, von nun an noch besser achtzugeben. Ein falscher Schritt, man rutschte ab und es gab kein Halten mehr.

»Da bist gleich a mal wieder unten im Tal«, scherzte der Franz.

»Das kannst du dann gleich a mal meinen Kindern erklären«, flachste sie zurück, hielt sich aber brav an seine Anweisungen.

Das war nicht der Moment für komplizierte Gedanken. Sie konzentrierte sich ab sofort bei jedem Tritt auf den Weg. Als sie den Gipfel erreichten, blies ihnen plötzlich ein scharfer Wind entgegen. Er trieb Eiskristalle in ihre Gesichter. Sie waren im Windschatten des Berges aufgestiegen und hatten von dem aufkommenden Sturm nichts bemerkt. Manchmal schlug das Wetter in den Bergen schnell um. Ana schaute besorgt nach oben, aber der Himmel war glasklar, kein Wölkchen zeigte sich. Trotzdem hatte der Sturm Bedrohliches. Er trieb den Schnee mit hohem Druck vor sich her, sodass sie den Weg kaum ausmachen konnten. Die kleinen Eiskristalle verklebten die Brillen und schmerzten auf der Haut. Ana hatte eine Gesichtsmaske im Rucksack, aber es hatte keinen Zweck, ihn an dieser Stelle zu öffnen. Hier half nur die Flucht nach vorn, Franz vorab und sie in seinem Windschatten hinterher. Als sie die erste Talsenke erreichten, beruhigte sich das Wetter, und bald darauf sahen sie wieder den Hang vor sich. Sie bat Franz um eine kurze Verschnaufpause, kratzte den Schnee von ihrer Brille, wärmte sich das Gesicht mit den Händen. Dann war sie bereit für die Abfahrt. Sie stürzten sich jauchzend in den pulvrigen Tiefschneehang. Ana sah die Schneefontäne, die Franzens Ski aufwirbelten, die Kristalle blinkten in der Sonne und blendeten ihre Augen. Bei der Verfolgung kam sie immer besser in den Schwung. In weichen Kurven glitt sie durch den Schnee.

Eine halbe Stunde bis zur Hütte, aber der Weg ging fast eben durch einen Wald, der sie vor dem Wind schützte. Durch die Bewegung wurde ihr wieder warm.

Im Herbst 1977 wurde die Situation für Uwe Hennings Eltern schwierig. In den Villen der Reichen machte sich Angst breit. Die Geschichte mit Jürgen Ponto, dem Vorstandsvorsitzenden der Dresdner Bank, ging in den Häusern um. Ein Mädchen aus Hamburg, aus bestem Hause, Vater bekannter Anwalt, dieses Mädchen Susanne Albrecht ruft bei den Pontos an, mit denen ihre Eltern gut befreundet sind. Sie kündigt ihren Besuch an. Am nächsten Tag steht sie mit zwei Männern vor der Tür. Schnell ist deutlich, dass eine Entführung geplant ist. Es kommt zum Handgemenge. Schüsse fallen, die Jürgen Ponto töten. Plötzlich wird allen klar: Sogar die eigenen Kinder geraten in den Sog der Studentenbewegung. Menschen, die einem nahe sind, werden zu Tätern, zu Opfern. Uwes Eltern geraten in Schwierigkeiten. Der Sohn steht im Mittelpunkt der Nachrichten, brüllend, mit erhobener Faust gegen die Kapitalisten wetternd. Die Nachbarn wollen Uwe Hennings Eltern nicht mehr im Haus haben. Die Furcht geht um in den Vierteln der Wohlhabenden. Niemand hat etwas gegen die Eltern, aber, wer weiß, zu was der Sohn in der Lage ist. Der hatte zwar Jahre vorher, den »langen Weg durch die Instanzen« angetreten, aber die Leute reden halt. Als junger Anwalt verteidigt Henning linke Studenten, auch einige RAF-Sympathisanten, das stimmte, aber er ist eben Anwalt und nicht Terrorist. In ihrer Panik machen die Leute keine Unterschiede zwischen Linken und Terroristen. Sie werfen alle in einen Topf. Der Ponto-Schock sitzt tief.

Anas Vater behielt seine Gelassenheit. Ihm verdankten die Eltern Henning, dass sie bleiben konnten, ihren Arbeitsplatz nicht verloren. Anas Vater beruhigte:

»Immer langsam mit den jungen Pferden, der Jung ist zwar ein Schreihals, aber ein Mörder ist der doch nicht. Wir machen uns hier alle verrückt. Man darf die nicht über einen Kamm scheren: Da ist die RAF und da sind die wilden Linken. Die jungen Leute haben ja in vielem recht. Unter den Talaren, der Muff von 1000 Jahren, das stimmt doch. In diesem Land gibt's viel zu viele Nazis, die wieder oben schwimmen. Das ist nicht in Ordnung. Dagegen sollen die man ruhig auf die Barrikaden gehen. Und was die Sache mit dem Antikapitalismus angeht, da regt euch nicht auf. Das regelt sich von selbst. Wartet ab, wenn die Herren Revoluzzer das erste Geld riechen, werden daraus feine Kapitalisten, schneller, als ihr alle glaubt. Und der Jung, der wird mal ganz groß. Da wett' ich drauf.«

BARTELS

Bartels hörte sich noch einmal die Aufzeichnungen an. Es bestand immer die Gefahr, dass man eine Kleinigkeit überhörte, dass man abstumpfte und ermüdete. Er hatte sich von Anfang an mehr auf die Zeiten konzentriert, in denen der Kanzler nicht bei ihr war. Das machte Sinn. Sie hatten einen Spionageverdacht, also war es nur logisch, dass Bartels hauptsächlich ihre Kontakte mit anderen Menschen kontrollierte. Nun nahm er sich erneut die Begegnungen mit dem Geliebten vor.

Die Atmosphäre Unter den Linden wurde immer unerfreulicher. Der Kanzler redete zu viel. Nach Bartels' Meinung hielt er den Druck nicht mehr aus. Wenn er im Bett versagte, was in letzter Zeit häufiger passiert war, redete er sich um Kopf und Kragen, als ob er die Schuld an seinem Desaster jemandem in die Schuhe schieben wollte: einem Minister, der blöd genug war, sich schmieren zu lassen; dem Koalitionspartner, der sich, aus profilneurotischen Gründen, nicht an Abmachungen hielt; einem Schatzmeister, der Parteispenden nicht deklariert hatte. Bartels erwischte die Frau nie bei einem Versuch, Informationen aus ihm herauszulocken. Sie hörte zu. Manchmal gab sie einen Rat, meist sehr klugen Rat, bemerkte er. Manchmal schien es, als schlafe der Kanzler ein, gleich, nachdem er ihre Wohnung betreten hatte. Sie fragte ihn meist, ob er einen Drink wolle. Er bejahte das immer öfter, ließ sich in einen Sessel oder auf ein Bett fallen. Sie brachte ihm sein Getränk.

»Hast du noch einen«, fragte er kurz darauf. »Ein absoluter Scheißtag, kannst du dir vorstellen, was heute am Kabinettstisch los war?«

»Wenn es um den Haushalt ging, ja, dann kann ich es mir vorstellen«, hörte Bartels sie antworten.

»Das glaubst du. Kennst du die Steigerung von Freund?«

Nichts von ihr.

»Feind, Parteifreund!«, hörte man ihn. »Weißt du, dass sie mich erpressen? Wenn ich ihrer verschissenen Vermögens- und Erbschaftssteuer nicht zustimme, lassen sie mich mit meinem Sozialversicherungsmodell baden gehen.«

»Mmmh!«

»Was sagst du dazu?«

»Es gibt viele schöne Plätze auf dieser Welt, an denen es sich leben lässt.«

»Lass uns abhauen«, sagte er. Es klang müde.

»Ich meinte, für mich gibt es viele schöne Plätze zum Leben«, sagte sie.

»Warum musst du mir immer so deutlich zu verstehen geben, dass ich nur ein kurzer Gast in deinem Leben bin«, beschwerte er sich in bitterem Ton. »Das war immer so, schon in unserer Kindheit, immer war ich nur der geduldete Gast.«

»Wenn du es so siehst.«

»Wohin wirst du gehen, wenn du mich verlässt?«

»Italien, ans Meer, in die Wüste, ich liebe die Wüste. In die Berge, Himalaja wäre schön, keine Ahnung.«

»Ich würde dich überall finden.«

Er versuchte, es wie einen Scherz klingen zu lassen, aber Bartels hörte das Bedrohliche im Unterton.

Der Idiot, hoffentlich verplappert er sich nicht, betete Bartels.

Plötzlich leuchtete ein Alarmlämpchen bei ihm auf. Es war eine Kleinigkeit aus dem sonst unbedeutenden Gespräch, die ihn irritierte. Was war es gewesen? »Schon in unserer Kindheit« – was hatte dieser Satz zu bedeuten? Sie kannten sich also aus der Kindheit – der Kanzler und seine Geliebte.

Bartels griff zu seinem Skizzenblock, nahm den Bleistift zur Hand und begann zu zeichnen. Mit schnellen, sicheren Strichen entwarf er die Umrisse ihres Gesichts, die Haare, die Nase, den Mund. Er hatte sie so oft gezeichnet, dass er ihr Gesicht mittlerweile blind malen konnte, nur die Augen nicht, die Augen waren das Schwerste. In den Augen lag alles: das ganze Leben, der Charakter, der ganze Mensch. Er arbeitete hektisch weiter, wie unter Zwang vollendete er das Bild, prüfte nicht, musterte die Zeichnung nicht mit Abstand. Erst als er fertig war, stellte er das Werk an die Wand und betrachtete es aus zwei Metern Entfernung. Tatsächlich war ihm etwas gelungen. Sie sah ihn an, und er fand in ihrem Blick gleichermaßen Sinnlichkeit und Machtbewusstsein, Spielfreude und Herrschsucht, in der Verachtung gleichzeitig die Trauer darüber und in der Lebenslust schon die Vergänglichkeit. Über all dem eine große Lässigkeit und der ein wenig arrogante Anspruch, genau so zu sein, wie man war, und die Erwartung, dass das mit Respekt akzeptiert wurde. Während er sie betrachtete, wusste er, dass er sie kennenlernen wollte. Er goss sich ein Glas Wein ein und prostete ihrem Porträt zu.

»Ich hab' dich«, sagte er. Dann hatte er einen erschreckenden Augenblick das Gefühl, als zwinkere sie ihm belustigt zu, mit ihrem geheimnisvollen Lächeln auf den Lippen, und er wusste, dass er sich täuschte, dass er sie nicht hatte und dass ein Detail fehlte in seiner Zeichnung.

Das Telefon klingelte. Es war Sengelhoff. An seinem harschen Tonfall merkte Bartels, dass etwas nicht stimmte.

»Wo ist sie?«, fragte Sengelhoff kurz angebunden.

»Sie ist nach München gefahren.«

»Der Journalist?«

»Ist hier in Berlin. Ich hab' ihn im Auge.«

»Gibt es Anzeichen dafür, dass sie sich absetzen will?«

»Sie ist ohne Koffer aus dem Haus, nicht mal eine Handtasche hatte sie dabei. Sie ging ein bisschen spazieren, frühstückte und stieg kurz entschlossen in den Zug nach München ein. – Sie reist viel, manchmal spontan.«

»Wo wohnt sie in München?«

»Im ›Bayerischen Hof‹. Eine komplette Überwachung war nicht verabredet. Wenn Sie das wollen, muss ich Leute engagieren. Ich habe Leute, zuverlässige. Sie müssen nur einen Ton sagen.«

»Vielleicht. Entscheiden Sie das und fahren Sie nach München, bleiben Sie in ihrer Nähe. Unser Mann hier ist ein wenig nervös. Das war's, Bartels!«

»Da wäre noch etwas«, meinte Bartels, bevor Sengelhoff auflegen konnte.

»Ja?«

»Nur so ein Verdacht – ich bin nicht sicher, aber …«

»Reden Sie, Bartels.«

»Ich glaube nicht, dass die Sache mit Spionage zu tun hat.«

»Und womit hat sie zu tun?«

»Es ist mir unangenehm, das zu sagen, es ist nur ein Gefühl.«

»Mann, Bartels, spucken Sie es aus!«

»Eifersucht.«

»Wie kommen Sie darauf?« Sengelhoff hütete sich, seine eigene Vermutung preiszugeben.

»Man muss bei den Gesprächen genauer hinhören, und – noch etwas – sie kennen sich aus Kindheitstagen.«

»Was? – Das ist doch Quatsch. Woher wissen Sie das?«

»Aus den Gesprächen. Unser Mann hat es erwähnt.«

»Haben Sie recherchiert, was dahinter steckt?«

»Nein, ich habe es gerade erst entdeckt.«

»Okay, behalten Sie die Frau im Auge. Die Sache muss ein Ende haben, auf die eine oder andere Art.«

SENGELHOFF

Als Sengelhoff den Hörer aufgelegt hatte, sichtete er noch einmal die Aufzeichnungen auf seinem Schreibtisch. Eifersucht? – Natürlich konnte es Eifersucht sein. Sie kannten sich also aus der Kindheit – Uwe Henning und seine Geliebte. War sie deshalb auf ihn angesetzt worden? Aber von wem? Es gab viele Gründe, sich einen Informanten in der Nähe des deutschen Bundeskanzlers zu halten. Die engen Beziehungen zu Russland, die Haltung Deutschlands zu Bundeswehreinsätzen im Ausland, wirtschaftliche Entscheidungen. Russen, Chinesen, Amerikaner, alle hatten Interesse an Informationen aus dem direkten Umfeld des Kanzlers, ja, auch die Amerikaner, gerade die Amerikaner. In letzter Zeit kam es Sengelhoff so vor, als steckten sie mitten im Kalten Krieg. Aber diesmal tobte er nicht zwischen Ost und West, sondern zwischen den Amerikanern und den Deutschen. Die Amis hegten ein tiefes Misstrauen gegen den derzeitigen Bundeskanzler. Deswegen machte Sengelhoff vor allem eine von Bartels' Informationen Kopfschmerzen. Ana Bentlow pflegte freundschaftliche Kontakte zu dem gerade erst angetretenen amerikanischen Botschafter. Zuerst nahm er diese Nachricht nicht besonders wichtig. Schließlich lebte Sengelhoff in dem alten Denkmuster, das von einer unverbrüchlichen Freundschaft zwischen Amerika und Deutschland ausging. Kennedys »Ich bin ein Berliner« wirkte seit Jahrzehnten in das deutsche Denken hinein.

Die Zeiten hatten sich geändert und in den letzten Monaten kam er mehr und mehr zu der Überzeugung, dass der Feind auf der anderen Seite des Atlantiks saß, nicht nur in Bezug auf wirtschaftliche Interessen, mittlerweile wegen politischer Differenzen. Und nun ging diese Ana Bentlow ein und aus in der amerikanischen Botschaft. Definitiv hatte sie auch ein Gespräch mit dem Mann in der Botschaft geführt, der für den Kontakt zum Geheimdienst zuständig war. Keine gute Nachricht! Natürlich – Ana Bentlow war ein Jetsetter, aber reichte das als Erklärung?

Oder sah er Gespenster? Am Ende doch nur eine Geliebte und ein eifersüchtiger Mann, der sie überwachen ließ?

Seit einiger Zeit studierte Sengelhoff wieder die Unterlagen der Brandt-Guillaume-Affäre. Es war fast eine Obsession. Er studierte die Fehler von damals, als könne er sich dadurch vor einer Wiederholung schützen. Aber jeder Fall lag eben anders. »Frauengeschichten« sind nicht gleich »Frauengeschichten«. Hätte Nollau gehen müssen? Guillaume wurde im Januar 1970 als Hilfsreferent im Bundeskanzleramt eingestellt. Dieser Anstellung war eine riesige Schlamperei vorausgegangen. Guillaume hatte für diese Position nicht die nötige Hochschulbildung und war nicht ausreichend überprüft worden. Es lagen sogar gewisse Sicherheitsbedenken vor, denen aber nicht weiter nachgegangen wurde, weil Kanzleramtsminister Horst Ehmke sich für Guillaume einsetzte. Ministerialdirektor Herbert Ehrenberg, zuständig für die Abteilung 3 im Bundeskanzleramt, wollte Guillaume unbedingt engagieren und wickelte Ehmke ein, indem er ihn provozierte: Er, Ehmke, kneife doch nicht vor diesen Paragrafenhengsten.

Sengelhoff konnte sich genau vorstellen, wie das Gespräch unter Genossen gelaufen war: Du lässt dir doch nichts von diesen Sicherheitsheinis vorschreiben et cetera. Er kannte seine Parteispezies. Sengelhoff hasste diese Kumpanei unter Männern. Dieses »Eine Hand wäscht die andere«, dieses sich gegenseitig auf die Schulter klopfen und die »Einen Gefallen hier, einen Gefallen dort«-Mentalität, Intrigen, gemeinsame Leichen im Keller, durchzechte Nächte und heiße Stunden in ausländischen Puffs. Das schweißte zusammen.

Sengelhoff selbst machte da nicht mit, aber genau deshalb fehlte ihm der Rückhalt in der Partei. Er war der Mann des Kanzlers, er war Hennings Mann, und wenn Henning stürzte, würde er mitstürzen. Er wusste um diese Schwäche, aber ändern konnte er daran nichts. Es ging einfach gegen sein Naturell, sich in verrauchten Kneipen mit Parteigenossen zu verbrüdern. Also stehen und fallen mit Uwe Henning. Das war ihm immer bewusst. Seine Kompetenz, sein ganzes Wissen würden ihm nicht helfen. Wann überhaupt half Kompetenz in der Politik? Henning war Sengelhoffs Schwachpunkt. Das wusste er selbst nur zu genau. Er war dessen Stern gefolgt seit Studententagen, erkannte und akzeptierte in Henning den Leitwolf, ordnete sich ihm unter, half ihm aus der Scheiße, oft genug, und war dafür von ihm gefördert worden. Eigentlich schuldeten sie sich in diesem Moment Offenheit. Warum bat er Henning nicht um eine Erklärung? Was hinderte ihn? Vielleicht die Peinlichkeit, mit Henning über das Thema Frauen zu sprechen. Das hatten sie nie getan. Es war ein Tabuthema zwischen ihnen.

Sengelhoff kehrte zurück zu seinen Akten. Während Henning das Aktenstudium immer gehasst hatte, war es

Sengelhoffs Welt. Immer war er gefährlich gut informiert, so empfanden es seine Feinde und hüteten sich vor ihm. Dieses über alles informiert sein schätzte der Kanzler an seinem alten Freund. Er ließ sich von Sengelhoff unterrichten und vertraute ihm vollkommen.

Was konnte Sengelhoff aus dem Fall Guillaume lernen? Nach Ehmkes Eingreifen hielt sich der Verfassungsschutz zurück. Er wollte den Eindruck der Willkür vermeiden, besonders in einer Zeit, da er unter Beschuss von linker Seite stand. Guillaume bekam die Anstellung, stieg schon nach sechs Monaten zum Referenten auf und wurde im Herbst 1972 in das Persönliche Büro des Bundeskanzlers versetzt. Von da an zählte er zur unmittelbaren und ständigen Umgebung des Regierungschefs. Es fand trotzdem keine erneute Prüfung statt, ob Guillaume Einblick in geheime Unterlagen erhalten dürfe. Er war ja schon vorher durchleuchtet worden. Eine echte Sauerei und Schlamperei. Erst im Mai 1973 tauchten plötzlich Anhaltspunkte auf, die auf eine Spionagetätigkeit des Ehepaars Guillaume deuteten, ziemlich starke Verdachtsmomente, aber keine Beweise. Nollau informierte Genscher, wahrscheinlich aber nicht bis ins letzte Detail. Er wollte seinen Spion entlarven. Es war ihm wichtig, dass Guillaume im Kanzleramt blieb und dort observiert wurde. Diesen Vorschlag machte er Genscher, der die Sache von Anfang an wegen unzureichender Unterrichtung nicht wichtig genug nahm. Immerhin weihte er Brandt ein, aber da keiner den Kanzler wirklich ernsthaft warnte, beschäftigte der sich nicht weiter mit der Sache, zumal man in Bonn, was Gerüchte anging, ziemlich abgestumpft war. Andauernd geriet jemand unter Spionageverdacht. Die Politiker nahmen solches Gerede nicht mehr allzu ernst. Brandt schrieb nach der Entlarvung in sein Tagebuch, ihm sei G. als »besonders zuverlässig« ins Kanzleramt vermittelt worden. Dort hatte sich Guillaume mit seinem Diensteifer und seiner Geschicklichkeit in organisatorischen Dingen bald einen festen Platz erobert. Auf Reisen suchte Guillaume dem Kanzler sogar die passende Kleidung aus, kannte alle Termine und war in alles eingeweiht, da Brandt im engsten Kreis kein Blatt vor den Mund nahm. Man kann davon ausgehen, dass Guillaume an interne Informationen kam. Besonders unglücklich war der Umstand, dass Guillaume in dem betreffenden Jahr Brandt und seine Familie in die Ferien nach Norwegen begleitete, wo er mit Sicherheit Einsicht in geheime Fernschreiben bekam. Nollau hatte übrigens seine Zustimmung zu diesem gemeinsamen Ferienaufenthalt gegeben. Missverständnisse, Sorglosigkeit, falsch verstandene Diskretion, alles zusammen konnte man es eine riesige Schlamperei nennen. Letztlich hielt Nollau die Fäden zusammen und teilte nicht mit, was er wusste: dass es einen aktuellen Spionageverdacht gegen Guillaume gab. Nollau übermittelte nicht Empfehlungen, wie der Kanzler zu schützen sei. Am 24. April 1974 erfuhr Brandt, dass Günter Guillaume verhaftet worden war. Brandt kam von einer Auslandsreise zurück und landete auf dem Flughafen Köln Wahn, als ihm ein Mitarbeiter des Kanzleramtes berichtete, Guillaume habe sich als Offizier der Nationalen Volksarmee und Mitarbeiter des DDR-Staatssicherheitsdienstes zu erkennen gegeben. In den nächsten Tagen wurde, wie das in solchen Fällen üblich ist, der Schwarze Peter hin und her geschoben. Es wurde überlegt, welches Bauernopfer man erbringen könne. An einen Rücktritt des Bundeskanzlers wurde vorerst nicht gedacht. Erst als die sogenannten »Frauengeschichten« ins Spiel kamen, entschloss Brandt selbst sich zu diesem Schritt. Da Guillaume sich vor allem um auswärtige Termine des Kanzlers gekümmert hatte, lag es nah, alle Beamten der »Sicherungsgruppe Bonn« des Bundeskriminalamtes zu vernehmen. Sie gehörten zu Brandts Begleitkommando. Es entstand ein genaues Bild der Tage, an denen der Bundeskanzler, von Guillaume betreut, im Wahlkampf unterwegs gewesen war. Dabei gaben die Sicherheitsbeamten willig Auskunft über alle Kontakte des Kanzlers. Dazu gehörten auch Treffen mit jüngeren Journalistinnen, die sich in den privaten Räumen des Wahlkampf-Sonderzuges aufgehalten hatten. Dass man sein Privatleben ausspionierte, empörte Brandt zutiefst. Er merkte, dass seine privaten Dinge nun zum Gegenstand öffentlicher Erörterungen wurden. Letztlich gab diese Überlegung den Ausschlag. Am 6. Mai 1974 verfasste Brandt ein Schreiben an den Bundespräsidenten, in dem er bat, von seinen Amtspflichten entbunden zu werden.

Schlussendlich ein Rücktritt wegen ein paar blöder Weibergeschichten, dachte Sengelhoff. Denn allein die Entlarvung des Spions hätte nicht zu diesem Schritt führen müssen. Weibergeschichten – Sengelhoff hasste diesen Gedanken. Es war entwürdigend. Man konnte aus allen möglichen Gründen zurücktreten, aber doch nicht wegen »Frauengeschichten«. Das brachte ihn zurück zu Henning und seiner Affäre. Wie viel Zündstoff lag in der Sache? Man wusste das vorher nie. Hinterher – ja – da war man natürlich schlauer. Aber manchmal, das lernte man an der Guillaume-Affäre, braute sich aus vielen kleinen Fahrlässigkeiten ein großer Skandal zusammen.

SANDRO

Sandro sah Elke Schiffers einige Male. Viel quetschte er nicht mehr aus ihr heraus. Alles, was sie auftischte, kam aus der Gerüchteküche des Kanzleramtes. Als Nebenprodukt fiel die eine oder andere Story ab. Er konnte die Redaktion mit ein paar Anekdoten aus dem Leben des Kanzlers bedienen, mit denen er die teure Beziehung zu Elke rechtfertigte. Trotzdem musste er langsam mit einer fetteren Geschichte rüberkommen. Der Berg an Spesenrechnungen wuchs. Das war so lange kein Problem, wie er mit einem echten Knaller aufwartete, eine Titelgeschichte, die dafür sorgte, dass ihnen das Blatt von den Lesern aus den Händen gerissen wurde. Möglichst ein Dauerbrenner.

Anas plötzliche Abreise nach München hatte er auf dem Schirm. Verblüfft registrierte er, wie sie sich unvermittelt von ihrem Frühstück im »Café Einstein« erhob. Sandro war ihr zum Bahnhof gefolgt, sah sie in den Zug nach München steigen, ohne Gepäck, nicht einmal ein Handtäschchen dabei. Komische Frau. Die überstürzte Abreise weckte sein Misstrauen. Von Elke Schiffers erfuhr er, dass der Kanzler sich weiterhin in Berlin aufhielt, auch bleiben musste, weil er wichtigen Besuch aus Amerika erwartete. Es kostete Sandro ein paar Telefonate, um herauszufinden, dass Ana im »Bayerischen Hof« in München Station machte. Er wusste, wo die Figuren in seinem Spiel standen, und verspürte trotzdem eine gewisse Unruhe. Er wurde das Gefühl nicht los, dass etwas im Gange war. Sandro verließ sich auf seinen journalistischen Instinkt und entschied sich dafür, sein Spesenkonto noch einmal zu belasten. Er flog nach München. Dort wohnte er in der luxuriösen Bogenhausener Villa seines Freundes Alfred. So ersparte er der Redaktion die Übernachtungskosten und Alfred freute sich über seinen Besuch, auf jeden Fall behauptete er das während des Begrüßungsdrinks. Danach verschwand der Freund zu einer Einladung nach London und überließ Sandro großzügig den Schlüssel seiner Villa und damit die Bequemlichkeiten seines Haushalts mit Köchin und Chauffeur.

»Bleib, solange du magst. In zwei, drei Tagen bin ich zurück. Wenn du dann da bist, können wir zusammen was essen«, verabschiedete sich Alfred, umarmte Sandro dabei herzlich und küsste ihn auf die Wange. Diese neue deutsche Körperlichkeit irritierte Sandro. Unter Italienern war eine freundschaftliche Umarmung immer üblich, aber als Sandro 20 Jahre zuvor nach Deutschland übersiedelte, hielt der germanische Mann einem die ausgestreckte Hand entgegen – zackig. Ein kräftiges Schulterklopfen war damals unter Männern das Höchste an körperlicher Herzlichkeit. Nun plötzlich diese teutonischen Umarmungen. Sandro wurde den Verdacht nicht los, dass einige seiner Freunde mittlerweile halb schwul waren. Selbst bei Alfred, dem alten Weiberhelden, war er sich nicht sicher. Zwei Ehen und drei Kinder sprachen äußerlich dagegen, aber was hieß das schon? Von zwei, drei alten Freunden wusste er konkret, dass sie mit Männern ins Bett gingen, obwohl sie verheiratet waren, – verheiratet mit Frauen, das musste man heutzutage dazu sagen. Manchmal hatte er den Eindruck, als gelte »ein bisschen schwul« in seinen Kreisen schick. Solange sie ihn in Frieden ließen, sollte es ihm egal sein. Er stand nach wie vor auf Frauen. Ana fiel ihm ein. Eine Frau, die ihn reizte, aber das stand auf einem anderen Blatt. Im Moment war Jagdzeit. Es ging darum, sie zu ertappen, am liebsten in flagranti in den Armen des Kanzlers. Sandro hielt eine kleine Kamera bereit, für alle Fälle. Er hatte den Kanzler aus Anas Haus kommen sehen, zwei Mal. Es war etwas dran an der Geschichte, aber er brauchte Beweise. Ana und der Kanzler – wie konnte sie nur? Eine Frau wie Ana mit so einem Arschloch. Dass kleine Journalistinnen oder politische Assistentinnen geil darauf waren, sich vom Kanzler vögeln zu lassen – okay, aber doch nicht Ana. Sie hätte einen englischen Prinzen heiraten können, wenn das Gerücht stimmte. Vielleicht auch nicht besser. Womöglich hätte sie dann einem Pagen in ihrem Bett Platz machen müssen. Vielleicht hatte ein Proletarier ein gesünderes Verhältnis zum Sex, vielleicht war das der Reiz, aber warum dann der Kanzler? Ziemlich fruchtlos, diese Gedanken. Sandro machte sich auf zum »Bayerischen Hof«. Er hatte sich mit seiner Freundin Irene in der Bar des Hotels verabredet und wollte vorher ein paar Recherchen anstellen. Mit den Portiers des Hotels verstand er sich prächtig, auf altbewährter Basis: Geld gegen Informationen. Und wenn er zufällig in Ana hineinlief, sollte ihm das recht sein.

Sandro saß in der Hotelbar und genoss, zufrieden mit sich selbst, seinen Aperitif. Die Quelle hatte gesprudelt wie immer. Er wusste nun, dass Ana sich im Hotel aufhielt, dass sie ihre Abreise für den nächsten Tag bereits avisiert hatte.

»Morgen«, vertraute ihm der Portier an. »Aber ich weiß

nicht wann. Sie ist immer sehr sprunghaft in ihren Entschlüssen, die gnädige Frau.«

Der Mann war sein Geld wert.

Irene kam wie immer zu spät, mit Händen und Füßen redend, während sie einen Strauß von Entschuldigungen vor ihm aufstellte.

»Du glaubst nicht, wie es bei mir zurzeit hergeht. Die Maler im Haus und der Wasserrohrbruch, das Dienstmädchen krank, sodass ich den Friseur absagen musste. Wie schau ich bloß aus. Ich wollte eigentlich gar nicht kommen, mit diesen Haaren auf dem Kopf, wie ein Straßenköter, aber wir haben uns ja so lange nicht gesehen, also hab ich gedacht, du wirst mich so aushalten.«

»Du siehst wunderbar aus«, versicherte Sandro und fand das nicht einmal gelogen. Er hatte den Eindruck, als sei ihr letztes Lifting sehr geglückt. Da er sie bei Laune halten wollte, schob er gleich einige Komplimente hinterher. Sie war Anas gute Freundin, und er hoffte auf ein paar heiße Informationen.

»Komm, lass dich umarmen, du alter Spesenritter.« Irene nahm nie ein Blatt vor den Mund.

»Mach dir keine Sorgen um die Ausgaben für meine Zeitung, ich wohne nicht hier im Hotel, ich bin bei Alfred«, erwiderte Sandro.

»Bei Alfred! Manchmal kommt ihr mir vor wie ein altes Ehepaar.«

»Irrtum! Wir leben nicht nur getrennt von Bett, sogar von Tisch. Alfred ist gleich nach meiner Ankunft abgereist.«

»Halt wie bei einem alten Ehepaar«, schmunzelte Irene. »Trotzdem solltest du auf deinen Ruf als Frauenheld achten. Zu große Nähe zu Alfred könnte dir deine Chancen beim weiblichen Geschlecht verderben.«

Irene bedachte ihn mit einem vielsagenden Augenaufschlag.

Also stimmten die Gerüchte: Alfred nun auch ein bisschen schwul. Der Gedanke war gewöhnungsbedürftig. Sandro ging auf Irenes scherzhaften Ton ein.

»Er hat eben etwas, was die Frauen mir nicht geben können«, ließ er sie mit einem weibischen Plauderton wissen und unterstrich das mit einer exaltierten Handbewegung.

»Davon bin ich überzeugt«, lachte Irene. »Und was sagt deine Ministergemahlin dazu?«

»Welche Ministergemahlin?«, fragte Sandro erstaunt. Er hatte nicht vor, sich von Irene aushorchen zu lassen.

»Come on, Sandro, die, die du zurzeit beglückst.«

»Ich bin ein Gentleman!«

»Ja, aber sie nicht. Sie hat mir alles erzählt.«

»Irgendwelche Klagen?«, interessierte sich Sandro.

»Ja und nein. Als Liebhaber seiest du wunderbar, aber als Mensch eine Katastrophe.«

»Da bin ich eine echte Verbesserung, wenn man sich ihren Ehemann anschaut. Der ist auf beiden Gebieten eine Katastrophe.«

»Da hast du recht«, bestätigte Irene.

»Woher du wissen? Hast du etwa mit ihm geschlafen?«

»So weit ist es, Gott sei Dank, nicht gekommen.«

»Wie weit denn?« Sandro wurde neugierig. »Was willst du mit diesem Stiesel?«

»Es war ein sehr langweiliges Abendessen und er sieht immerhin ziemlich gut aus. Aber die Art, wie er seine Brille abnimmt, um zu signalisieren, dass er jetzt bereit ist, einen zu küssen, das ist wirklich zum Abgewöhnen. Und dieser schlecht sitzende Anzug, nicht gerade erotisierend. Braune, schlecht sitzende Anzüge. Kann ihn seine Frau nicht etwas besser beraten? ›No brown after six‹, das müsste sie doch wissen.«

»Wir haben tatsächlich nicht darüber gesprochen«, erklärte Sandro, »aber ich denke, er ist wie all diese ehemaligen Studienräte völlig beratungsresistent, besonders, wenn der Rat von der Ehefrau kommt. Aber vielleicht, wenn die Geliebte …«

»Dazu ist es ja nun nicht gekommen, aber er wird sicher wieder anklopfen. Komisch, dabei ist er doch, soweit ich das beurteilen kann, der einzige Minister, der eine attraktive Frau zu Hause sitzen hat. – Ich sage dir, Sandro, diese Minister und Staatssekretäre und was da so auf der politischen Leiter nach oben kraxelt, die haben einen Appetit auf Sex, das ist wirklich erstaunlich. Es ist, als ob sie sich für etwas entschädigen wollten, auch mit einem gewissen Anspruch.«

»Es ist dieselbe Art, wie sie Champagner schlürfen. Du weißt, wie Emporkömmlinge ihn eben trinken, mit einer halb trotzigen, halb großkotzigen Haltung«, bestätigte Sandro.

»Na ja, wenn es jahrelang das Höchste war, mit ›Henkell halbtrocken‹ anzustoßen, vermittelt einem Champagner sicher ein gewisses Hochgefühl.«

»Leider sind ihre Ehefrauen genauso – ›Henkell halbtrocken‹. Diese braven Spießerinnen, die sie aus Studentenzeiten mit sich herumschleppen. Und plötzlich ist man wer – und die Frau passt nicht mehr rein, halt abgestandener halbtrockener Sekt.«

»Und ich bin prickelnder Champagner?«, wollte Irene wissen.

»Natürlich, eine fast echte Prinzessin. Da gehen einem Sozialisten doch Herz und Hose auf.«

»Sandro!« Irene spielte die Entsetzte. In Wahrheit liebte sie seinen frivolen Ton.

»Wie geht es übrigens deinem Mann?«, erkundigte sich Sandro.

»Wir sind eben auch ein gutes, altes Ehepaar. Wenn ich von meinen Shoppingtouren nach Hause komme, verabschiedet er sich zur Jagd.«

Irene war nicht halb so oberflächlich, wie sie vorgab. Sie genoss zwar die Rolle der quirligen Jetsetterin, die man ihr in der Boulevardpresse zudachte, aber es steckte mehr in ihr. Sie hatte einen wachen Geist, war intelligent und witzig. Ihr herzliches Lachen steckte an. Über ihr Engagement für hilfsbedürftige Kinder in der Dritten Welt redete sie nicht. Sie fuhr selbst häufig nach Afrika, um die Ausbildung von Lehrern zu überwachen. Kontrollierte ihre Projekte vor Ort. Das erwähnte sie der Presse gegenüber nie. Sie wollte nicht mit gewissen alternden Blondinen aus dem Düsseldorfer Wohltätigkeitszirkus in einen Topf geworfen werden.

Es machte Spaß, mit Irene zu tratschen. Gott und die Welt gingen bei ihr ein und aus. Niemand war vor ihrem scharfzüngigen Witz sicher. Über Ana allerdings kein Wort. Sandro musste selbst auf die Freundin zu sprechen kommen. Er machte einen Überraschungspunkt mit der Information, dass sich Ana zurzeit im selben Hotel mit ihnen aufhielt. Irene wusste das nicht und reagierte ein wenig beleidigt.

»Tja, die geheimen Liebhaber der Lady A.«, flüsterte Sandro verschwörerisch.

»Mein Gott, nicht immer noch diese Geschichte«, rief Irene entsetzt.

»Doch, doch«, bemerkte Sandro obenhin und fixierte Irene. »Aber von mir weißt du nichts!«

»Ist er denn hier?« Irene platzte fast vor Neugier.

»Wer?« Sandro spielte den Naiven.

»Du weißt schon, der von Ana. Jetzt spiel nicht den Unschuldigen, Sandro.«

»Er ist in Berlin, aber wenn sie dich nicht angerufen hat, scheint sie was Besseres vorzuhaben. Vielleicht kommt er heute.«

»Ich finde, der Mann sollte was Besseres vorhaben«, bemerkte Irene spitz. »Wenn man bedenkt, wie absolut beschissen es in diesem Land hergeht.«

Sandro triumphierte. Da hatte er seine Bestätigung. Irene wusste offensichtlich Bescheid.

»Aber unsere Freundin Ana hat eben ein paar unwiderstehliche Reize – für Prinzen und Proletarier.« Sandro hoffte, Irene weiterhin in Plauderlaune zu halten.

»Wieso weißt du eigentlich davon?«, fragte sie und musterte ihn misstrauisch.

»Die Welt ist ein Dorf und Berlin die Kneipe! Kommt der Satz nicht von dir?«

»Ich habe immer gesagt, Bonn ist die Kneipe«, korrigierte Irene.

»Na gut, aber Berlin ist auch nur die Dorfkneipe, größer vielleicht, aber in der Stammkneipe sitzen dieselben Gäste.«

»Und sie war sich so sicher, dass keiner etwas ahnt.« Irene schüttelte den Kopf. »Ich habe geschwiegen wie ein Grab. Dabei wäre es zu schön gewesen, über die Sache zu tratschen.«

»Mach' dir keine Vorwürfe, Liebes«, tröstete Sandro die Freundin. »Du weißt, wie es mit solchen Geheimnissen ist. Die Spatzen pfeifen es von den Dächern, bevor die Betroffenen etwas merken. Liebe macht eben blind, eine alte Weisheit.«

»Du schreibst nicht etwa darüber?« Irene schaute ihn plötzlich entsetzt an. »Ich sage keinen Ton mehr, und ich habe nichts gesagt. Wenn ich nur eine Zeile darüber in deinem Drecksblatt lese, hetze ich dir meine Anwälte auf den Hals.«

»Alle?« Sandro schaute spöttisch. »Nun bleib ganz locker, Irene«, beruhigte er sie. »Du weißt, dass wir normalerweise nichts über die kleinen Affären unseres lieben Kanzlers schreiben. Hast du je eine Zeile zu diesem Thema von uns gelesen?«

Sie protestierte nicht, als er »Kanzler« sagte. Das war der letzte Beweis. Er war auf der richtigen Spur.

»Ich warne dich, Sandro, lass Ana in Ruhe. Ein Artikel in der Zeitung, und keiner von uns Freunden wird ein Wort mehr mit dir reden.«

»Schon gut. Sie soll ihr Glück ungestört genießen, obwohl ich nicht verstehe, was sie an dem Mann findet. Begreifst du das?«

»Keine Ahnung!« Irene schüttelte ratlos den Kopf. »Ich glaube, er ist rasend in sie verliebt. Vielleicht findet sie das nett oder er kann ein Kunststück, was weiß ich. Ana ist eben Ana, sie macht, was sie will. Mich fragt sie nicht um Rat. Und im Übrigen – vielleicht würde ich bei ihm auch schwach werden, so übel ist er nicht.«

»Ein Emporkömmling!«

»Irgendwann sind wir das alle gewesen. Ich vor 20 Jahren und ihr Farinesi vielleicht vor 500 Jahren.«

Irene zwinkerte ihm fröhlich zu.

»Ich bitte dich, Irene, doch nicht vor 500 Jahren. Du

musst mindestens 300 Jahre drauflegen. Die Farinesi haben sich schon auf den Kreuzzügen tapfer für das Christentum geschlagen.«

»Vielen Dank! Für mich hättet ihr das nicht tun müssen. Wie auch immer, nun ist es vorbei mit dem Glanz der Farinesi, und jeder Emporkömmling kann dir in die Suppe spucken, lieber Sandro«, spottete seine gute alte Freundin. Sie konnte es nicht lassen, ihn ein wenig zu ärgern. Trotzdem verabschiedeten sie sich sehr herzlich voneinander.

Von seinem Portier erfuhr er, dass Ana für 9.00 Uhr am nächsten Morgen ein Taxi zum Bahnhof bestellt hatte.

»Und wohin geht's?«, fragte Sandro nebenbei.

»Ich weiß nicht, ob ich …«

Sandro schob unauffällig einen 50er über den Tisch.

»Aber Herr Graf, darum geht es mir doch nicht. Nur möchte ich nicht …«

Schließlich steckte der Portier den 50er ein und verriet, dass Ana Bentlow nach den Abfahrtzeiten für die Züge nach Innsbruck gefragt hatte.

ANASTASIA

Ana lag unter einer dicken Daunendecke. Man hatte ihr ein Einzelzimmer gegeben. Die Hütte war nicht voll besetzt, sodass der Wirt ihr diesen Luxus gönnte. Franz schlief in einem Raum mit ein paar anderen Männern. Alle zusammen hatten sie ein deftiges Abendessen genossen: Käsespätzle, dazu einen Südtiroler Rotwein, hinterher servierte der Wirt einen Kaiserschmarrn und einen Zirbenschnaps. Danach war ihr Kopf vor Müdigkeit fast auf die Tischplatte gefallen. Franz lachte und wuschelte ihr durchs Haar, als sei sie ein Kind. Genauso fühlte sie sich, satt und zufrieden. Sie wollte nur ins Bett gebracht werden. Franz zog sie hoch.

»Ab in die Falle«, befahl er. »Morgen geht's in aller Frühe los. Da brauch ich ein ausgeschlafenes Madel!« Sie gehorchte, war viel zu müde für Widerworte. Nun lag sie mollig warm unter ihrer Decke, obwohl eiskalte Luft durch das geöffnete Fenster drang. Ihr Körper fühlte sich an wie ein durcheinander gerüttelter Haufen aus Knochen und Muskeln, die unbedingt Ruhe und Entspannung brauchten. Sie wehrte sich gegen den Schlaf, weil sie diese wohlige Müdigkeit genießen wollte.

Nach einem Gipfeltreffen in Nizza konnte er 24 Stunden herausschlagen. Ein Hotel kam nicht infrage, und ein Haus besaß Ana nicht an der Côte d'Azur. Immerhin wohnte ihr Bruder Carlo dort. Es war keine gute Idee gewesen, bei ihm unterzuschlüpfen. Warum nur hatte sie ihren Bruder um Asyl gebeten? Vielleicht schickte sie ihren Liebhaber bewusst in die harte Prüfung durch die Augen des Bruders. Ihr kritischer Bruder, sie kannte doch seine spitze Zunge. Von seinem Rollstuhl aus begutachtete er die Welt nicht gerade mit freundlichem Blick, analysierte die Geschehnisse mit unerbittlicher Schärfe. Trotzdem fragte Ana ihren Bruder, ob sie mit einem Freund anreisen dürfe.

»Die Sache ist ein bisschen heikel, bist du in den nächsten Tagen allein im Haus?«

»Ja.«

»Keine Freundin? – Wir brauchen Diskretion«, erklärte sie.

»Komm halt einfach, aber wer immer es ist: keine Bodyguards, keine Sicherheitsleute, nicht in meinem Haus.«

Ahnte er etwas?

Sie ging auf seine Bedingungen ein. Es war ja sein Haus.

Als Carlo merkte, um wen es ging, war er geschockt. Er hatte also nichts gewusst. Bei der Begrüßung blieb ihr Bruder höflich, aber distanziert.

»Hast du sie endlich doch gekriegt, Herr Bundeskanzler.« Mehr sagte er nicht, als habe er Uwe Hennings Begehren immer gekannt.

Sie plauderten Belangloses. Dann gingen er und sie in den Swimmingpool. Carlo blieb im Schatten der Veranda sitzen. Ana fühlte den kritischen Blick, mit dem der Bruder sie verfolgte. Sie bereute ihre Idee, bei ihm Unterkunft zu nehmen. Vom ersten Augenblick an fürchtete sie, dass der Aufenthalt mit einem Eklat enden würde.

Sie fühlte sich die ganze Zeit wie das Opfer unter den Augen einer Schlange. Als ihr Liebhaber begann, zärtliche

Worte in ihr Ohr zu flüstern, spürte sie die harten Augen des Bruders im Nacken.

Der Liebhaber war voller Sehnsucht: »Ich kann mich seit Stunden auf nichts mehr konzentrieren. Beinahe hätte ich auf dem Gipfeltreffen einen riesigen Fauxpas begangen, weil ich ununterbrochen an etwas Warmes, Weiches denken musste.« Sie vernahm die Ungeduld in der Stimme des Kanzlers und sah die wachsende Ungeduld im Gesicht des Bruders.

Als sie die Spannungen nicht mehr ertrug, verschwand sie mit ihm auf dem Zimmer.

»Umziehen!«

Als sie zurückkehrten, sah sie in Carlos finsteren Gesichtszügen, dass seine Stimmung umgeschlagen war.

»Sollen wir essen gehen?«, schlug sie vor. Sie wollte raus aus dem Haus.

»Das Volk ist so hässlich«, bemerkte Carlo mit mürrischem Blick und wusste genau, wie kränkend er sich gegen seinen Gast verhielt. Er beabsichtigte genau das.

»Scheußlich, besonders, wenn es in Massen auftritt«, fügte er hinzu. »Seit das Volk Urlaub macht, ist es überall auf der Welt unerträglich.«

Verächtlich betonte er das Wort »Urlaub«.

»Ja, früher ward ihr die Einzigen, die sich einen Urlaub leisten konnten«, entgegnete der Kanzler, blieb im Ton aber höflich. »Verzeih, wenn ich nichts Schlechtes daran finde, dass jetzt ein paar mehr Menschen dazu in der Lage sind!«

»Wir haben keinen ›Urlaub‹ gemacht, wir sind gereist«, bemerkte der Bruder spitz. »Lasst uns hier essen, ich gebe in der Küche Bescheid.«

Sie fügten sich.

Dass sie sich geliebt hatten unter seinem Dach, verdarb dem empfindlichen Bruder die Stimmung. Durch seine Unbeweglichkeit hatte er eine hohe Sensibilität entwickelt. Seismografisch erspürte er die Gefühlsschwankungen in seiner Umgebung. Natürlich wusste er, warum sie sich nach oben zurückzogen, las in ihren Gesichtern die Befriedigung, als sie zurückkehrten. Er sah alles, spürte alles. Dass sie nichts vor ihrem Bruder verbergen konnte, verstörte Ana und beklemmte sie.

Beim Abendessen brachte Carlo politische Themen ins Gespräch. Obwohl er provozierte, versuchte Uwe Henning, sich nicht aus der Ruhe bringen zu lassen. Als er einen Arm um Anas Schulter legte, ihre Hand ergriff und sie küsste, sah sie, wie es im Bruder kochte.

»Hast du sie nun endlich gekriegt? Es war doch das, was du immer wolltest, nicht wahr? Wahrscheinlich hast du deinen ganzen Erfolg nur diesem Wunsch zu verdanken. So funktionieren Männer eben. Wenn sie eine Frau nicht bekommen, versuchen sie es über den Umweg, und weißt du, wie dieser Umweg heißt? Macht. Erfolg. Bist du nun endlich zufrieden, – Herr Bundeskanzler?«

Das Wort »Bundeskanzler« klang aus Carlos Mund wie ein Schimpfwort.

»Ich würde dir mehr Respekt zollen, wenn du sie weiterhin aus der Distanz bewundert hättest. Sie ist eine Königin – zu hoch für dich.«

Er rief seinen Diener, um sich mit seiner Hilfe auf einer Chaiselongue auszustrecken. Dieser Diener war als junger Mann ins Haus der Bentlows gekommen, ein österreichisch-ungarischer Junge vom Lande, der den Bruder immer verehrte und ihn seit seinem Unfall betreute.

»Du bist sehr verbittert«, sagte der Kanzler, stand auf und ging.

»Ich komme gleich nach«, versprach sie und setzte sich noch einen Augenblick zu Carlo.

»Er hat nicht unrecht«, sagte sie. »Du bist wirklich verbittert.«

»Ich finde es unerträglich, dass dieses Volk nie mit Respekt verehren kann. Alles müssen sie mit ihren dreckigen Fingern angrabschen. Wenn du die kleinste Schwäche zeigst, zerren sie dich vom Thron. Ludwig der XVI., Marie-Antoinette, gerade begafft das Volk die königliche Pracht mit offenem Mund, aber wenn der Erste brüllt ›Nieder mit den Fürsten!‹, rast der Mob los, sie zerren die Könige in den Dreck, betatschen und schmähen sie.«

Sie sah den Hass in seinem Blick, die Verbitterung, als er fortfuhr.

»Und was folgt? Angewidert von ihrer eigenen Niedertracht und ihrer blassen Durchschnittlichkeit schaffen sie sich neue Götzen: Fußballspieler, Sänger, ein paar verkleidete Prinzen und Majestäten wie aus der Operette, verschlingen in ihren Schmutzblättern Geschichten über sie. – Aber wir sind selbst schuld. Die Eliten haben versagt, versagen immer. Wo waren wir, als Hitler an die Macht kam? Stauffenberg? Alle viel zu lange mitgelaufen und nicht fähig, den Tyrannen zu beseitigen. Unser Vater, der Großvater? Versagt! Emigriert, weil er das Nazi-Pack nicht mehr ertragen konnte, aber nichts unternommen, nicht gekämpft.«

Nach seinem Monolog verfiel Carlo in Schweigen. Sie schwieg auch. Plötzlich nahm er ihre Finger, küsste sie, streichelte über Anas Wange, sehr zart, mit sehr empfindsamen Händen, den Hals hinunter, hielt sich immer knapp an der Grenze, die ein Bruder respektieren sollte.

»Wenn du seiner Vulgarität überdrüssig bist, dann besuche mich wieder.«

Er zog ihren Kopf zu sich heran, küsste sie auf die Stirn mit erstaunlich weichen Lippen, erstaunlich, weil gerade so harte Worte über diese Lippen gedrungen waren.

Nach Nizza sahen sie und der Kanzler sich in Berlin noch zweimal. An dem ersten Abend beklagte er sich in bitteren Tönen.

»Wälsungenblut«, warf er ihr an den Kopf.

»Walküre? Oder hast du Thomas Mann gelesen«, bemerkte sie spöttisch.

»Vor mehr als 30 Jahren. Ich sah den Film und musste dabei an euch denken. Danach habe ich das Buch gelesen. Das ward ihr. Dein Bruder wollte dich immer, schon vor seinem Unfall. Immer suchte er deine Nähe.«

»Und das ist Inzest?«

»Was will er von dir?«

»Das verstehst du nicht.«

»Natürlich verstehe ich das nicht. Ich bin ja ein Proletarier. Wie kann ich die kleinen dekadenten Eskapaden von so feinen Leuten wie euch verstehen? Ein bisschen Inzest, das ist doch kein Problem.«

»Du bist verrückt, wenn du das glaubst.«

»Ich würde es gern nicht glauben. Ich hatte es fast vergessen, aber als ich euch an der Côte d'Azur zusammen sah, da kam plötzlich alles …, ich weiß nicht, alles war plötzlich wieder da.«

»Was?«

Sie unterdrückte mühsam ihre Wut.

»Egal«, sagte er plötzlich resignierend. »Es hat sowieso keinen Zweck. Zwischen uns liegen Welten. Du wirst mich nie verstehen.«

»In der Tat«, der Zorn in ihrer Stimme war nicht zu überhören. »Und versuche nie wieder, deinen bürgerlichen Maßstab an mich zu legen. Ich lebe nicht bürgerlich, ich denke nicht bürgerlich und ich bin nicht bürgerlich geboren. Ihr Spießbürger ähnelt euch alle. Wenn ihr euch in eurer glanzlosen Welt ödet, wollt ihr ein kleines Prickeln spüren, ein kleines Staunen. Aber kaum wird es zu aufregend oder gar gefährlich, zieht ihr die bürgerliche Messlatte hervor.«

»Ich hasse deine Arroganz«, brüllte er und vielleicht hätte er sie erneut geschlagen, wenn er die Kraft zu so einer Tat hätte aufbringen können.

Stattdessen kippte er stumm zwei Gläser Whisky hinunter, zappte zwischen den Nachrichtenkanälen herum, schaute sich selbst zu, wie er sich im Bundestag auf seinem Stuhl hin- und herdrehte und die Rede eines CDU-Hinterbänklers mit höhnischem Grinsen verfolgte, wie er sich mit demonstrativem Desinteresse dem Außenminister zuwendete, um ihm etwas zuzuflüstern, worauf beide affektiert lachten. Ihm schien die Szene zu gefallen, denn sie sah ein zweites, zufriedenes Grinsen, vor sich auf dem Sofa sitzen.

»Arschloch«, zischelte sie leise. Sie hatte keine Lust auf eine weitere Diskussion, andererseits war es ihr egal, ob er es hörte. Er ging bald, verabschiedete sich kühl. Sie war froh, dass er nicht versucht hatte, mit ihr zu schlafen. Sie fand nicht mal mehr genug Zuneigung, um es aus Mitleid zu tun.

Ana zog das Federbett bis an die Nase heran. Es wurde immer eisiger im Zimmer, aber sie wollte das Fenster nicht schließen. In der Hütte war es still geworden und merkwürdig still auch draußen. Kein Laut drang herein, so anders als in ihrer Berliner Wohnung, wo das Rauschen der Großstadt nie aufhörte. Ein paar Nachtschwärmer waren immer unterwegs, eine Polizeisirene zu hören oder ein Flugzeug, ein Auto, das Grölen eines Besoffenen, am Morgen das Zwitschern der Vögel, neuerdings immer häufiger das abstoßende Gekrächze der Elstern, die die Singvögel verdrängten. Das Bild trug Symbolisches in sich, gerade für Berlin. Hier nun diese Stille. Sie versuchte, hineinzuhören in die Stille, ob sie einen Ton ausmachen könne, einen vorbeihuschenden Schneehasen vielleicht, einen Fuchs oder einen Nachtvogel. Nichts, absolute Ruhe, fast gewöhnungsbedürftig.

BARTELS

Bartels war etwa einen Tag im Verzug, aber das war kein Problem. Dank des Armbands wusste er, wo Ana sich aufhielt. Sie war in die Berge gegangen. Höchstwahrscheinlich würde sie dort keinen größeren Schaden anrichten. Trotzdem beschloss er, ihr auf der Spur zu bleiben. Er flog nach Innsbruck, besorgte sich Pläne von den umliegenden Bergregionen und bestieg dann einen Hubschrauber des Bundesgrenzschutzes. Ein Anruf bei Sengelhoff, und der hatte die nötigen Anordnungen getroffen. Kein Problem. Es gab nur eine Hütte, in der sie übernachtet haben konnte. Ganz in der Nähe ließ Bartels sich absetzen. Er vermutete, dass der Abstand zu ihr von da an nur zwei oder drei Stunden betrug. Bartels machte sich allein auf den Weg. Er war vielleicht nicht der eleganteste Skiläufer, aber wenn er auf den Brettern stand, haute ihn nichts so schnell um. Das Skilaufen hatte er als junger Mann bei den Gebirgsjägern in Mittenwald gelernt. Seither ging er regelmäßig zu Übungen dorthin. In seinem Rucksack hatte er einen Plan, auf dem die Hütte verzeichnet war, zu der Ana sich aufgemacht haben musste. Es gab keine andere Möglichkeit von dem Ort aus, an dem sie die Nacht zuvor verbracht hatte. Er hätte dort nach ihr fragen können, aber man sollte ihn nicht in der Gegend sehen. Bartels hatte keinen speziellen Plan und keinen genauen Auftrag. Er würde improvisieren müssen. Gut so. Improvisieren war seine Stärke.

Die Sonne schien und wärmte schon, als er startete. Die Wetternachrichten hatten ein stabiles Hoch prophezeit. Ideale Bedingungen für eine Skitour. Schade, dass er nicht zum Vergnügen unterwegs war. Er schnallte die Tourenski unter, befestigte die Fangriemen sorgfältig, schulterte den Rucksack, der sicher 20 Kilogramm wog, da er viel Ausrüstung und Lebensmittel dabei hatte. Er wollte für mindestens drei Tage unabhängig sein. Ohne große Eile machte er sich auf den Weg. Bartels wusste, dass er ihr auf den Fersen war. Es gab keinen Grund, sich bereits jetzt zu verausgaben. Berge eroberte man nicht mit überstürztem Handeln und schon gar nicht die mit Schnee bedeckten Berge. Sie waren tückisch und rächten sich, wenn man sie mit Hast anging. Bartels startete mit gleichmäßigem Schritt, nicht zu schnell. Er suchte seinen Rhythmus, ein Tempo, bei dem er nicht aus der Puste kam. Durch sein regelmäßiges Karate- und Judotraining war er gut in Form. Er sah verschiedene Spuren im Schnee, denen er folgte. Eine davon gehörte Ana Bentlow. Zwei Tage zuvor hatte er die letzte Zeichnung von ihrem Gesicht angefertigt. Dabei gab er ihr zum ersten Mal einen Körper, nachdem ihm die Gesichtszüge endlich gelungen waren, nicht perfekt, nur eine Annäherung. Er zeichnete sie unbekleidet, mit Formen, die er sich für sie erdachte. Beim Malen ihrer Brüste, ihres Bauches, ihrer Schenkel hatte er sich von der Erinnerung an ihre Stimme bei der Liebe inspirieren lassen. Es ergriff ihn die Erregung, die er in letzter Zeit häufiger verspürte, wenn er an Ana Bentlow dachte.

Es war kein Tag zum Sterben. Diese erhabene Berglandschaft, das Flimmern des Schnees um ihn herum, die Frühlingskraft der Sonne. Frühling, sogar hier mitten in den tief verschneiten Hängen. Was war sein Auftrag, der kein Auftrag war? Sengelhoff hatte keinen konkreten Befehl gegeben, Sengelhoff doch nicht, der war zu vorsichtig, zu geschickt. Aber Bartels wusste, was von ihm erwartet wurde. Das Problem lösen – auf die eine oder andere Art. Was sollte denn die eine, wenn nicht die andere Art sein, was hatte er für Alternativen, das Problem Ana Bentlow zu beseitigen? Die Lösung hier an diesem Ort war die Lawine, eine saubere Lösung. Sengelhoff würde ihm gratulieren, off the records, ohne Zeugen, denn er, Sengelhoff, hatte mit der Sache ja nichts zu tun. Der Tod lauerte überall in den Bergen, überall Gefahren, ein falscher Tritt beim Überqueren einer Steilstelle, eine plötzliche Wetteränderung, Lawinen. Lawinen waren seine Spezialität. Er wusste alles über die Entstehung und Wirkung dieser tödlichen Gewalt. Bei den Gebirgsjägern waren sie mit den Tücken der Bergwelt ständig konfrontiert gewesen. Einiges hatte er schon dort gelernt. Damals befiel Bartels eine merkwürdige Faszination. Lawinen waren ihm wie ein mächtiger Gegner vorgekommen, und Gegner musste man studieren. Das wusste er aus seinen Kampfsportarten, also studierte er die Gesetzmäßigkeiten von Lawinen. 90 von 100 Lawinenopfern lösten die Schneemassen, in denen sie zu Tode kamen, selbst aus: entweder, weil sie völlig ahnungslos die sicheren Pisten verließen oder weil sie, mit der Arroganz der erfahrenen Tourengänger, die Gefahr unterschätzten. Bei Bartels verhielt es sich genau umgekehrt. Je mehr er von dem Gegner Lawine wusste, desto größer wurde sein Respekt. Genau deshalb wusste Bartels, dass auch er nicht sicher vor diesem gefährlichen Kontrahenten war. Lawinen hielten sich nicht immer an die Gesetze, sie erwischten einen Bergwanderer manchmal entgegen allen Vorhersagen. Der Raubbau an der Natur machte die Berge nicht sicherer. Jedes abgeholzte Wäldchen erhöhte die Gefahr der Lawinenbildung. Das Wissen besaßen die Menschen seit Urzeiten, aber Menschen waren eben ignorant und habgierig. Bei seiner Skitour blieb Bartels immer wieder stehen, ließ den Blick schweifen, kontrollierte die Umgebung sorgsam. Ein typischer Lawinenhang war leicht zu identifizieren, da er ein Gefälle zwischen 30 und 50 Grad hatte. Auf steileren Hängen blieb der Schnee erst gar nicht liegen und in flacherem Gebiet gerieten die Schneemassen nicht ins Rutschen. Aber wenn alle Faktoren, die eine Lawinenbildung begünstigten, zusammenkamen, brach eine Macht los, gegen die Menschen hilflos waren. Manchmal rutschte nur die obere Schneeschicht zu Tal, manchmal bewegte sich die gesamte Schneedecke. Bei einer Schneedicke von zwei Metern erreichte eine Lawine ein Volumen von mehreren 100.000 Kubikmetern. Manche rollten mit zehn, andere mit über 300 Stundenkilometern Geschwindigkeit bergab und übten einen Druck von 1000 Tonnen pro Quadratmeter aus. Sie zerstörten alles, was sich ihnen in den Weg stellte. Bartels hatte mehrere Lawinenabgänge aus sicherer Entfernung beobachtet, erschüttert und gleichzeitig fasziniert. Durch das Fernglas hatte er eine trockene Staublawine gesehen, die als Schneebrett losgebrochen war. Sie hatte sich auf ihrer Sturzbahn zu einer tödlichen Wolke aus Schnee und Luft entwickelt. Der Luftdruck dieser Lawinen reißt alles weg, was im Umkreis liegt. Sie drücken Fenster ein, füllen Häuser mit Schnee. Bäume, Menschen, Fahrzeuge fliegen durch die Luft. Lebewesen haben kaum eine Überlebenschance in einer Staublawine, da sich das Gemisch aus Schnee und Luft in die Lungen presst. Es war reiner Zufall, dass Bartels so eine Lawine beobachten konnte, da sie sich völlig unberechenbar verhält, anders als die Fließlawine, von der man weiß, dass sie sich bei Tauwetter löst. An warmen Frühlingstagen, wenn der Schnee matschig und weich wird, verliert er seine Haftung und fließt als gewaltiger Strom den Berg hinunter, bewegt sich dabei allerdings viel langsamer als die Staublawine. Manchmal vereinigen sich Lawinen von verschiedenen Hängen und brechen sich gemeinsam eine Bahn ins Tal hinunter. Dabei reißt der schwere

Schnee alles bis zum Grund mit sich fort: Bäume, Felsen, Erdmassen. Man kann sich vorstellen, welchen Druck diese Massen ausüben. Im Auslaufgebiet türmen sich die Schneemassen bis zu 30 Meter in die Höhe. Da die Bahnen von Lawinenzügen meist bekannt sind, werden solche Gebiete nicht bebaut oder im Frühjahr gesperrt. Bartels hatte einst das Näherkommen einer Fließlawine in einer Hütte erlebt. Alle Bewohner erstarrten, als sie plötzlich ein leichtes Vibrieren spürten. Geschirr und Fensterscheiben begannen zu klirren. Sie hörten ein fernes Grollen, das mit jeder Sekunde anschwoll, rannten aus dem Haus und sahen, wie sich die Massen aus Schnee und Dreck den Berg hinunterschoben. Die Erde zitterte unter ihren Füßen. Im Haus schepperten die Gegenstände und fielen um. Ein Sturmwind brach los, und obwohl sie nicht direkt bedroht waren, gefror ihnen das Blut in den Adern beim Anblick dieser Naturgewalt. Plötzlich geriet die Lawine ins Stocken und es herrschte wieder Ruhe. Ganze Heeresdivisionen waren beim Durchmarsch durch die Alpen unter solchen Lawinen begraben worden. Der karthagische Feldherr Hannibal verlor bei der Durchquerung der Alpen im Jahre 218 vor Christus rund die Hälfte seiner Soldaten und Pferde auf diese Weise. In frühen Zeiten glaubten die Menschen, dass Lawinen von Hexen und Teufeln geschickt wurden oder von einem strafenden Gott. Bartels konnte sich gut vorstellen, dass Bergbewohner, die sich mit den Gesetzen ihrer Natur auskannten, genau wussten, wie man eine Lawine durch Erschütterungen oder Geräusche auslöste und dass sie dieses Wissen nutzten, um ihre Feinde zu bekämpfen. Bartels besaß dieses Wissen ebenfalls.

Bei seinem Anstieg begegnete er keinem Menschen. Er sah niemanden, nicht mal in weiter Ferne. Er war der einzige Mensch in dieser gewaltigen Bergkulisse, ein kleiner schwarzer Punkt, der seine Spur in diese Schneelandschaft zog, langsam und stetig wie die Satelliten, die er in sternenklaren Nächten am Himmel beobachtete. War er der letzte Mensch auf dem Planeten? Das Gefühl erschreckte ihn nicht. Dafür wohnte die Einsamkeit zu lange in ihm. Seit Kindheitstagen, seit seine Mutter gestorben war, saß sie wie ein Tier in ihm, ein Tier, das mit jedem Tag wuchs und stärker wurde. Hier draußen, in den von Menschen kaum heimgesuchten Bergen, fühlte sich das Tier zu Hause, hier hatte es seinen Platz und erschien nicht so gewaltig und beängstigend wie in der Stadt, wo die Einsamkeit fremd wirkte, weil man nur die Hand ausstrecken musste, um die anderen zu berühren. Aber eben davor schreckte Bartels zurück. Wenn er anderen Menschen ins Angesicht schaute, sah er nur Fremdheit und manchmal dieses Tier in ihnen, das sie versteckten und totlachten und tottanzten, aber viel öfter sah er Habgier und Hass, Lüge, Betrug, Hinterhältigkeit und Neid. Warum sah er so selten Güte und Großzügigkeit, Hilfsbereitschaft und Liebe? Bartels konnte sich das selbst nicht erklären. Schon als Kind hatte er überempfindlich auf jede Kränkung reagiert und sich schließlich enttäuscht in sich zurückgezogen. War er enttäuscht, weil er zu viel von den Menschen erwartete?

ANASTASIA

Sie frühstückten um 7.00 Uhr: Tiroler Graubrot mit dem typischen Kümmelgeschmack, Butter und Käse, einen heißen Kakao. Für die Jausen unterwegs bereiteten sie sich ein paar Extrastullen, steckten Äpfel und Schokolade ein und tankten heißen Tee in der Thermoskanne. Es war 8.00 Uhr und die Sonne noch hinter den Bergen versteckt, als sie aufbrachen.

»Das wird ein Mordstag heut'«, freute sich der Franz. »Sonne und Pulverschnee bis zum Abwinken, das versprech' ich dia, Madel.«

»Ein ziemlich altes Madel! Die Knochen fühlen sich auf jeden Fall ziemlich morsch an«, lachte sie.

»Hast' oan Muskelkater?«

»Mindestens einen Muskeltiger!«

»Dagegen hilft am besten Bewegung.«

»Na, dann mal los!«

Der muntere Ton entsprach nicht dem Zustand ihres Körpers, den sie auf den ersten Metern mühsam mitschleppen musste. Aber Franz behielt recht, nach einigen Minuten wurden die Muskeln warm und wehrten sich nicht mehr gegen das Trainingsprogramm, sodass sie schnell in den Rhythmus vom Vortag fand. Sobald der Körper automatisch arbeitete, dümpelten die Gedanken ziellos dahin. Sie hatte keine Kontrolle mehr über ihren Kopf, der wach und klar schien, aber den Befehlen nicht gehorchte. Sie wollte an Schönes denken, an einen Sonnenuntergang in Portofino, an eine Bootsfahrt auf der Mecklenburgischen Seenplatte, das tiefe Blau der karibischen See. Aber ihre Gedanken verloren die Richtung.

Er hatte sich verändert. Die Macht veränderte sie alle. Sie glaubten es nicht oder wollten es nicht wahrhaben. Wenn sie ihr Amt antreten, schwören sie sich und ihren Frauen und den Wählern, sie würden immer sie selbst bleiben. Aber sie sind nicht vorbereitet auf das, was sie erwartet. Man verleiht ihnen die Insignien der Macht. Bodyguard und Dienstwagen sind der moderne Ersatz für Zepter und Krone. Und hoppla, da reißt der Fahrer die Tür auf und ein Sekretär trägt die Tasche hinterher, die Reporter drängen sich heran, die Devoten und die Kecken, Händeschütteln mit Wählern, Kindern über den Kopf streicheln, man teilt Gnade aus und erntet beglücktes Lächeln. Es stellen sich die Opportunisten und die Speichellecker ein, nicken bei jedem Wort aus dem Mund des Mächtigen. Wenn er redet, verstummt alles drum herum. Die Leibwächter folgen auf Schritt und Tritt und geben den kleinen Königen das Gefühl, sie seien wirklich wichtig und unersetzbar. Die Vorstellung, dass sich einer zwischen sie und die Kugel eines Attentäters wirft, um ihr Leben zu retten, lässt den Atem stocken.

Es veränderte sie, auch wenn sie betonen, sie würden nicht vergessen, dass sie der Sohn des Stahlarbeiters, der Sohn des Bäckermeisters oder Taxifahrers seien. Sie wollen es nicht wahrhaben, aber sie verändern sich alle. Was musste man für ein Mensch sein, um die Macht auszuhalten? Diese Lügen und Versprechungen: Die Renten sind sicher; keine Steuererhöhungen; wir halbieren die Arbeitslosenzahlen; mehr Geld für die Familien, mehr Bildung, mehr, mehr für alle; wir halten unsere Versprechen und die Opposition lügt, nur wir können das Land retten. Das alles versprechen sie, obwohl sie es besser wissen. Es war für nichts mehr Geld da; nicht mehr für alle, sondern weniger für jeden Einzelnen, das war die Wahrheit, und sie kannten sie. Wie konnte man damit leben? Millionen Menschen frech belügen. Anfangs schämen sie sich ein wenig, aber sie reden sich die Welt schön: Ich opfere mich für das Vaterland, verzichte auf alles, arbeite rund um die Uhr, damit es dem Volk besser geht. Der Zweck heiligt die Mittel, und Lüge ist eben ein Mittel, um Besseres zu erreichen.

Er beherrschte das Spiel mit dem Selbstbetrug. Es hatte in Hamburg angefangen, damals als er Bürgermeister wurde. In dieser Zeit war Ana ihm nur zwei- oder dreimal begegnet. Sie begleitete ihren Vater zu einem Empfang. Sie staunte, als sie Uwe Henning zum ersten Mal in seiner neuen Rolle sah: kein Batiktuch mehr, kein Parka. Er trug einen Anzug, Krawatte, Schnürschuhe.

Das war ein merkwürdiger Uwe Henning gewesen. Einerseits die Pose des Bürgermeisters, in der er sich sichtlich wohlfühlte. Andererseits fiel es ihm schwer, ein paar unbefangene Sätze mit ihr zu wechseln. Als sie seine Beklemmung spürte, ließ sie ihn mit dem Vater stehen, wendete sich einem anderen Gesprächspartner zu, dem Schulsenator, der ihr von »Bildung für alle« erzählte, und »jedes Kind müsse studieren«.

»Wunderbar«, antwortete sie, »aber dann geben Sie den Kindern Bildung und nicht diese Mogelpackung in Ihren Kuschelschulen, wo jeder ein bisschen mitreden darf, und die Eltern und besonders die Kinder bestimmen, was sie lernen wollen.«

»Die Kinder wissen oft viel besser, was gut für sie ist«, entgegnete der Senator. »Dieses autoritäre System, dieses von oben nach unten lehren, der Frontalunterricht, das ist alles Schnee von gestern. Wir müssen zu neuen, demokratischen Lernformen kommen und zu mehr Gerechtigkeit.«

Irgendwann wurde es ihr zu viel. »Machen Sie nur weiter so«, sagte sie. »Meine Kinder werden auf einem englischen Internat alles lernen, was sie für ihr späteres Leben brauchen. Leider werden die Kinder Ihrer Wähler auf der Strecke bleiben bei diesen Experimenten. Das finde ich sehr ungerecht gegen die, die es sich nicht leisten können, Ihrem Schulsystem zu entkommen.«

Das war arrogant und eigentlich nicht ihre Art, aber manchmal musste man Leute schocken, obwohl es in diesem Fall zu nichts Konstruktivem führte. Der Schulsenator wandte sich zornig ab. Das kam ihr gelegen, denn sie hatte während der Auseinandersetzung die Ohren gespitzt, um das Gespräch in ihrem Rücken zu verfolgen. Sie schnappte ein paar Sätze auf, die nicht für sie bestimmt waren. Was sie hörte, ließ keinen Zweifel: Uwe Henning hatte vom Vater Geld genommen, nicht für sich, das nicht, aber für die Partei. Als sie ihren Vater später zur Rede stellte, leugnete der nicht lange.

»Wir leben nicht im luftleeren Raum«, erklärte er der Tochter. »Wir legen Fonds auf für Bauprojekte. Wir brauchen dafür Grundstücke, wir brauchen Baugenehmigungen, mit anderen Worten – wir brauchen die Stadt, und die Stadt braucht uns. Ich muss mit der Partei leben, die am Ruder ist, und Uwe ist nicht der Schlechteste. Es gibt nichts Illegales dabei, aber es muss nicht unbedingt bekannt werden.«

Sie hatte den Freund aus Kindertagen für diesen Deal verachtet. Es war nicht lange her, als er ihr in der Studentenkneipe in Berlin seine Ideale predigte. Damals hatten sie sich angeschrien, aber sie respektierte und verstand seine Aufmüpfigkeit. Nun, gerade erst am Drücker – und schon korrupt. Ihre eigene Selbstgerechtigkeit fand sie auch nicht bewundernswert. Im Grunde beneidete sie Uwe Henning ein wenig um seine Zielstrebigkeit, die Beharrlichkeit, mit der er sein Ziel verfolgte, und sie beneidete ihn darum, dass er überhaupt ein Ziel im Auge behielt. Was hatte Ana dagegenzusetzen? Hatte sie sich überhaupt je ein Ziel gesteckt? An schlechten Tagen fragte sie sich, wieso sie sich morgens überhaupt anziehen sollte. Wo war der Sinn? Die Angst vor dieser schrecklichen Erkenntnis erstickte sie in heiterem Treiben. Jede Affäre mit einem Mann betäubte die Angst und schob die Auseinandersetzung mit dem Problem hinaus. Warum fanden andere es so leicht, ihr Leben mit etwas auszufüllen, was ihnen wirklich wichtig war, während Ana immer nur herumstöberte, aber dabei nie auf etwas stieß, was sie länger zufriedenstellte? Ihre Kinder vielleicht, aber nun waren sie aus dem Haus, selbstständig und von ihr unabhängig. Sie brauchten sie nicht mehr. Ana konnte nicht umhin, diesen Mangel an tiefen Interessen als Oberflächlichkeit zu erkennen, und sie fragte sich, was sie davon abhielt, ihrem Leben einen Sinn zu geben, und ob dieses Defizit mit dem frühen Tod ihres Bruders zu tun hatte.

Die schneebedeckten Berge, diese eindeutige Landschaft forderte Klarheit von ihr. Die kurzen Leidenschaften und Affären, diese wilden Umarmungen für eine Nacht hatten die Gespenster 30 Jahre lang vertrieben. Fast 30 Jahre hatte sie alles verdrängt, was mit dem Tod des Bruders zusammenhing. Der Schock war zu überwältigend gewesen. Plötzlich sah sie sich in der VIP-Lounge von Monte Carlo stehen, von Freunden umringt, lachend, Champagner trinkend, manchmal ein Auge auf die Verrückten da draußen werfend, die ihr Leben nur so zum Spaß riskierten. Dann der Crash. Sie erkannte Petzis Wagen, hoffte für einen Augenblick, es wäre der andere Fahrer des Rennstalls. Autoteile flogen durch die Luft. Flammen schlugen aus dem Fahrzeug, ein Getümmel von Menschen in Sekundenschnelle. Streckenposten, die mit Löschgeräten gerannt kamen. Dann die Durchsage des Stadionsprechers, »der dramatische Unfall von Petzi Bentlow, der sich an der Steilkurve mehrfach in seinem Wagen überschlagen hat«; ihr Bruder Petzi, den Spitznamen hatte er weg, auch in der Formel-1-Welt hing der Name ihm an. Als Kind hatten sie ihn so genannt, weil er die ersten sechs Jahre seines Lebens ständig einen dicken, braunen Teddybär an die Brust gedrückt hielt. Also doch Petzi, der da unten in seinem Rennwagen durch die Luft geschleudert worden war. Die Starre, die sich plötzlich über sie legte, die Bilder, die sich danach in Zeitlupe abspulten: Feuerwehrautos, Abschlepp- und Krankenwagen drängten sich um das Autowrack ihres Bruders. Sie konnte sehen, wie man ihn aus den Trümmern seines Wagens herauszog; im Hintergrund die Kommentare des Sprechers, eine verzerrte, quäkende Stimme, die Sätze von sich gab, die Ana nicht mehr verstand. Freunde, die sie im Arm hielten. Der mit Blaulicht davonrasende Krankenwagen. Ein junger Mann, nicht viel älter als sie, Anfang 20, aus dem Leben gerissen, einfach so. Er hatte mit dem Leben gespielt, jeder Rennfahrer spielte mit dem Leben, aber er hatte nicht sterben wollen, vielleicht Gott ein wenig provozieren, gucken, wer der Stärkere war, aber er hatte so gern gelebt, immer fröhlich, mitreißend und charmant. Er hatte die Frauen geliebt und sie ihn. Er hatte einfach ein bisschen zu viel gewagt. Ein sinnloser Tod, ebenso sinnlos das Leben. Ana hatte nicht angefangen zu trinken, hatte sich nicht auf Drogen gestürzt, um den Schmerz und den Gedanken an all die Sinnlosigkeit zu betäuben. Sie hatte ihre eigene Droge gefunden, Bewusstlosigkeit gefunden oder den Hunger nach Leben gestillt in diesen rasenden Leidenschaften, in den Armen von so unzähligen Männern, dass sie sich an einzelne Gesichter nicht mehr erinnerte, auch keine Körper und schon gar nicht bestimmte Gefühle. Sie musste zugeben, dass sie es in mancher Nacht vorgezogen hatte, in den Armen eines Mannes zu liegen, als sich allein mit den Gespenstern herumzuschlagen. Im Rückblick hätte sie auf manch einen verzichten können. Der Blick wurde mit den Jahren kritischer. Je älter sie wurde, desto einsamer verbrachte sie die Nächte, da die Verehrer ihr immer fader und unattraktiver vorkamen, reizlos und langweilig. Als Betäubungsmittel versagten sie den Dienst. So wurde Uwe Henning vielleicht die Ehre zuteil, ihr letzter Liebhaber gewesen zu sein, möglich war es. In diesem Licht betrachtet, hätte sie ihn vielleicht noch ein bisschen länger ertragen sollen, aber im Ertragen konnte die Lösung nicht liegen und im Übrigen – wie sollte man mit einem Mann zusammenbleiben, den man nicht mal beim Namen nennen konnte? Uwe. Sie hatte ihn nicht ein einziges Mal so genannt, keinen Spitznamen für ihn gefunden. Sie hatte die Anrede meist umgangen, selten hatte sie »Henning« gesagt oder »Kanzler«, wenn sie ihn ein wenig aufziehen wollte. Die Wege, die ihre Gedanken gingen, trübten den Genuss dieses sonst perfekten Tages, aber wie oft hatte sie mit diesem Argument ihre Grübeleien abgebrochen. Natürlich verdarben solche Gedanken den Tag, jeden Tag, also verdrängte man sie und verdarb sich letztlich damit alle kommenden Tage. Es kam ihr nicht zum ersten Mal der Verdacht, dass sie seit Ewigkeiten diese Verdrängung betrieb und sich ununterbrochen auf der Flucht befand vor gewissen Wahrheiten. Hier draußen in den Bergen stand sie dieser Erkenntnis wehrlos gegenüber, keine Chance, sich den unliebsamen Gedanken im wilden Partygetümmel zu entziehen.

SENGELHOFF

Sengelhoff konnte den Blick nicht wenden von den rot gefärbten Haaren seiner Sekretärin. Beim Diktieren des Briefes lenkte ihn der in Flammen stehende Kopf ab. Etwas musste beim Friseur schief gelaufen sein. Oder war es möglich, dass eine 50-Jährige freiwillig wie ein Feuermelder durch die Gegend lief? Komisch, dass die linken Frauen rotes Haar so liebten. Wenn sein Blick bei

Parteiversammlungen über die Köpfe schweifte, sah er jetzt überall diese knalligen Farbtupfer. War das Bekennertum oder der letzte Versuch einer Opposition zum Establishment? Seine eigene Frau hatte der Versuchung bisher widerstanden, obwohl sie zum linken Urgestein gehörte, was sie sozusagen für diese Haarfarbe prädestinierte. Aber welche Haarfarbe hatte sie eigentlich? Blond nicht, auch nicht braun – etwas dazwischen. War es normal, dass man sich nach 20 Jahren Ehe nicht an die Haarfarbe seiner Frau erinnern konnte? Er blickte auf und sah in das aufmerksame Gesicht seiner Sekretärin. Sie wartete auf den nächsten Satz.

Das Telefon klingelte. Er nickte der Sekretärin zu, worauf sie den Hörer abnahm und sich meldete.

»Ja, selbstverständlich, Herr Bundeskanzler, ich verbinde Sie, Herr Bundeskanzler.«

Sie übergab den Telefonhörer und zog sich diskret zurück.

Bevor Sengelhoff sich mit seinem Namen melden konnte, schoss ihm die Frage des Kanzlers dröhnend entgegen.

»Wo ist sie?«

Die Stimme seines alten Freundes klang, als halte er sie nur mit Mühe unter Kontrolle, als klammere er sich an ein letztes Stückchen Disziplin. Dann riss der dünne Faden. Uwe Henning brüllte in den Hörer.

»Was seid ihr für ein Scheißladen, wenn ihr es nicht mal schafft, einer Frau auf der Spur zu bleiben. Ich höre seit Tagen nichts von ihr. Kein Kontakt. Kein Anruf. Sie antwortet an keinem Telefon. Sie reagiert nicht auf meine Nachrichten. Über was habt ihr eigentlich die Kontrolle, wenn ihr nicht eine einzelne Frau überwachen könnt. Ihr seid ein völlig verlotterter Haufen von Scheißbeamten, kassiert riesige Gehälter und furzt dafür nur in eure Sessel. Mann, ich reiß mir den Arsch auf, damit dieses Land nicht den Bach runter geht und ihr könnt nicht mal meine Frau auftreiben.«

Hatte er »meine Frau« gesagt? Sengelhoff war nicht sicher, ob er sich verhört oder Henning wirklich »meine Frau« gesagt hatte – eine echte Freud'sche Fehlleistung.

Es war nicht angenehm, angeschrien zu werden, aber Sengelhoff behielt die Ruhe. Das war seine Stärke.

»Wir wissen, wo sie ist, Uwe. Kannst du einen Gang runterschalten?«

»Ach, ihr wisst, wo ist sie. Verdammt, warum erfahre ich das nicht?«

»Sie ist in den Bergen – auf einer Skitour.«

»Mit wem?«

Die Stimme des Kanzlers klang plötzlich so leise und gepresst, als koste es ihn den letzten Atemzug, diese Frage zu stellen. Wieder fürchtete Sengelhoff, Uwe Henning drehe durch, wie damals in Berlin. Und wieder verspürte er ein wenig Neid über die Leidenschaft, die er hinter Hennings Worten witterte, die ihn ahnen ließ, dass es die Möglichkeit der Leidenschaft in ihrem Alter gab, selbst bei einem abgefuckten Typen wie Uwe Henning. Mehrere Tage hintereinander war Sengelhoff mit einem Ständer aufgewacht, der regelmäßig nach fünf Minuten in sich zusammenfiel, weil er nichts mit ihm anzufangen wusste. Das war deprimierend. Ein Ständer und keine Verwendung dafür, gab es etwas Frustrierenderes? Eine Frau neben sich, die eigene Ehefrau – und bei dem Gedanken an Sex mit ihr welkte die Morgenlatte traurig dahin. Zurück blieb jedes Mal ein Gefühl der Unzufriedenheit, wie nach ungestilltem Hunger. Was für ein beschissener Beginn eines Tages. Was für ein beschissenes Leben.

»Peter, antworte! Mit wem!«, wiederholte der Kanzler seine Frage, diesmal kaum hörbar.

»Mit einem Skilehrer – ganz normal. Uwe, beruhige dich. Ich habe einen Mann auf ihrer Spur – einen Profi. Es ist alles in Ordnung.«

Auf der anderen Seite wurde es plötzlich still.

»Uwe?«

Sengelhoff überlegte fieberhaft, was er dem Kanzler sagen sollte, was er von ihm erfahren musste.

»Uwe? Was weiß sie von dir? Gibt es ein Problem mit ihr? Ist sie eine Gefahr?«

Das Schweigen in der Leitung beruhigte Sengelhoff nicht gerade.

»Warum fragst du das, Peter?«

Aus seinem letzten Telefonat mit Bartels wusste Sengelhoff, dass der Journalist weiterhin auf der Spur der Kanzlergeliebten war. Seine Gedanken überschlugen sich. Er überlegte, ob er es wagen konnte, diese Nachricht an Uwe Henning weiterzugeben. Wenn der ausrastete, war keinem geholfen. Er musste sich schnell entscheiden. Henning hatte sich immer weniger unter Kontrolle, war vielleicht kurz vorm Durchdrehen. Trotzdem blieb Sengelhoff keine Wahl. Er brauchte Klarheit.

»Ein Journalist ist ihr auf der Spur.«

»Wer?«

»Yellow Press – Sandro Farinesi!«

»Kenn ich – Arschloch!«

»Du hast sicher recht, aber die Erkenntnis nützt uns im Moment wenig. Er beobachtet sie seit einiger Zeit. Uwe – was weiß sie? Stehen wir vor einem Skandal? Dann sag es mir jetzt. Vielleicht kann ich etwas tun. Kann sie dir schaden?«

»Keine Ahnung – ja, natürlich, wenn sie will.«

»Wird sie wollen, das ist die Frage.«

»Ich weiß es nicht – eher nicht. – Vielleicht doch. Sie ist nicht so berechenbar. Verdammt, Peter, ich weiß es einfach nicht. Darum geht es jetzt nicht. Ich will Kontakt zu ihr.«

Die Stimmlage des Kanzlers steigerte sich, schaukelte sich hoch zu einem Brüllen.

»Schafft sie her! Ich will mit ihr reden. Ich kann mich auf nichts mehr konzentrieren. Schafft sie her.«

»Wo lebst du, Uwe? Wir sind nicht der CIA. Wir verschleppen nicht gute deutsche Steuerzahler, nur weil sie sich nicht am Telefon melden. Wenn wir das machen, hast du deinen Skandal – bestimmt.«

»Das ist mir scheißegal. Ich will mit ihr reden.«

Hennings Stimmung näherte sich dem kritischen Zustand. Wie damals in Berlin, dachte Sengelhoff erneut. Stand der nächste Amoklauf bevor?

»Wir tun unser Bestes, Uwe, ich versuche alles. Wir regeln die Sache. Nur beruhige dich. Mach du deinen Job, wir kümmern uns um sie.«

Sengelhoff kam sich vor wie ein Psychiater, der auf einen geistesgestörten Patienten einredete. Seine Worte zeigten kaum Wirkung. Ein starkes Beruhigungsmittel wäre in diesem Fall eher am Platz, lautete seine Diagnose, während er sich weitere Flüche durch das Telefon anhörte. Er versuchte nicht mehr, die Schimpftiraden zu unterbrechen. Vielleicht verschaffte der Wutanfall Henning Erleichterung. Dann hielt Sengelhoff gern als Prügelknabe her. Er hielt den Hörer auf Abstand zu seinem Ohr. Plötzlich riss die Beschimpfungswelle ab. Henning hatte eingehängt. Sengelhoff standen die Schweißperlen auf der Stirn.

»Scheiße, Scheiße«, fluchte er vor sich hin. Plötzlich war er sich nicht sicher, ob er die Sache hinbiegen konnte. Hennings Zustand war alarmierend hysterisch. Es war nicht ausgeschlossen, dass sein alter Kumpel aus dem Ruder lief. Und dann ade, du schöne Karriere. Wenn herauskam, dass sie eine Frau überwachten, eine unbescholtene Steuerzahlerin, eine einflussreiche zudem – na dann gute Nacht. Wenn die Presse davon Wind bekam, konnten sie einpacken. Und wenn die Bentlow tatsächlich Kontakte zur CIA pflegte, sah der Fall nicht viel schöner aus. Die Sache mit der CIA hatte er Henning vorerst verschwiegen. Es machte keinen Sinn, ihn damit auch noch zu verunsichern. Verdammt – sie mussten den Scheiß zu Ende bringen. Unter den Augen des Journalisten? Was machten sie mit dem? Eine heikle Angelegenheit.

Ich kann den Skandal riechen, dachte Sengelhoff, und wenn es kracht, kann ich froh sein, wenn ich meinen alten Hausmeisterjob zurückkriege. In der Partei wird keiner einen Finger für mich krumm machen, nicht für mich.

Sengelhoff genoss seinen Sarkasmus. Er war eine echte Alternative zum Selbstmitleid. Sarkasmus passte viel besser zu seinem Charakter. Leider setzte er ihn zu häufig gegen Mitarbeiter ein, die unfähigen, was ihm ebenfalls keine Zuneigung eintrug. Nein, er machte sich keine Illusionen, es gab einige, die seinen Untergang freudig begrüßen würden. Um Uwe Henning machte er sich keine Sorgen. Der fiel immer auf die Füße. Wahrscheinlich würde er sein Comeback im Aufsichtsrat einiger großer Unternehmen feiern, viel Geld verdienen, eine neue Frau kennenlernen und zum vierten Mal heiraten. Oder er ließ sich

Spitzenhonorare für Vorträge zahlen, Weltwirtschaftsforum in Davos et cetera. Ein Ex-Kanzler kam immer gut an. Sengelhoff vergrub das Gesicht in den Händen und versuchte, gleichmäßig und ruhig zu atmen. Er musste jetzt einen klaren Kopf behalten – wenigstens er.

SANDRO

Es war fast 10.00 Uhr, als sich Sandro Farinesi am Morgen nach dem Treffen mit seiner Freundin Irene aus dem Bett quälte. Irene war ein alter Schluckspecht. Bei Tratsch und Klatsch hatten sie mindestens eine Flasche zu viel getrunken, vielleicht auch zwei. Er erinnerte sich nicht genau. Da er Ana Bentlows Ziel kannte oder zu kennen meinte, musste er sich nicht allzu sehr eilen. Er war sich sicher, dass sie das kleine »Jagdschloss Kühtai« ansteuerte. Wohin sonst sollte sie sich von Innsbruck aus hinbegeben. Es musste »Kühtai« sein. Das Hotel gehörte einem Freund. Hin und wieder traf man sich in dem auf 2.000 Metern Höhe gelegenen Ort in den Alpen, der bis ins späte Frühjahr schneesicher war. Ana liebte das Skilaufen. Sie unternahm gern Touren in die Berge. Das Hotel lag ideal und diente ihr als Basislager. – Also »Kühtai«, gar keine Frage.

Ohne große Hast nahm Sandro sein Frühstück ein. Er eröffnete es mit einer »Aspirin«-Tablette und Kaffee. Danach konnte er feste Nahrung bei sich behalten. Ein dickliches, blondes Hausmädchen brachte ihm Eier mit Speck und die Zeitung. Nach dem Frühstück packte er seine Sachen zusammen und bat das Hausmädchen, ihm zu zeigen, wo Alfred seine Skisachen verstaute. Sie hatte offensichtlich Anweisung, dem Gast in jeder Beziehung behilflich zu sein. Auch seinen Fuhrpark hatte Alfred dem Freund zur Verfügung gestellt. »Du hast die freie Auswahl«, hatte er großzügig angeboten. Sandro entschied sich für einen dunkelgrünen Range Rover, der für die Berge eine vernünftige Wahl war, obwohl ihn ein Aston Martin mehr reizte. Gegen 11.00 Uhr machte er sich auf den Weg. Von München aus erreichte man das Kühtai in zwei Stunden. Wenn er Lust aufs Skilaufen bekam, konnte er kurz nach dem Mittagessen auf der Piste stehen.

Gleich hinter Innsbruck verließ er die Autobahn und nahm den Weg durch das Sellraintal, der stetig ansteigend ins Kühtai führte. Die Straße war unten schneefrei, sodass Sandro sich ärgerte, nicht den Aston Martin gewählt zu haben. Er hoffte, seine Entscheidung für den Geländewagen würde belohnt werden. Oben herrschten auch zu dieser Jahreszeit oft wilde winterliche Verhältnisse. In dem Dorf Sellrain hielt er an einem Gemischtwarenladen, wo es neben Fleischwurst, Käse und Kümmelbrot Schnapsgläser mit aufgedrucktem Edelweiß gab und Geldbörsen in Lederhosenform mit der Aufschrift »Sei froh, wenn Du die Hose voll hast«. Dort fand Sandro, was er suchte:

eine CD mit Märschen, aufgenommen von der Sellrainer Blasmusik. Zurück im Auto legte er die CD ein, drehte die Scheiben herunter und beschallte die Berge mit den donnernden Klängen der Bläser und Trommler. Seine Laune verbesserte sich mit jedem Kilometer. Er fuhr auf einen dunkelblauen Mercedes auf und klemmte sich an die Stoßstange. Die Straße war an den meisten Stellen zu eng und kurvig, um gefahrlos zu überholen. Sandro wartete auf seine Chance. Die Limousine vor ihm hatte eine Hamburger Nummer. Der grüne Aufkleber mit dem Wappen des »Jagdschlosses« klebte auf der Rückscheibe. Wahrscheinlich saßen Freunde in dem Wagen. An einer breiteren Stelle setzte Sandro zum Überholmanöver an, bei dem er die Musik auf höchste Lautstärke stellte. Als er etwa auf gleicher Höhe mit dem Mercedes lag, riskierte er einen Blick. Im Fond des Wagens hockte Andreas Ebersberg mit seiner Frau, der Fahrer vorn schickte einen zornigen Blick zu dem Range Rover hinüber. Sandro gab Gas, passierte den Wagen und trat dann auf die Bremse. Der Fahrer kam knapp an der hinteren Stoßstange des Geländewagens zum Halten. Sandro sprang aus dem Auto, zog sich den Rollkragen über das Gesicht, riss die Hintertür des Mercedes auf und richtete den ausgestreckten Zeigefinger wie eine Pistole auf Andreas, der währenddessen seinen aufgebrachten Chauffeur beruhigte.

»Dies ist ein Überfall! Geben Sie mir die Dame als Geisel mit«, brüllte Sandro. »Sie können sie oben im ›Jagdschloss‹ gegen eine Flasche Champagner eintauschen.«

»Wer weiß, ob ich sie wiederhaben will«, entgegnete Andreas trocken. Offensichtlich war er wie immer überarbeitet. Schließlich schob er aber willig seine Frau, eine rassige Südamerikanerin, aus dem Auto.

»Ein guter Fang«, lachte Sandro und schloss seine Eroberung in die Arme. Magdalena folgte ihm willig.

»Bis die oben ankommen, sind wir schon betrunken«, versprach Sandro, sprang in den Wagen und trat das Gaspedal durch. Mit dröhnenden Blasmusikklängen jagten sie den Berg hinauf. Die heiße Story, der er eigentlich auf der Spur war, hatte Sandro Farinesi mittlerweile vergessen. Er flirtete mit Magdalena Ebersberg.

Sie passierten das von Bausünden zerstörte Dorf Kühtai, das auf der höchsten Stelle der Passstraße lag. Nach 100 Metern steiler Bergfahrt, auf der sich endlich der Geländewagen bewährte, steuerte Sandro den Range rechts in die Auffahrt des kleinen Jagdschlosses. Nach der hässlichen Ortschaft überraschte der Anblick des Romantikhotels, ein Kleinod aus vergangener Zeit. Einst im Besitz der habsburgischen Kaiser, gehörte es nun einem Nachfahren, der es als Hotel betrieb. Der Nachfahre begrüßte sie freudestrahlend auf der Sonnenterrasse, die von einigen Freunden belagert war. Sie ließen es sich bei mittäglichen Drinks gut gehen. Die meisten der Gäste schienen in Hochform zu sein, kein Wunder – bei Sekt und Sonnenschein.

»Täusche ich mich oder sah ich die Dame früher an der Seite eines anderen Herrn«, fragte der Hotelier den Neuankömmling.

»Eine Geisel«, erklärte Sandro.

»Und das Lösegeld?«

»Eine Flasche Champagner!«

»Dafür kann man ziemlich gute Frauen kriegen. An Andreas' Stelle würd' ich mich erst einmal auf der Terrasse umschauen. Sieh dir die Schönheiten an, alles prachtvolle Gewächse, die ich mir jedes Jahr aus den Tälern der ganzen Welt kommen lasse.«

Das war nicht sehr nett gegen Magdalena Ebersberg, aber die nahm es sportlich. Sandro entführte sie in eine Schneebar am gegenüberliegenden Hang. Bis zum Spätnachmittag saßen sie in Liegestühlen und feierten ihr Wiedersehen mit Glühwein und Jägertee, einem grauenvollen, überwiegend alkoholischen Gebräu, das sogar trinkfesten Leuten den letzten Verstand raubte. Andreas Ebersberg sahen sie erst bei Sonnenuntergang im Hotel wieder, wo er sternhagelvoll ein unsichtbares Blasorchester dirigierte, während die anderen Gäste zu den Klängen, die aus einem Lautsprecher die Terrasse beschallten, eine Polonaise im Marschschritt veranstalteten.

»Hast du das Lösegeld allein versoffen«, fragte Sandro den alten Freund.

»Nein, die anderen haben mir geholfen und mir geraten, einem Erpresser nie und nimmer nicht nachzugeben«, lallte Andreas, dem der abrupte Höhenwechsel in Kombination mit Alkohol nicht gut bekam.

»Nun, dann betrachte ich das Unternehmen als gescheitert«, verabschiedete sich Sandro. »Du kommst mit mir«, befahl er, fasste Magdalena bei der Hand und zog sie hinter sich her in das Hotel. Er stieg mit seiner Geisel in die Kellerbar hinab, um in die heiße Phase des Flirts überzugehen.

Andreas sahen sie erst nach Mitternacht wieder, als er auf dem Bartresen Rock'n'Roll tanzte – nicht etwa zum Vergnügen. Es ging um eine gute Platzierung im Wettbewerb »Wer findet den höchsten Tanzplatz«. Sandro und Magdalena hatten sich das Klavier erobert. Hartwig, ein mittelloser, aber immer lustiger Bonvivant aus Düsseldorf, besetzte die Fensterbank. Inga, die Erbin eines hessischen Maschinenbauunternehmens, lag gut im Rennen und ging dafür ein hohes Risiko ein. Sie rockte auf einem Stuhl, den sie auf einem Tisch aufgebaut hatte. Sogar die 75-jährige Gräfin Wallenberg nahm teil und wippte, auf ihrem Barhocker sitzend, flott mit den Beinen, während ihr Cocker Spaniel, der eindeutige Verlierer im Wettkampf, sie vom Boden aus ankläffte. Der jüngste Teilnehmer, ein Sohn des Hauses, drehte die Musik bis zum oberen Anschlag, brüllte mit Mick Jagger »I can't get no satisfaction«, setzte zum Sprung an und landete auf dem oberen Teller einer Säule, die wahrscheinlich das gesamte Kellergewölbe trug. Er war damit eindeutiger Sieger.

»Gräfin, dein Hund ist der Verlierer«, verkündete Andreas mit nicht mehr sicherer Aussprache. »Aber falls der erlauchte Vierbeiner nicht liqui-, liquide sein sollte, bin ich gern bereit einzuspringen.«

»Wie bitte? Selbstverständlich ist mein Hund liquide«, protestierte die Gräfin beleidigt und bestellte Champagner für alle anwesenden Gäste.

»Oh, mein Gott, es ist schon hell«, stöhnte Hartwig Stunden später. »Ich sollte mich nicht bei Tageslicht in so dubiosen Bars aufhalten. Man könnte mich sehen und das würde meinem Ruf bei den oberen zehn Millionen dieser Welt schaden.«

»Ein Signal zum Aufbruch.« Andreas Ebersberg schnappte seine Frau und verabschiedete sich vom Rest der Gäste. Am Ende blieb Sandro mit der Erbin zurück. In seinem benebelten Hirn regte sich für einen Moment der Gedanke, ob sie die Lösung all seiner existenziellen, sprich finanziellen Probleme war. Anfang 40, gar nicht unattraktiv, geschieden, kinderlos und liebeshungrig, wie er merkte, als er einen letzten Drink mit ihr wegkippte. Schließlich entschied er sich gegen das verlockende Angebot. Es war ihr unverkennbar hessischer Dialekt, der den Ausschlag gab, lieber allein ins eigene Bett zu sinken. Wie viele Menschen mit einem im Grunde zutiefst düsteren Blick auf die Welt und ihre Bewohner, verabschiedete Sandro sich in allerbester Laune von der Erbin und im Bewusstsein, dass er sein Leben am Rande des Ruins durchaus genoss. Er fand, dass er seinem alten, vornehmen Geschlecht auf diese Weise ein würdigeres Ende bereitete als all die heruntergekommenen Adligen, die sich in die Arme des ordinären Mammons warfen oder Adoptionen als Ausweg aus ihrem finanziellen Dilemma wählten. Einen reichen Schnösel adoptieren, der mit seinem Namen und schlechten Manieren durch die Welt lief, das ging gar nicht, beschloss der letzte Farinesi. Es gab eine sauberere Lösung, die ultimative, aber so weit war er noch nicht.

Grelles Licht weckte Sandro Farinesi. Es waren die Strahlen der Mittagssonne, die ihm durch einen Schlitz im Vorhang direkt ins Gesicht schienen. Sein Schädel brummte, als habe sich dort über Nacht ein Hornissenschwarm einquartiert. Darauf war er vorbereitet. Im Badezimmer lag eine Packung mit Kopfschmerztabletten, aber wie kam er dort hin? Ein Sonnenstrahl traf direkt auf seine Pupille. Das grelle, vom Schnee der Berge reflektierte Licht schmerzte in den Augen. Sandro sammelte alle zur Verfügung stehenden Kräftereserven, um sich an die Tabletten im Bad heranzurobben. Er brauchte eine Stunde, um sich zu baden, zu rasieren und in seine Kleider hineinzusortieren. Als er in halbwegs restauriertem Zustand sein Zimmer verließ, erinnerte er sich das erste Mal seit seiner Ankunft im Hotel an Ana. Wieso war sie am Vortag nicht aufgetaucht? Er überlegte, wen er anrufen könnte, um etwas über ihren Verbleib zu erfahren. Ein Vorhaben, das er sofort fallen ließ, als er in die rege Betriebsamkeit der Sonnenterrasse eintauchte. Dort herrschte bereits festliche Stimmung. Hartwig betätigte sich als Barmixer. In seinem beruflichen Leben hatte der Junge es nicht weit gebracht. Außer einem zweitklassigen Schulabschluss auf einem drittklassigen Internat konnte er nur 15 Semester Jurastudium vorweisen – ohne Abschluss. Als Maître de plaisir wäre er 200 Jahre zuvor ein gemachter Mann gewesen. In einer riesigen Salatschüssel mixte Hartwig gerade einen »Bullshot«, als Sandro die Szene betrat. Der Menge nach zu urteilen, erwartete er zumindest die Fischerchöre. Mit beiden Händen verrührte er den Wodka mit Bouillon, quetschte beidhändig Zitronensaft hinein, schmiss Pfeffer, Selleriesalz und Tabascosoße hinterher, alles großzügig dosiert, warf die Wodkaflasche mit der einen Hand in die Höhe, fing sie mit der anderen auf und kippte den Inhalt komplett in die Schüssel.

»Mesdames et messieurs«, rief er. »Isch mache ihn eute nischt so kräftisch. Kein Problem für das zarte Geschlecht. Und nun attention! Isch werde probieren.«

Mit einem Suppenlöffel schöpfte er die Brühe und führte sie zu den Lippen, prustete und spuckte die Hälfte in die Gegend.

»Fantastiesch«, schrie er begeistert und bot seine Kreation an. Sie fand reißenden Absatz.

»Wie geht's denn so?« Magdalena hatte sich von hinten an Sandro herangepirscht.

»Ich könnte eine Krankenschwester gebrauchen«, antwortete er stöhnend.

»Wir waren schon auf der Piste, gleich geht's wieder los, komm mit. Der Schnee ist ein Traum.«

»Ich glaub's, mein Herz, aber mein Kopf verträgt keine

starken Erschütterungen«, erwiderte Sandro mit schmerzverzerrtem Gesicht. Es überkam ihn ein plötzlicher Anfall von Pflichtbewusstsein.

»Habt ihr eigentlich Ana gesehen?«, fragte er in die Runde.

»Welche Anna?«, fragte einer.

»Ana Bentlow, sie wollte eigentlich kommen.«

»Das glaube ich kaum«, meldete sich Andreas. »Ich hab sie gestern zufällig unten in Gries getroffen. Sie wollte von dort aus in die Berge gehen.«

»Ach«, sagte Sandro und dachte: Scheiße, jetzt ist sie mir entwischt. Er überlegte, ob sie sich in dem kleinen Dorf, das auf halbem Weg an der Passstraße lag, zu einem heimlichen Rendezvous mit ihrem Kanzler traf. Vielleicht hatte sie sich in München so unauffällig aus dem Staub gemacht, um nun unbeobachtet in einer versteckten Hütte ihren Geliebten zu umarmen, und er, Sandro, hatte sie um Haaresbreite verpasst, weil er im Partygetümmel untergegangen war. »Ich bin ein Idiot«, fluchte er.

Die Rezeptionistin des Hotels beschaffte ihm die Telefonnummer der Skischule von Gries. Sandro zog sich auf sein Zimmer zurück. Bei seinem Gespräch brauchte er keine Zuhörer.

Er meldete sich mit »Jagdschloss Kühtai, grüß Gott!« Das Hotel war in der ganzen Gegend bekannt und der Inhaber geschätzt und verehrt, weil alle wussten, dass er ein Urenkel des Kaisers Franz Josef war. Das öffnete im Umkreis von 100 Kilometern alle Türen. Sandro musste keine großen Erklärungen abgeben, um seine Auskunft zu bekommen. Sein Charme und seine journalistische Erfahrung taten das Übrige. Zur Not konnte Sandro seinen Mitmenschen ein Loch in den Kopf reden. Er sei mit Ana Bentlow auf eine Skitour verabredet gewesen, erklärte er dem Skischulleiter. Sie hätten sich verpasst und wo sie denn bitte hingewandert sei. Vielleicht könne er sich von Kühtai aus mit ihr treffen. Natürlich hatte der Tourenführer seine geplante Route aus Sicherheitsgründen hinterlassen. Ein paar Minuten später erhielt Sandro die gewünschte Information.

BARTELS

Gegen 16.00 Uhr am Nachmittag sah Bartels am Horizont zwei bewegliche Punkte. Das mussten sie sein. Er holte das Fernglas aus seinem Rucksack und suchte die Gegend ab. Zwei Menschen, mehr konnte er nicht erkennen, war sich aber sicher, den richtigen Personen auf den Fersen zu sein. Die Hütte lag nicht weit entfernt. Dort mussten sie die Nacht verbringen, wenn sie nicht draußen campieren wollten, eine Möglichkeit, die er ausschloss. Bartels selbst hielt von nun an Ausschau nach einem geeigneten

Platz, der ihm Schutz bieten würde. Die Übernachtung draußen war nicht gerade eine verlockende Aussicht, aber er hatte schon bei niedrigeren Temperaturen in den verschneiten Bergen überlebt. Bei den Gebirgsjägern gehörte das zur Ausbildung. Er hatte alles Nötige dabei, um sich zu ernähren und warmzuhalten. Nach einer weiteren halben Stunde bemerkte er eine Rauchsäule, die gerade in den klaren Himmel aufstieg. Kurz darauf sah er die Hütte, eingebettet in ein Tal, weit genug entfernt von den Berghängen, außerhalb der Reichweite von Lawinen. Die zwei Punkte bewegten sich auf die Hütte zu. Durch das Fernglas sah Bartels, wie die beiden Tourengänger ihre Rucksäcke ablegten, die Ski abschnallten und in der Hütte verschwanden. Gleich in deren Nähe entdeckte er eine Art Schuppen, ein Holz- oder Strohlager. Er überlegte, ob er es wagen konnte, dort nach Einbruch der Dunkelheit zu übernachten, entschied sich am Ende aber dagegen. Kein Risiko. Nach einigem Umherwandern fand er eine Felsnische, keine richtige Höhle, aber eine geschützte Stelle, von der aus er die Hütte im Auge behalten konnte und die die Kälte der Nacht ein wenig abhalten würde. Mit Schnee und Sturm musste er nicht rechnen. Ein stabiles Hoch war für die Gegend angesagt mit trockener Luft und Temperaturen nicht unter fünf bis acht Grad. Damit konnte er leben.

Als Bartels sich in seinem Unterschlupf einrichtete, war es 17.30 Uhr, damit blieben ihm etwa zwei Stunden Helligkeit. Die Hütte musste er nicht im Auge behalten. Ana Bentlow und ihr Bergführer waren für die Nacht sicher untergebracht. Langeweile fürchtete er nicht. Bartels war daran gewöhnt, mit sich allein zu sein. Er reiste niemals ohne einen Skizzenblock und hätte auf dieser Tour, trotz des beschränkten Gepäcks, lieber auf einen Pullover oder Nahrung verzichtet als auf sein Zeichengerät, das er nun aus dem Rucksack herauszog. Er setzte sich auf einen Felsbrocken und begann, eine gegenüberliegende Bergformation zu skizzieren. Es war mehr eine Entspannungsübung, um die von der Skitour angestrengten Muskeln zu lockern. Der Bleistift hüpfte auf dem Papier hin und her wie ein aufgeregter Vogel, der überall feine graue Fußspuren hinterließ. Bartels arbeitete eher unbewusst, mit keinem bestimmten Ziel. Seine Gedanken wanderten dabei in eine andere Richtung, beschäftigten sich mit dem Auftrag oder, wie Sengelhoff es nannte, dem »Problem«, das er zu lösen hatte. Ohne dass Bartels es beabsichtigte, löste sich aus den Felsstrukturen ein Gesicht, das Gesicht einer Frau, das ihm bekannt war. So vertraut wie sein eigenes Spiegelbild.

»Lösung« – schrieb er neben die Zeichnung und daneben das Wort »Löschung«, verband die beiden Wörter durch ein Gleichheitszeichen, betrachtete sein Werk und setzte den Bleistift fest auf, um ein Fragezeichen hinter die zwei Worte zu setzen. Dann arbeitete er weiter das Gesicht aus den Felsen heraus.

Der ganze Auftrag war ein Wahnsinn. Von was für Leuten erhielt er seine Befehle? Für wessen Wohl setzte er seine Talente ein? Wer regierte eigentlich diesen Staat? Wohin das Auge blickte – nur Scheiße: Korruption, Ausbeutung, Misswirtschaft, Kungelei. Der Fehler saß im System. Die Organisation dieses sogenannten Gemeinwesens spülte die falschen Leute nach oben. In der Wirtschaft musste ein Angestellter Ergebnisse vorzeigen: höhere Umsatzzahlen, neue Produkte, höhere Produktivität, – messbare Fakten. In der Politik boxten sich die Aspiranten in einer der Parteien durch. Dabei ging es nicht um den Wettbewerb der besten Ideen. Es ging um Taktik. Wie beim Schach musste man möglichst viele gegnerische Figuren hinauskicken und selbst möglichst viele Unterstützerfiguren behalten. Das führte zu einer extremen Innenbezogenheit. Alle, die nicht zur Partei gehörten, waren die da draußen, eine beliebte Politikerfloskel: die Menschen draußen. Genauso sahen sie es. In der nächsten Runde umschmeichelten die Sieger der Vorkämpfe die Menschen draußen, genannt Wähler, um alle vier Jahre ein gutes Wahlergebnis zu erzielen, das sie an die Macht brachte. Welche Fähigkeiten brauchte ein Politiker? Er sollte ein guter Speichellecker sein, Intrigen schmieden können, Gegner mit Gemeinheiten und Verleumdung in Verruf bringen, Bündnisse auf Zeit mit korrupten Gegenspielern eingehen und an Stühlen sägen. Wer diese Fähigkeiten beherrschte, gelangte mit Glück zur Spitze. Die politische Variante des Peter-Prinzips. In der Wirtschaft tritt man an, um Probleme zu lösen. In der Politik schafften die Player Probleme, um sich als Retter anzubieten. Gelder werden den einen genommen, um sie den anderen zu geben. Nur wer Gaben verspricht, wird gewählt. Also wird der Politiker gewählt, der zusagt, möglichst viele Mittel lockerzumachen. Und wo machte er sie locker? Bei den Besitzenden, wo sonst? Die Besitzenden verfügen selbstverständlich zu Unrecht über ihr Kapital. Deshalb müssen sie dem Gemeinwohl, dem Sozialstaat, Opfer bringen. Wenn sie dazu nicht bereit sind, beschimpft man sie als Blutsauger. Wer durch seine Arbeit viel Geld verdient, ist ein Schwein. Wer von den Geldern der Arbeitenden lebt, ist eine arme Sau, erklärt der Politiker. Für diese Erkenntnis wählen ihn die armen Säue. Die armen

Säue sind schließlich in der Überzahl. Selbst wenn sie ihr Lebtag lang auf Kosten der Arbeitenden leben, verlieren sie nicht das Wahlrecht. Also liebt der Politiker sie. Er gibt den armen Säuen das Gefühl, sie seien im Recht und er werde ihnen Recht verschaffen. Es ist egal, ob er selbst an seine Ideologie glaubt. Ein Politiker darf alles versprechen und nichts halten, solange der Wähler es nicht merkt oder ihm verzeiht oder es vergisst. Ein Politiker darf lügen, selbst wenn es später herauskommt. Er wird immer eine Ausrede finden. Muss ein Politiker also einen schlechten Charakter haben, um es nach oben zu schaffen? Ja! Der Fehler lag im System, das System basierte auf der negativen Auslese. Die politischen Systeme waren einzig auf Selbsterhalt ausgerichtet, alle Systeme: ob Monarchie, kommunistische Diktatur oder Demokratie, es ging um den Selbsterhalt.

Das waren sie also, seine Auftraggeber. Es wurde Zeit, seine eigenen Beweggründe zu durchleuchten. Wieso machte er sich zum Handlanger dieser Politmafia? Bartels erinnerte sich kaum daran, ob ihn einst ein Idealismus bewegte, die Überzeugung, dass man diese Demokratie schützen müsse – mit allen Mitteln. Vielleicht. Die deutsche Demokratie war noch jung, als Bartels zur Schule ging. Überall geisterten Altnazis durch die Institutionen, im Osten drohten die kommunistischen Diktaturen. Im Inneren wuchs plötzlich eine linke Opposition heran. Einige Extremisten wählten den Weg in den Terrorismus, bedrohten den Staat. Die Freiheit schien ein Gut, das es unbedingt zu schützen galt. Demokratien sind empfindliche Gebilde. Die Freiheit, die das demokratische System den Gruppierungen an den Rändern lässt, macht es verletzlich. Diktaturen hatten es leichter. Bartels war trotz allem ein überzeugter Demokrat. Es gab ihm ein gutes Gefühl, etwas für sein Land zu tun. Er war mit dem Gedanken des »nie wieder« aufgewachsen, der viele Menschen nach dem Zweiten Weltkrieg und den Verbrechen der Nationalsozialisten bewegte. Deshalb trat er in den Dienst ein. Und nun saß er hier mitten in den Bergen, ein Handlanger der Mächtigen, die ihn ihre Drecksarbeit machen ließen.

UWE HENNING

Der Kanzler schreckte aus einem Traum auf. Er fand sich, den Kopf in die Hände gestützt, an seinem Schreibtisch wieder, verwirrt und schwer atmend. Er war in seinem Stuhl eingeschlafen, mitten im Aktenstudium. Das passierte in letzter Zeit häufiger. Ein beklemmendes Gefühl in seiner Brust versetzte ihn in Panik. Sein Herz raste, der Atem ging flatternd. Er versuchte, sich zu beruhigen. Als er langsam die Kontrolle über sich gewann, bemerkte er, dass seine eigene Stimme ihn geweckt hatte, sah sich seinem Konterfei im Fernsehen gegenüber, hörte, wie er mit zuversichtlichem Lächeln die neuesten Maßnahmen zur Belebung des Arbeitsmarktes verkündete. Er klang sehr überzeugend, befand er. Dabei hatte er keine Ahnung – das war das Schlimmste. Er wusste ungefähr, was mit diesen Maßnahmen bezweckt werden sollte, trug das auch engagiert vor. Aber was kostete eine Fördermaßnahme? Was bewirkte sie? Welche Konsequenzen hatte ein Steuergesetz, welche Kosten entstanden? Welche Wirkungen erzielte man kurzfristig, welche langfristig, welche vielleicht katastrophalen Nebenwirkungen? Er hatte einfach keine Ahnung, und seine Berater, hatten die eine Ahnung? Er tastete die linke Brusthälfte ab, versuchte, den Schmerz zu orten. Wer von seinen Leuten verstand tatsächlich mehr von wirtschaftlichen Zusammenhängen? Sie waren alle Amateure, Halbgebildete, Autodidakten, Stimmenfänger. Die von den anderen Parteien waren nicht besser, aber tröstete das? Die Drecksarbeit musste er zurzeit erledigen. Die Arbeitsmarktmaßnahmen waren ein Scheiß, Aktionismus zur Kosmetik der Statistiken. Der Kanzler wusste genau, dass der Staat keine Arbeitsplätze schaffte, und wenn, zu welchem Preis! Arbeitsplätze schaffte die Wirtschaft. Aber wie veranlasste man Unternehmen dazu, Leute einzustellen? Wie erreichte man ein positives Klima im Land, Zuversicht, wirtschaftlichen Optimismus, Rahmenbedingungen für erfolgreiche Unternehmen, Voraussetzungen für einen Aufschwung? Oft genug saß er mit den Wirtschaftsbossen zusammen, die ihm ihre Wünsche vortrugen. Ihre Klagen leuchteten ihm ein, aber seine Parteigenossen hatten verstopfte Ohren. Schließlich gab es so etwas wie Wahlen und leider viel zu oft. Irgendwo war immer gerade ein Urnengang angesagt: Bundestag,

Landtage, Kommunalwahlen. Alle paar Monate konnte sich der Wähler an den Regierenden rächen. Das war sein gutes Recht, aber war es konstruktiv?

Mürrisch nahm er sein Aktenstudium wieder auf, eine Tätigkeit, die ihm nicht lag. Er war dabei unkonzentriert und merkte, dass er nach jedem dritten Satz von vorn beginnen musste, weil er den Faden verlor. Er ärgerte sich über das verquaste Deutsch seiner Mitarbeiter, über die Bandwurmsätze, bei denen man sich am Ende an die Anfangsworte nicht mehr erinnerte.

Das Telefon hatte seit mindestens einer Viertelstunde nicht geklingelt, das machte ihn nervös und weckte sein Misstrauen. Verhandelten sie die Sachen nun, ohne ihn zu konsultieren? Oder hatte es sich herumgesprochen, dass der Kanzler seit Tagen mit mieser Laune herumlief. Tatsächlich hatte er einige Leute abgekanzelt. Die schlimmste Breitseite verpasste er dem Fraktionschef, mit Recht, fand der Kanzler. Der Fraktionsführer bekam seinen Laden nicht in den Griff. Was gab es Schlimmeres? Alles zusammenhalten, war sein Job. Sie hatten eine Vereinbarung zur Gesundheitsreform getroffen. Nun mäkelte täglich ein anderer Hinterbänkler an den mühsam ausgehandelten Absprachen herum. Ein Sauladen. Und wer war schuld, wenn nicht der Fraktionschef? Arschloch!

Sie meldete sich nicht. Er konnte sie nicht erreichen, nur die Mailbox. Sie hatte sich entzogen. Oder ihn einfach auf diesem Wege abgeschafft. Musste er es so sehen?

Er hatte sie immer geliebt. Das gab es, lebenslange Liebe. Genauso gut konnte er sagen, er habe sie ein Leben lang gehasst, auch das stimmte. Wie lange war es her, dass sie in ihrem üppig ausgestatteten Kinderzimmer mit den hellgelben Tapeten und den gelb-blau gestreiften Vorhängen hockten? Natürlich hatte sie ein eigenes Zimmer besessen, sogar ein eigenes Bad, das von diesem Zimmer abging, während Uwe Henning seine Kindheit im Schlafzimmer der Eltern zur Untermiete verbrachte. Bei jedem Besuch in der prachtvollen Bentlow'schen Villa staunte Henning, wie selbstverständlich Ana sich in diesem eleganten Haus bewegte, in dem alles kostbar war. Wie sie respektlos mit schmutzigen Schuhen über edle Teppiche raste, vorbei an antiken Möbeln, gegen die sie im Vorbeirennen unachtsam stieß. Wie sie in der großen Kellerküche am Personal vorbei an den Kühlschrank stürmte und sich selbstverständlich eine Flasche Sprudel herausfischte, der Köchin schnell ein paar Kekse stibitzend. Wenn er sie in ihrem Zimmer besuchte, fühlte sich das wie die Audienz bei einer Königin an. Sie ließ ihn das nicht spüren. Es war nicht ihre Schuld gewesen, aber er empfand es so. Wenn sie sich lange genug ins Spiel vertieft hatten, vergaß er manchmal den Standesunterschied. Standesunterschied – wie er das Wort hasste. Verdammt. Sie lebten in einer Demokratie!

Oft stöberten sie im Haus herum. In den riesigen Kellern und in den geräumigen Dachböden stapelten sich die abenteuerlichsten Dinge: alte Schwerter, zwei Karussellpferde, bei denen die bunte Farbe abblätterte, wie waren sie dort hingekommen? Schrankkoffer, in denen Fräcke und lange Abendroben hingen; Hutschachteln, aus denen sie Zylinder und mit Federn geschmückte Kopfbedeckungen herauszogen; Kisten mit Büchern und altem Spielzeug; Schränke quollen über mit Sporttrophäen, alten Tennis- und Hockeyschlägern, Reitausrüstungen und Golfbestecken, über die sich jeder Antiquitätenhändler gefreut hätte; an den Wänden lehnten Gemälde von preisgekrönten Pferden und alten Herren mit Augenklappen sowie üppigen Damen in prächtigen Roben. An einem Tag fanden sie Alben mit vergilbten Fotos, die sie mit auf Anas Zimmer nahmen. Sie hatten gelacht über die merkwürdige Kleidung der Erwachsenen und die albernen Aufzüge der Kinder, die in Samt- oder Matrosenanzügen und Spitzenkleidern posierten. Auf einem Foto blickte ihnen ein kleines Mädchen entgegen, neben ihr ein farbiger etwa gleichgroßer Junge im feinen seidenen Anzug. Er sah aus wie der Sarotti-Mohr von den Schokoladenpackungen, ein schwarzer Junge mit gekräuseltem Haar, weißen Augäpfeln und wulstigen Lippen. Sie liefen zu Anas Mutter, und Ana fragte lachend, wer denn der schwarze Junge sei. Die Mutter warf einen kurzen Blick auf das Foto und sagte: »Das ist der Mohr, den meine Großmutter zu ihrem zehnten Geburtstag geschenkt bekam.«

Sie nahm das Buch in ihre gepflegten Hände, die keine harte Arbeit kannten, und betrachtete das Foto genau.

»Tatsächlich«, bestätigte sie, »aber ich glaube, sie hat sich vor ihm gefürchtet, sodass man ihn weggeben musste.«

Anas Mutter schüttelte bei diesen Worten den Kopf, lächelte auf diese ihr eigene amüsierte und ein wenig hochmütige Art und gab das Album zurück in die Hände der Tochter.

Man hatte den Mohren weggeben müssen. War nicht er auch so eine Art Mohr? Anas Mohr. Er hasste sie. Er hasste ihre Familie, ihren Stand, ihr Geld, ihre Selbstsicherheit; in jedem Moment des Lebens wussten sie, was man zu tun hatte, wie man sich richtig kleidete, wie man sich richtig bei Tisch benahm, das Richtige sagte. Nie fragten sie sich, wen man zuerst vorstellte, was man als Geschenk mitbrachte, ob man der Dame des Hauses die

Hand schüttelte oder küsste. Es war ihnen auch egal, denn wer die Form beherrscht, kann sie verletzen. Er hasste ihre verdammte Souveränität. Nie hatte er sich wirklich wohl in seiner Haut gefühlt, wenn er über die Schwelle dieses reichen Hauses getreten war, aber er hatte auch nicht von diesen Bentlows lassen können.

Plötzlich fiel ihm eine Geschichte ein, die er vollkommen vergessen hatte. Zumindest hatte er seit Jahren, Jahrzehnten vielleicht nicht mehr daran gedacht. Er muss etwa 14 oder 15 Jahre alt gewesen sein, mitten in der Pubertät. Ana war gerade aus den großen Ferien zurückgekommen, aus Nizza, Marbella, einem dieser interessant klingenden Orte. Er hatte langweilige sechs Wochen zu Hause verbracht und sich auf die Rückkehr der Nachbarn gefreut. Als er ihr Haus betrat, begegnete er als Erstes der Mutter, die ihn für einen Moment erstaunt betrachtete, so als sehe sie ihn zum ersten Mal. Dann sagte sie:

»Du bist groß geworden, mon ami – und hübsch.«

Flüchtig streichelte sie seine Wange, wobei ihre goldenen Armbänder ein leises metallisches Klirren verursachten. Dann ging sie ihres Weges und hatte ihn wahrscheinlich im selben Moment vergessen. Sie hinterließ den Duft ihres Parfums, den er verwirrt einatmete. Noch Stunden später roch er, dass ihre Berührung einen Hauch dieses Duftes auf seiner Haut hinterlassen hatte. In der darauf folgenden Nacht träumte er, dass Anas Mutter seinen Kopf zwischen ihre wohlgeformten, manikürten Hände nahm und ihn leicht und sehr zärtlich auf die Wange küsste. Erregt und durcheinander erwachte er aus diesem Traum. Ohne die Augen zu öffnen, versuchte er, ihn zu bewahren und weiter zu träumen. Er stellte sich vor, wie er ihre Hände ergriff und sie küsste, wie sie seine

Lippen mit ihren berührte. Es waren immer nur Zärtlichkeiten, die sie austauschten, nie wagte er, sich mehr vorzustellen. Nie hatte er sinnlicher geliebt als in diesen Nächten seiner Pubertät.

Das Telefon klingelte immer noch nicht, der letzte Anruf nun 20 Minuten her, vielleicht sogar 30. Es war seine Frau gewesen, die rechtmäßig angetraute, nicht die, die es eigentlich sein sollte. Die Eigentliche wanderte über schneebedeckte Berge und entfernte sich mit jeder Sekunde ein Stückchen weiter von ihm, nicht, weil sie sich fürchtete vor dem Mohren, nicht Ana, die fürchtete sich nicht, aber sie war seiner überdrüssig. Sie ging ans Meer oder in die Berge. Das war ihre Art, sich von Unbequemem zu befreien. Er kam nicht los von dem Bild des Mohren, sah den armen, kleinen schwarzen Jungen vor sich, wie er grinsend die schneeweißen Zähne bleckte, die Augen weit aufgerissen in die Kamera schaute, verschreckt von dem Blitz oder verschreckt von seiner Situation, wie ein Äffchen bei Hofe gehalten zu werden.

Uwe Henning hasste sie.

Er griff zum Hörer und verlangte von der Sekretärin, sie solle ihn mit Sengelhoff verbinden.

Der Kanzler bemühte sich nicht einmal, verbindlich zu klingen.

»Was gibt's Neues?«, brüllte er in den Hörer.

»Kommt drauf an, was du meinst«, antwortete Sengelhoff zurückhaltend.

»Hör mit dem Scheiß auf, Peter«, knurrte Henning. »Du weißt genau, was ich meine.«

»Nichts Neues! Die Berglandschaft ist weitläufig, und sie scheint sich was vorgenommen zu haben.«

»Immer noch unterwegs?«

»Immer noch unterwegs, Uwe.«

»Sie kann mir schaden, Peter, sehr schaden. Sie weiß alles über mich. Sie kann mich fertigmachen.«

»Das ist nicht die Frage, Uwe. Ob sie dich fertigmachen will, darum geht es.«

Sengelhoff versuchte, ruhig zu bleiben, obwohl er sich einem Panikausbruch nie näher gefühlt hatte.

»Uwe, ich habe dir schon einmal diese Frage gestellt: Wird sie es benutzen? Kannst du mir darauf bitte eine Antwort geben. Wird sie dich fertigmachen?«

Der Kanzler zögerte, schwieg, Sengelhoff wartete, ebenfalls schweigend.

»Ja«, sagte Henning schließlich und legte dann hastig den Hörer auf, ohne ein weiteres Wort der Erklärung.

Danach sackte er kraftlos in seinem Stuhl zusammen; seine Hände zitterten. Er wusste selbst nicht, warum er sich plötzlich für diese Antwort, dieses »Ja« entschieden hatte. Natürlich würde sie ihm nicht schaden, wenn man davon absah, was ihr Verschwinden bei ihm anrichtete. Warum also hatte er »ja« gesagt? Was würde dieses »Ja« auslösen? Er versuchte, seine Hände zur Ruhe zu bringen, aber es gelang ihm nicht einmal, eine Tablette aus der Valium-Packung herauszubrechen, die er aus der obersten Schublade seines Schreibtisches zog. So weit war es mit ihm gekommen, dass er ein Beruhigungsmittel in Reichweite hielt. Und nun schaffte er es nicht, an die Pille heranzukommen. Wütend warf er die Packung zurück und knallte die Schublade zu. Mit einer heftigen Bewegung zog er den Aktenordner zu sich heran und begann erneut zu lesen. Die Buchstaben tanzten vor seinen Augen, verschwammen, setzten sich wieder zu Wörtern zusammen, die Wörter zu Sätzen, die er von vorn beginnen musste und nicht verstand, weil ein Name sich dazwischen drängte, ein Gesicht, eine panische Angst, dass etwas unbeschreiblich Furchtbares passieren könnte, während er wie gelähmt an seinen Schreibtisch gefesselt saß. Er musste nur den Hörer seines Telefons abnehmen, eine Verbindung zu Peter Sengelhoff verlangen.

Er tat es nicht.

PETER SENGELHOFF

Sengelhoff verschaffte sich zum wiederholten Mal einen Überblick über die Fakten. Auf einem Zettel schrieb er nieder, was sie gegen Ana Bentlow gesammelt hatten. Viel war es nicht. Den Ausschlag gab der Kontakt zu den Amerikanern. Die verdammten Amerikaner. Die Amis würden den Kanzler fertigmachen, wenn sie die Mittel dazu in die Hand bekämen. Die Amerikaner sicher mit Vergnügen, mit einem fetten Grinsen auf dem Gesicht. Sie würden dem deutschen Bundeskanzler ein Erster-Klasse-Begräbnis verpassen, wenn es in ihrer Macht stand. Er hatte ihnen zu viel Trouble verursacht.

Sengelhoff zerriss den Zettel in kleine Stücke und warf sie in den Papierkorb. Er griff zum Telefonhörer und wählte die Nummer von Klaus Bartels.

BARTELS

Es war kurz vor 6.30 Uhr, als Bartels die ersten Lebenszeichen in der Hütte bemerkte. Eine Tür flog auf, ein Mann brachte einen Müllsack zu einer Tonne. Sobald er die Hände frei hatte, rekelte der Mann die Arme in alle Richtungen. Er bückte sich und rieb eine Ladung Pulverschnee in sein Gesicht. Bartels hielt es ähnlich mit der morgendlichen Reinigung. Nach der Gesichtswäsche zog er das Hemd aus und massierte den Schnee auf den Oberkörper, bis die Haut rot wurde. Danach rubbelte er sich trocken. Ihm wurde einigermaßen warm. Nach dem Anziehen holte er einen Apfel und ein Schinkenbrot aus dem Rucksack. Er genoss sein Frühstück bei aufgehender Sonne. Die Hütte ließ er nicht aus den Augen. Das Rauchwölkchen über dem Schornstein dampfte nun stärker. Offensichtlich brutzelte dort unten jemand in der Küche ein Frühstück für die Bewohner. Bei dem Gedanken an heißen Kaffee regte sich Neid bei Bartels, der sich mit eiskaltem Tee aus seiner Thermoskanne zufriedengeben musste. Eiskalte Milch, eiskaltes Wasser – an wie vielen Morgen in seinem Leben hatte er sich damit begnügen müssen. Nach dem Tod der Mutter war der Vater mit dem Aufziehen des Sohnes in vielen Dingen überfordert. Ungeschickt in häuslichen Arbeiten ließ er ihn oft ohne ein anständiges Frühstück in die Schule gehen. Bartels sehnte sich plötzlich nach heißer Schokolade, nach den vielen Tassen heißer Schokolade, die er in seinem Leben nicht bekommen hatte. Manche Dinge konnte man nicht nachholen. Und wenn er dort unten im Tal 100 Tassen heiße Schokolade trinken würde, sie entschädigten ihn nicht für die vielen Male, die er ohne ein warmes Getränk im Bauch in den kalten Wintermorgen hinausging. Auf was für merkwürdige Gedanken brachte einen der Anblick eines Rauchfähnchens über einer verschneiten Berghütte, überlegte Bartels. Er hatte Lust, den Skizzenblock hervorzuholen, entschied sich aber dagegen. Seine Finger fühlten sich noch klamm an. Er würde keine zufriedenstellende Zeichnung hervorbringen. Mit Hüpfen und Kniebeugen verschaffte er sich Bewegung, und es gelang ihm, sich aufzuwärmen.

Gegen 8.00 Uhr tauchten zwei Leute vor der Hütte auf. Durch das Fernglas sah Bartels, dass es sich um seine zwei Tourengänger handelte. Er verspürte Erregung, ein Kribbeln in der Magengegend. Am Vorabend hatte er einen Anruf von Sengelhoff erhalten. Das war der Tag. Heute würde es passieren. Nur keine Hast. Er hatte mehrere Stunden Zeit, um die geeignete Stelle ausfindig zu machen.

ANASTASIA

Ana begrüßte den Morgen mit einem Jauchzen. Die Luft fühlte sich eisig an, aber die Sonne lugte über den Berg und tat ihr Bestes, ein wenig Wärme zu spenden. Wieder ein strahlender Tag, womit hatten sie sich das verdient?

»Das froagst«, lachte der Franz.

»Du hast recht, schließlich haben wir gestern Schwerstarbeit geleistet. Heute wird es auch nicht ohne ein Stück Schufterei abgehen«, meinte Ana und schnallte sich die Tourenski unter. Sie befestigte die Fangriemen und überprüfte, ob ihr Lawinenpiepser eingeschaltet war. Ordnung war nicht gerade ihre Stärke, aber für eine Tour bereitete man sich gewissenhaft vor. Das hatte sie gelernt. Sie hielt sich an diese Regel. Sie konnte einem Menschen das Leben retten.

SANDRO

Wenn er Ana in der Berghütte antreffen wollte, musste er sich beeilen. Sandro bereitete sich auf seine Skitour vor. Am nächsten Morgen wollte er früh starten. Er engagierte einen alten Tourenführer, den er seit 20 Jahren kannte. Toni hieß nicht nur Toni, er sah auch so aus. Mit seinem durch Kälte und Wind gegerbten Gesicht wirkte er wie mindestens 70, war aber erst 60. Sandro fand das Alter des Bergführers beruhigend. Je älter ein Tourengänger war desto besser. Fortgeschrittenes Alter durfte man als Zeichen dafür nehmen, dass der Mann in den Bergen nicht zu viel riskiert hatte. Die Draufgänger starben in jungen Jahren.

Seine Vorbereitungen wirbelten in einem Hotel, in dem jeder jeden kannte, Staub auf. Ein flüchtiger Bekannter, ein Fondsmanager, soweit Sandro sich erinnerte, bot an, ihn zu begleiten.

»Wir können uns mit dem Hubschrauber in die Berge fliegen lassen. Dann müssen wir nicht so weit laufen, um den guten Schnee zu erreichen«, schlug der Fondsmanager vor.

Das Hubschrauberangebot schreckte Sandro sofort ab. Nach seiner Erfahrung landeten Leute, die mit eigenen Jets anreisten oder Hubschrauber benutzten, früher oder später im Gefängnis. War so eine Faustregel. Er brauchte keine Zeugen auf seiner Expedition, und es reizte ihn nicht, mit einem lauten Hyperaktivisten und Heli-Protzer auf Tour zu gehen. Er lehnte dankend ab.

Sie starteten am nächsten Morgen gegen 7.00 Uhr. Toni war ein alter Hase und redete wenig. Beim Aufstieg beschränkten sich seine Kommentare während einer Verschnaufpause auf ein knappes »Ja, ja – so, so«, manchmal auf ein fröhliches »Joladihü« oder »Packen mias?« Sandro war es recht so. Bergwanderungen waren nichts für Schwätzer. Sie ließen das Dorf schnell unter sich. Bevor der Skizirkus begann, würden sie schon, im wahrsten Sinne des Wortes, über alle Berge sein. Wenn man auf Tour ging, wollte man keine Menschen sehen. Am Anfang schnaufte Sandro ein wenig. Toni brummelte, ohne sich umzudrehen:

»Bischt alt geworden, Graf! Soll i lieber das Altweibertempo gehen?«

»Nein«, antwortete Sandro mit knappem Atem, »passt schon. Ich komm rein.«

In der nächsten Stunde stiegen sie schweigend bergan. Gegen 8.00 Uhr kletterte die Sonne über den Gipfel und wärmte ihre Rücken. Zu der Zeit folgte Sandro problemlos seinem Führer. Vielleicht hatte Toni das Tempo unmerklich verlangsamt, oder Sandro fand allmählich den Rhythmus. So schlecht, wie gedacht, war seine Kondition nicht. Das überraschte ihn selbst, aber wahrscheinlich lebte er von den sportlichen Ertüchtigungen der Vergangenheit. Selbst einen alten Misanthropen wie Sandro Farinesi ließ die Schönheit der Natur nicht unberührt. In einem ersten Reflex versuchte er, das Glücksgefühl mit Zynismus abzutun, aber er merkte selbst, dass diese Haltung bei ihm Manie war. Sandro ermahnte sich, einfach zu genießen. Da sein Zynismus sich gegen Menschen richtete, vor allem gegen Menschen der sogenannten Gesellschaft, fiel es ihm nicht schwer, dem Zynismus zu entsagen. Er freute sich, dass der Helikopter-Mann nicht in der Nähe war. Das hätte den Tag verdorben. Er erinnerte sich an Norditalien, zu Hause, das Schloss an der Brenta, wie ihn sein Vater manchmal früh morgens geweckt hatte. In der Dämmerung waren sie auf die Pirsch gegangen. Der Vater war ein passionierter Jäger, der seinen Sohn früh für die Jagd begeistern wollte. Es gelang ihm nicht, aber Sandro folgte dem Vater trotzdem gern, besonders, wenn sie mit dem Boot durch die Sümpfe stachen, umgeben von Schilfgras, in dem die Vögel nisteten. Sandro liebte die Natur, aber als junger Mann war er aus dem Paradies verstoßen worden, verdammt dazu, in der Stadt zu leben. Wann hatte er gemerkt, dass etwas in der Familie nicht stimmte? Als die Mutter in die Provence zog, zu einem reichen Franzosen, oder als das Personal verschwand? Wie die Ratten das sinkende Schiff verließen sie nacheinander das Schloss. Wer weiß, wie lang sie nicht mehr bezahlt worden waren. Nur der alte Diener Fabio blieb, weil er nicht wusste, wohin und am Vater hing und mit ihm bis zum Ende in dem eiskalten Schloss hauste. Fabio servierte auch die letzte Flasche Wein, als der Vater, verarmt und verlassen von seiner Frau, bei einem Freund wohnte, weit entfernt in Schottland, weil er nicht mit ansehen wollte, wie sein Schloss in Windeseile zu einem Hotel mutierte. Sandro hasste seinen Vater nicht. Er war ihm nicht mal böse, obwohl er das Erbe des Sohnes verspielt und verschwendet hatte. Wie sollte man einen so liebenswürdigen Menschen hassen? Dieser Grandseigneur alter Schule war unglaublich kultiviert, aber fern aller Realität aufgewachsen. Er war nicht fähig gewesen, sich mit den Niederungen des menschlichen Daseins zu befassen, geschweige denn, einer Arbeit nachzugehen. Wahrscheinlich war er sogar zu kultiviert und elitär erzogen, um überhaupt etwas wirklich ernst zu nehmen. Nicht einmal den wirtschaftlichen Bankrott hatte er wahrhaben wollen, zumindest hatte er ihn nicht verstanden, obwohl es an frühen Mahnern nicht gefehlt hatte. In einem Punkt enttäuschte Sandro seinen Vater. Der Alte hatte sich einen Erben gewünscht, der dem Namen Farinesi neuen Glanz verleihen sollte. Dass Sandro dieser Erbe nicht sein würde, war ihm klar, aber er drängte seinen Sohn, zu heiraten und einen Nachkommen zu zeugen.

»Bevor ich sterbe, möchte ich einen kleinen Farinesi segnen«, forderte er pathetisch.

»Es wird nichts zu segnen geben«, antwortete Sandro nüchtern. »Die Farinesi haben ausgespielt. Mir reicht es, dass ich verächtlich auf mich selbst schauen muss. Ich führe das Leben einer Hure. Für ein paar Informationen verkaufe ich meine Seele und mache den Affen für dieses armselige Berliner Hofgesindel. Ich möchte nicht Zeuge eines weiteren Abstiegs werden. Wenn es nach mir geht, ist nun Schluss mit dem glorreichen Geschlecht der Farinesi.«

Mit diesen Sätzen bohrte er einen Dolch ins Herz des Vaters, der diesen Stich stumm ertrug, aber von da an keine rechte Freude mehr am Leben hatte. Sie sprachen nie wieder über das Thema, aber Sandro spürte bei jedem seiner Besuche, dass der Vater sich mehr und mehr von der Welt zurückzog.

Sie erreichten einen Bergkamm. Unter ihnen lag ein Schneefeld, das im Sonnenlicht glitzerte, als habe jemand über Nacht Millionen Diamanten verstreut.

»Das hab ich gehofft – Firn!«, freute sich Toni. »Das wird eine Abfahrt wie auf Pulverschnee – nur besser.«

Firnschnee bildete sich, wenn es am Vortag getaut hatte und es in der Nacht darauf fror. Wenn ein eisiger Hang bei den ersten warmen Sonnenstrahlen antaute, entstanden runde Eiskristalle, auf denen man ohne Anstrengung dahinglitt. Es gehörte eine genaue Kenntnis der Wetterlage dazu, um den Firn zu erwischen, der sich meist nur eine halbe Stunde auf einem Hang hielt, bis die Sonne zu warm strahlte und die vereiste Schneedecke taute. Dann brach man ein, was gefährlich werden konnte. Toni besaß eine Spürnase und fand sich meist zur richtigen Zeit am richtigen Ort ein. Er war in den Bergen zu Hause und kannte jeden Gipfel und jeden Hang im Umkreis von 100 Kilometern.

Toni machte einen kurzen Test, um zu sehen, ob der Schnee hielt. Dann rief er:

»Super! Packen mias?«

Sie stürzten sich in den Abhang hinein und schwebten über die Schneefläche. Sandro und Toni fuhren auf gleicher Höhe und machten ihre Bögen im gleichen Rhythmus. Es war wie Tanzen. Sie brauchten keine Minute bis hinunter, aber diese knappe Minute schenkte ihnen Freude pur. Sandro jauchzte. Mittlerweile hatte er den Grund für diese Skitour vergessen. Es war ihm wurscht, ob er Ana treffen würde oder nicht. Er wollte mit Toni weiter wandern und mehr solcher Hänge erobern, auf einer Hütte übernachten, in der es Eintopf, Bier und ein Matratzenlager gab. Toni würde das richten. Sie hatten sich auf eine zwei- oder dreitägige Unternehmung eingerichtet.

»Der Hang war ein kleines Zuckerl für dich«, grinste Toni. »Jetzt geht's wieder aufi. Da hinauf müssen wir.«

Mit seinem Skistock deutete der Führer auf einen Gipfel, dessen obere Hänge so steil abfielen, dass sich der

Schnee dort nicht hielt und grauer Fels zum Vorschein kam.

»Keine Angst, Graf, da musst nicht ganz hinauf. Wir gehen unterhalb des Gipfels auf die andere Seite hinüber. Also!«

Sie zogen die Jacken aus. Beim Anstieg würden sie ins Schwitzen kommen. Das störte Sandro nicht. Er fühlte sich fit und freute sich auf die Anstrengung. Auf der anderen Seite des Berges wartete die Belohnung. Diesmal wahrscheinlich eine Abfahrt im tiefen Pulverschnee, da der Nordhang zu der frühen Stunde im Schatten lag.

In dieser Berglandschaft gab es noch Einsamkeit. Ein einziges Mal begegneten sie einem Mann, der aber nur kurz mit dem Skistock herüberwinkte. Als Toni ihn befragen wollte, war er schon auf und davon. Das war seltsam. Wenn man in der Weite der Gebirgswelt auf einen Menschen stößt, hält man normalerweise an und tauscht Informationen aus. Ein merkwürdiges Déjà-vu-Gefühl durchzuckte Sandro bei dieser kurzen Begegnung, aber da der andere Tourengänger Mütze und Sonnenbrille trug und keinen Ton von sich gab, erkannte er sein Gesicht kaum und dachte nicht weiter darüber nach.

»Komischer Kauz«, bemerkte Toni. Eine Minute später hatten sie den einsamen Bergwanderer vergessen.

DAS UNGLÜCK

Sandro Farinesi und der Tourenführer Toni erreichten höchstens eine viertel Stunde nach dem Abgang der Lawine die Unglücksstelle. Als er vom Bergkamm aus die Lawine im Tal sichtete, befiel Sandro ein ungutes Gefühl, für das es eigentlich keinen konkreten Anlass gab. Eine Lawine zu dieser Jahreszeit war nichts Ungewöhnliches. Toni stellte nach einem kurzen prüfenden Blick fest, dass es sich um einen Neuabgang handelte. Ob die Schneemassen Menschen unter sich begraben hielten, konnten sie nicht sehen, aber es war eher unwahrscheinlich. Sandro blieb nicht so ruhig. Er wusste, dass Ana Bentlow irgendwo in dieser Bergregion unterwegs war. Das Wissen reichte ihm, um Panik in sich aufsteigen zu spüren. Er trieb Toni an, einen sicheren Weg nach unten zu finden.

Der erfahrene Bergführer ergriff sofort die richtigen Maßnahmen. Er arbeitete ruhig und professionell. Den Skilehrer entdeckten sie sofort, da ein Zipfel seiner roten Skijacke aus dem Schnee herausguckte. Zu zweit hatten sie ihn schnell befreit. Er war ohnmächtig, atmete aber. Mit dem Lawinenpiepser gelang es Toni, auch das zweite Opfer zu orten. Die Frau lag nur einen halben Meter unter der Schneedecke. Trotzdem kam für sie jede Hilfe zu spät.

Per Handy informierten sie die Bergrettung. Der Hubschrauber landete 30 Minuten später und barg die beiden Opfer.

Die Nachricht stand auf der ersten Seite der »Bild«-Zeitung:

»Tod in den Bergen«

Ein großes Foto von Ana Bentlow, dazu ein paar Zeilen. Das Aktuelle in Kürze mit Verweis auf die Seite 3. Dort nahm die Berichterstattung die ganze Seite ein.

»Die Tragödien der Bentlows«

Alles wurde aufgerollt: Petzi Bentlow, der tödliche Unfall beim Autorennen, Carlo Bentlows folgenschwerer Sturz vom Pferd und nun Ana Bentlow, beim Skilaufen, begraben unter einer Lawine. Vom Fluch, der über dieser Familie hing, war die Rede. Von der Waghalsigkeit und den rasanten Sportarten der Bentlows.

»Riskierten sie zu viel?«, stand dort in fetten schwarzen Buchstaben mit einem großen Fragezeichen. Viele Fotos von Ana: Ana beim Bobrennen in Sankt Moritz, Ana beim Drachenfliegen, das lag mindestens 20 Jahre zurück, aber das war der Zeitung egal. Sie hatten alles aus den Archiven gekramt, was sie finden konnten. Selbst als Besucherin bei einem Polospiel war sie abgebildet, obwohl sie sich seit dem Unfall ihres Bruders nie mehr bei diesem Sport blicken ließ. Das Foto musste also 30 Jahre alt sein –

untertitelt: Beim Sport musste es immer Extravagantes sein. Von dem Tourenführer war kaum die Rede. Er war schwer verletzt in ein Innsbrucker Krankenhaus eingeliefert worden, lag im Koma und konnte nicht befragt werden. Man bangte um sein Leben.

Uwe Henning las das alles, verstand es und verstand es auch nicht. Las das Wort »Tod« und konnte sich eine tote Ana einfach nicht vorstellen. Für den Tag sagte er alle Termine ab, simulierte eine fiebrige Erkältung und legte sich ins Bett. Er wusste, dass das ein Fehler war, selbst wenn wahrscheinlich niemand eine Verbindung zwischen Anas Tod und seiner Krankheit herstellte.

Im abgedunkelten Zimmer, auf seinem Bett liegend, überfiel ihn der Wahnsinn. Stundenlang wälzte er sich auf seiner Matratze herum und hatte wohl wirklich Fieber. In seinem Fieberwahn tauchte ihr Gesicht vor ihm auf. Kaum schloss er die Augen, starrte sie ihn an. Ana als junges Mädchen, als junge Frau, als seine Geliebte; das Bild der Geliebten ertrug er am wenigsten: ihr Gesicht bei der Liebe; die Erinnerung an ihren sinnlichen Blick, wenn er sie wirklich zum Höhepunkt gebracht hatte; an ihren Körper, der dann weich und nachgiebig zurück in die Kissen sank, an ihr zufriedenes Lächeln, ihre Hände, ihre Lippen, die er spielerisch auf seiner Haut spürte; ihr erstes Mal auf der Terrasse über der Stadt, wie sie an die Wand gepresst stand und gleichermaßen vor Wut und Erregung bebte; an ihre Leidenschaft, wenn sie sich an unmöglichen Orten liebten und wie sie sich in der Liebe öffnete, sodass er für Sekunden glaubte, sie nun wirklich zu kennen, bis sie sich beim Abklingen der Lust schloss und ihm erneut fremd und geheimnisvoll erschien und –

Portofino, ihre zärtlichste Zeit, in der Ana ihre schönsten Liebesworte auf Französisch in sein Ohr hauchte. »Weil das die Sprache der Liebe und der Zärtlichkeit ist«, sagte sie und flüsterte, den Kopf an seine Schulter gelehnt, sogar ein »Je t'aime, mon amour«. So lange erhofft und in deutscher Sprache nicht ein einziges Mal gehört. Nie hatte sie ihm gesagt »Ich liebe dich«, vielleicht in höchster Ekstase, wenn es nicht wirklich zählte. Und ihr Lachen, ihr wunderbares Lachen, das im Betrachter für einen Moment alle Sorgen löschte. In Portofino hatte sie gelacht wie in ihrer Kindheit: ausgelassen, den Kopf voller Unsinn, Anas Lachen. Sie hätten noch einmal nach Portofino fahren sollen. – Nie mehr, brüllte es in seinem Kopf, und er biss verzweifelt in seine Fäuste, hätte gern geschrien und geweint, aber seine Augen blieben trocken. Schließlich nahm er ein schweres Schlafmittel. Als er das nächste Mal erwachte, schien immer noch kein Licht durch die Vorhänge. Er schaute auf die Uhr. Es war erst 5.00 Uhr morgens. Er zwang sich, nicht mehr an Ana zu denken. Stattdessen sah er sich selbst, erinnerte sich an seine Kindheit, an all die Demütigungen, an die harte Arbeit für die Schule, für die Uni, im Studentenbund, in der Partei. Er dachte an all die Kämpfe, die er gewonnen und an manche, die er verloren hatte. An die Niederlagen, aus denen er manchmal mehr gelernt hatte als aus den Siegen. Er blickte zurück auf die Erfolge, die immer Opfer gefordert hatten, oft Menschenopfer. Nichts war ihm geschenkt worden, jeder Sieg durch harte Arbeit erkämpft, durch Verbissenheit, Ehrgeiz. Manchmal hatte er den Stolz unterdrücken müssen; hatte sich mit Gegnern verbündet und Feinde wie Freunde empfangen; verraten, gelogen und geheuchelt, aber am Ende gesiegt. Er hatte sich seinen heutigen Job verdient. Als er mit seinen Gedanken so weit war, dämmerte es gerade. Ich bin Kanzler und ich bleibe Kanzler! Dafür habe ich gekämpft und gearbeitet, dachte er zornig. Keiner wird mir das Amt nehmen!

Der Gedanke lullte ihn ein. Tatsächlich fiel er in den Schlaf, schlief tief und traumlos und erwachte gegen 8.00 Uhr morgens fieberfrei und erstaunlich frisch. Überrascht entdeckte er in sich ein Gefühl der Befreiung. Wie ein Albdruck hatten diese Bentlows auf ihm gelastet, sein ganzes Leben lang. Im Grunde hatte Ana Bentlow immer in einer Ecke seines Unterbewusstseins gelauert, hatte seine Taten und Untaten bewertet, seine Frauen geprüft, seine Kleidung, sein Benehmen, sein Aussehen, seine Entscheidungen. Er fühlte sich erlöst von der Last, vor ihr bestehen zu müssen. Daher rührte dieses plötzliche Gefühl der Befreiung. Dass Ana bei seinen Entscheidungen eine höhere Instanz gewesen war, eine Art Gewissen, das ihm nun fehlte, das ahnte er in diesem Moment nicht.

Um 9.00 Uhr betrat er sein Büro. Seine Sekretärin fand ihn ausgeschlafen und voller Tatendrang an seinem Schreibtisch vor. Seine schnelle Genesung überraschte sie. Sie brachte ihm Kaffee und die Zeitungen. Er ließ sich von ihr den Tagesplan vorlesen und machte den Eindruck, als könne er es kaum erwarten, an die Arbeit zu gehen.

PETER SENGELHOFF

Peter Sengelhoff musste nicht einmal eine Akte zuklappen. Es gab keine Akte »Ana Bentlow«. So hielt er es mit brisanten Fällen. Es gab keine Akte »Bentlow«, es gab keinen Fall »Bentlow«, keinen schriftlichen Vorgang, in dem dieser Name vorkam, nicht in seiner Behörde. Es gab auch keinen Klaus Bartels, also keinen Auftrag an einen Mann dieses Namens oder gar eine Geldüberweisung an einen Mann dieses Namens.

Sengelhoff las ebenfalls die Zeitungen, wusste, dass Klaus Bartels, der nicht existierte, saubere Arbeit geleistet hatte. Die Sache gab ihm keine Befriedigung. So sahen die unangenehmen Seiten seines Jobs aus, aber manchmal musste man Verantwortung übernehmen. Immerhin konnte er ruhiger schlafen. So dachte er.

KLAUS BARTELS

Klaus Bartels vergaß nie ein Gesicht. Er hatte den Journalisten bei der Begegnung in den Bergen erkannt. Allzu große Sorgen machte er sich nicht. Bartels war im Laufe seines Lebens zu der Überzeugung gelangt, selbst unsichtbar zu sein. Es gab keinen Klaus Bartels. Nach diesem Auftrag würde es nur einen Mann namens Simon Seidel geben, einen Künstler, Maler, Porträtisten, der in Italien lebte und ausstellte. Er wusste nicht, ob dieser Künstler der Versuchung widerstehen würde, die Skizzen zu verwenden, die er von einer gewissen Ana Bentlow gemacht hatte. Man würde sehen.

PETER SENGELHOFF

Drei Tage nach dem Unglück bekam Peter Sengelhoff einen Anruf des Kanzlers. Uwe Henning deutete an, dass er mit der Arbeit seines Innenministers unzufrieden sei. Es werde demnächst eine Kabinettsumbildung geben. Er wollte vorfühlen, ob Sengelhoff Interesse an dem Job habe.

Sengelhoff erbat sich 48 Stunden Bedenkzeit. Schon am nächsten Tag rief er beim Kanzler an und erklärte, dass er für den Posten bereitstehe.

NACHSPIEL

Die Beerdigung von Ana Bentlow war ein riesiges Spektakel, ein Treffen der europäischen High Society und ein gefundenes Fressen für die Journalisten der einschlägigen

Blätter, die es wenig interessierte, dass ehrlich Trauernde am Grab der Verstorbenen standen. Die Beerdigung fand nicht, wie viele erwartet hatten, in Hamburg statt, sondern in der Nähe von Travemünde, auf einem Friedhof, der zu dem Schlösschen gehörte, das die Bentlows dort besaßen. Sandro wusste nicht, ob das Anas Wunsch gewesen war. Schwer vorzustellen, dass Ana sich bereits Gedanken über ihre Grabstelle gemacht hatte. Das Familiengrab mitten im Grünen hatte ihr aber sicher gefallen, auch die Nähe zum Meer. Wenn man tief einatmete, roch man das Salz in der Luft. Den Paparazzi wurde kein Zutritt zu dem winzigen Friedhof gewährt, aber als die Trauergemeinde sich am Grab versammelte, beobachtete Sandro die Fotografen, die sich in den Ästen der umliegenden Bäume postiert hatten. Voller Sensationsgeilheit richteten sie ihre langen Objektive, die nicht nur den Obsessiven an Phallisches erinnerten, auf die Gesichter der Trauernden, in der Hoffnung, einen in Tränen aufgelösten Prominenten zu erwischen. Die letzten Worte des Pfarrers, das Defilee am Grab vorbei hin zu den nächsten Anverwandten, das Händeschütteln, Küsse und Umarmungen wurden vom Klicken der Kameraauslöser begleitet. In den Mittelpunkt des Interesses rückte noch einmal der Bruder der Verstorbenen, der zusammengesackt in seinem Rollstuhl am Grab seiner Schwester saß. Willkommene Beute für die Fotografen und Schreiberlinge, die bei dieser Gelegenheit erneut seinen Polounfall in den Zeitungen verwursteten, als gebe es nichts Schöneres für die von ihrem eigenen Leben gelangweilten Leser, als sich am Unglück der Schönen und Reichen zu ergötzen. Anas Söhne mussten beim Verlassen des Friedhofs von Bodyguards vor den Presseleuten geschützt werden. Manche der Trauergäste ließen sich ziemlich willig ablichten. Es waren viele dabei, die Ana nicht sehr nahe gestanden hatten, ihre Beerdigung aber als ein gesellschaftliches Ereignis ersten Ranges betrachteten, bei dem man nicht fehlen durfte.

Der Kanzler erschien nicht am Grab. Darüber wunderte sich Sandro nicht.

Das goldene Armband wurde übrigens mit Ana Bentlow begraben. Da man es nicht ohne Gewalt vom Handgelenk lösen konnte, gingen die Kinder davon aus, dass es ihr wichtig gewesen war, und so verblieb es an ihrem Arm, als man sie in den Sarg legte.

SANDRO FARINESI

In den ersten zwei Wochen nach dem Unglück kam Sandro Farinesi keine Minute zur Ruhe. Natürlich berichtete er, der beinahe Augenzeuge des tragischen Lawinenunfalls wurde, in seiner Zeitung. Weigern konnte er sich nicht, denn auf seinem Spesenkonto hatten sich erhebliche Summen angesammelt. Mit den täglichen Aufmachern auf der ersten Seite war er in der Lage, die Ausgaben zu rechtfertigen.

Nach der Beerdigung trat langsam Ruhe in dem Fall ein. Die Bentlows rückten auf die hinteren Seiten der Gazetten. Es lief eine andere Sau durchs Dorf. Sandro konnte durchatmen. Merkwürdigerweise erinnerte er sich erst dann wieder an den ursprünglichen Anlass für seine Bergtour. Das Lawinenunglück hatte ihn in einer Art Schockzustand zurückgelassen. Die Ereignisse davor schienen auf seiner Festplatte gelöscht, aber das war natürlich Quatsch. Sobald er zur Ruhe kam, begann sein Hirn normal zu arbeiten, die Erinnerung meldete sich zurück und mit ihr ein Unbehagen, das er zuerst nicht einordnen konnte. Es gab ein paar Ungereimtheiten bei diesem Lawinenunglück, die ihn nachts nicht schlafen ließen.

Anas Bergführer hatte überlebt, davongekommen mit einer schweren Gehirnerschütterung und ein paar Rippenbrüchen. Sandro besuchte den Mann, sobald die Ärzte in der Innsbrucker Uniklinik es genehmigten.

Die Schilderung des Bergführers Franz gaben Sandro Farinesi zu denken. Der Mann bestand darauf, oben am Hang einen Tourengänger gesehen zu haben. Er war überzeugt davon, dass der andere Bergwanderer die Lawine auslöste. Franz rätselte, warum der Mann ihnen daraufhin nicht sofort zur Hilfe eilte. Wahrscheinlich hätte das Anas Leben gerettet. Diese Aussage machte Franz auch der österreichischen Polizei gegenüber. Deren Nachforschungen ergaben nichts. Vielleicht glaubte die Polizei, dass sich der Skiführer von einer Schuld reinwaschen wolle. In der Nacht nach dem Unglück setzte ein Schneegestöber mit stürmischen Böen ein. Danach waren alle Spuren verweht.

Franz betonte Sandro gegenüber noch einmal, dass der Hang keinen gefährlichen Eindruck gemacht habe. Sie hätten ihn aber aus Vorsicht, wie in solchen Fällen üblich, einzeln durchquert. Er sei zuerst gegangen und deshalb nur von dem Ausläufer der Lawine erwischt worden.

Auf dem Rückflug von Innsbruck nach Berlin fiel Sandro die seltsame Begegnung mit dem Mann ein, der sie beim Aufstieg ungewöhnlich kurz gegrüßt hatte, nicht lange, bevor er mit Toni die Unfallstelle entdeckte. Er wunderte sich selbst, dass ihm dieses kurze Zusammentreffen entfallen war. Der tragische Unfall hatte viel Wirbel verursacht und ihn über 14 Tage durchgehend in Atem gehalten. Ihm fehlte einfach die Muße, die Einzelheiten dieses schrecklichen Tages zu rekapitulieren.

Im Flugzeug erstellte er eine Liste von Merkwürdigkeiten: Da war zuerst einmal der Mann, den Anas Bergführer Franz oben am Hang gesichtet hatte, vielleicht derselbe, der Sandros Weg kurz vor dem Entdecken des Unfalls kreuzte. Der Bergwanderer hatte sich ungewöhnlich benommen, hatte nicht angehalten, nicht gegrüßt, und der Mann war Sandro bekannt vorgekommen. Aber so sehr er sein Hirn marterte, ihm fiel nicht ein, wann oder wo er ihm begegnet war. Nächste Merkwürdigkeit: Anas Liebschaft mit dem derzeitigen Bundeskanzler, ein Mensch, den sie, soweit Sandro sie beurteilen konnte, eher hätte verachten müssen. Hinter diesen Punkt schrieb er in Klammern Irenes Namen. Er musste unbedingt mit Irene sprechen. Sie wusste mehr, als sie ihm verraten hatte, soviel war klar. Warum überhaupt war Ana in die Berge gegangen? Hinter diesen Punkt setzte er ein dickes Fragezeichen und unterstrich es zweimal. Ein Treffen, vielleicht mit dem Kanzler? Flucht vor ihm? Hatte jemand von der Reise gewusst? Die Söhne offensichtlich nicht. Er hatte mit dem älteren der beiden bei der Beerdigung kurz gesprochen. Warum hatte sie ihren Söhnen nicht Bescheid gegeben? – Merkwürdig, Ausrufungszeichen. Seine Liste enthielt nur ungeklärte Fragen. Es drängte ihn, ein paar Antworten zu finden.

Kaum in Berlin gelandet, rief er noch einmal den Skilehrer Franz an, der sehr kooperativ war, seit er gemerkt hatte, dass es Sandro darum ging, den geheimnisvollen Mann zu finden.

»Wie war er angezogen?«, wollte Sandro wissen.

»Komisch, dass Sie das fragen«, erwiderte Franz unsicher. »Er erschien mir wie ein Phantom, ein Gespenst. Ich dachte erst, ich hätte mich geirrt, aber ich sah doch deutlich, dass sich da oben ein Mensch bewegte. Ich konnte ihn nur deshalb schlecht ausmachen, weil der Kerl in Weiß gekleidet war. Völlig verrückt, wer läuft in weißen Klamotten im Schnee herum. Ich meine, man will doch gesehen werden.«

»Oder auch nicht«, überlegte Sandro und setzte den Punkt in Gedanken auf seine Liste der Merkwürdigkeiten. Er selbst erinnerte sich ebenfalls an einen weißen Overall, hatte sogar überlegt, ob ein Gebirgsjäger im Tarnanzug unterwegs sei.

Ansonsten holte er aus dem nach wie vor unter Schock stehenden Franz wenig heraus. Franz wusste nicht, warum sich Ana so plötzlich zu dieser Skitour entschieden hatte.

»Sie machte das anscheinend oft, liebte die Berge, die Einsamkeit, eine super Skiläuferin«, kommentierte er nur.

In echter Trauer traf Sandro Irene Wittenburg an. Sie fiel ihm um den Hals und schluchzte.

»Ich vermisse sie so«, jammerte Irene. »Ana war ein völlig anderer Typ als ich, wir waren grundverschieden, aber wirkliche Freunde. Wir kannten uns seit über 20 Jahren und haben ziemlich viel miteinander erlebt – jede Menge Spaß – und jede Menge Scheiße.«

Nachdem Sandro erklärte, dass es ein paar Ungereimtheiten im Zusammenhang mit Anas Tod gab, packte Irene aus, was sie wusste.

»Ich schreibe nur darüber, wenn ich eine Schweinerei entdecke. Ehrenwort!«, versprach er ihr. »Also, was war das für eine Geschichte mit dem Kanzler?«

»Im Grunde weiß ich nichts. Sie hat mit mir darüber nicht gesprochen, so war sie eben, diskret, verschwiegen. Sie hasste Tratsch und Klatsch. Ihre Liebschaften hielt sie geheim.«

»Und wieso wusstest du dann doch davon?«

»Ein reiner Zufall«, erzählte Irene. »Eines Tages, als ich bei Ana in der Berliner Wohnung hockte, stand er plötzlich in der Tür mit einem riesigen Blumenstrauß im Arm, ein Strauß roter Rosen. Ich glaube, darüber habe ich mich sogar mit ihr gestritten, so im Spaß. Ich sagte immer ›rote Rosen‹ und sie hielt dagegen ›rosa Rosen‹, weil sie die für unverfänglicher hielt. Er hatte einen Schlüssel für ihr Appartement. Man gibt ja einem Mann nicht den Schlüssel seiner Wohnung, nur weil er Bundeskanzler ist. Oder haben die jetzt schon freien Zutritt zu den Wohnungen der Bürger? Habe ich vielleicht eine Gesetzesnovelle verpasst?«

»Und dann?«

»Und – gar nichts. Sie stellte ihn vor und schob ihn

schnell zur Tür hinaus. Wenn du mich fragst, war er über beide Ohren in sie verliebt.«

»Wie hat sie denn die Sache erklärt?«, wollte Sandro wissen.

»Halt die Klappe, hat sie auf ihre charmante Art gesagt. Eigentlich war's das …«

»Du willst mir doch nicht erzählen«, unterbrach Sandro sie, »dass du dich mit dieser Aufforderung begnügt hast. Irene, ich kenne dich! Du bist doch vor Neugierde geplatzt.«

»Wahrscheinlich. Genau erinnere ich mich nicht. Es gab ein Geplänkel wegen ihres Wohnungsschlüssels in der Hand unseres Bundeskanzlers, aber sie wollte partout nicht darüber reden, auch nicht über die Rosen. Aber ein Blinder mit Krückstock konnte sehen, wie verrückt der Kerl nach ihr war.«

»Glaubst du, die Sache lief noch – ich meine, bis zu ihrem Tod?«

Es fiel Sandro immer noch schwer, sich Ana tot vorzustellen, obwohl er sie aus der Lawine ausgegraben hatte. Er hatte sogar versucht, sie zu beatmen, sie wiederzubeleben. Er war völlig erschöpft und verzweifelt neben ihr zusammengebrochen, als er einsah, dass er sich vergebens bemühte.

»Genau weiß ich es nicht.« Irene zögerte mit ihrer Antwort. »Aber bis vor Kurzem lief was. Ein Freund machte neulich eine Andeutung. Aber ehrlich gesagt – es klang skurril. Außerdem war der Gute sternhagelvoll und lallte schon, als er plauderte. Es tat ihm hinterher leid, dass er sich verplappert hatte. Er ist sonst wirklich ein Ehrenmann.«

»Erzähl! Alles kann wichtig sein. Und was nicht wichtig ist, streiche ich aus meinem Gedächtnis«, ermunterte Sandro die Freundin.

»Ich glaube, sie haben es im Garten unseres Staatsoberhauptes getrieben – Ana und der Kanzler, während eines Dinners.«

»Scheiße! Nicht wirklich!«

»Doch ehrlich! Es war ihm rausgerutscht – diesem Freund. Wie gesagt, kanonenvoll, aber es klang nicht gelogen. Warum sollte er so etwas erfinden? Ich glaube, er war selbst auf der Pirsch und ist in die beiden hineingestolpert.«

»Also total durchgeknallt, die zwei?«

»Scheint so. Ich sagte dir, er war völlig verrückt nach ihr. Und Ana, ich weiß nicht«, überlegte Irene, »ich trau es ihr zu. Mit Konventionen und Regeln hatte sie nie etwas am Hut. Sie war, wie soll ich sagen …«

»Unberechenbar?«

»Das auch, aber sie hatte zudem eine Art Arroganz. Sie akzeptierte einfach keine gesellschaftlichen Normen, stand vollkommen über den herkömmlichen Vorstellungen von Sitte und Anstand.«

»Und – glaubst du, dass sie ihn liebte?«, wollte Sandro von der Freundin wissen.

»Nicht mal das weiß ich«, gab Irene ehrlich zu. »Von ihrer Seite schien es mehr eine kurze, heftige Affäre zu sein, anders als bei ihm. Ich weiß doch, wie ein rasend verliebter Mann aussieht.«

»Dafür verbirgt er seine Trauer zurzeit aber sehr gut«, bemerkte Sandro sarkastisch.

»Was soll er tun, Sandro? Hand in Hand mit seiner Ehefrau am Grab der Geliebten stehen und bittere Tränen vergießen? Der Mann ist ein Profi.«

»Das kann man wohl sagen«, bestätigte Sandro.

Das Gespräch mit Irene Wittenburg brachte keine große Erleuchtung, aber vorerst sammelte Sandro Puzzlesteine und hoffte, dass sich irgendwann ein vollständiges Bild ergeben würde.

Bei Anas Bruder hatte Sandro Farinesi weniger Glück. Als er sich am Telefon mit seinem Namen meldete, knallte Carlo Bentlow einfach den Hörer auf. Einen Brief, in dem Sandro erklärte, dass am Tod seiner Schwester einiges ungeklärt sei, beantwortete er nicht. Von Freunden erfuhr Sandro, dass Carlo Bentlow überhaupt für niemanden mehr zu sprechen sei. Dieses erneute Unglück in seiner Familie habe ihn in totale Verzweiflung gestürzt. Die Schwester habe er vergöttert, ihren Tod verschmerze er nicht.

Die Liste der Merkwürdigkeiten wurde länger, aber auch nach Wochen gab es nur Fragezeichen hinter den einzelnen Punkten. Es wurden eher mehr Fragezeichen als weniger. Der Knackpunkt war der Mann, den der Skilehrer oben am Hang gesehen hatte. Gab es nur einen Mann oder waren es zwei gewesen? Diese Frage blieb genauso unbeantwortet. Immer wieder quälte Sandro sein Gedächtnis: Wo war ihm der Mann begegnet? Oder bildete er sich das nur ein? Langsam glaubte er das selbst. Vielleicht kam es zu diesen Déjà-vu-Erlebnissen, weil man ein ähnliches Gesicht im Fernsehen, in der Zeitung, vielleicht im Partygetümmel gesehen hatte.

Ein Zufall brachte ihm die erhoffte Erleuchtung. Eines Tages, auf dem Weg ins »Adlon«, klopfte ihm jemand von hinten auf die Schulter. Als Sandro sich umdrehte, blickte er in gleißendes Sonnenlicht. Genau wie damals, schoss es ihm durch den Kopf. Der Polizist, der ihn nach seinem Ausweis gefragt hatte – das war der Mann in den Bergen. 100 Prozent sicher war er sich nicht, denn sie hatten sich am Berghang nur flüchtig zugenickt. Außerdem hatte der Typ Brille und Mütze getragen. Aber Sandros Bauch gab grünes Licht und er besaß ein hervorragendes Personengedächtnis. Leute erkennen, gehörte zu seinem Beruf. Ana hatte also höchstwahrscheinlich unter Beobachtung gestanden. Aber unter wessen Beobachtung: Polizei, Bundesnachrichtendienst, Verfassungsschutz, eine von diesen westdeutschen Stasi-Behörden hatte sich für Ana Bentlow interessiert, aber welche? Verdammt, noch ein Fragezeichen.

Sandro selbst besaß keine Kontakte zu den Sicherheitsbehörden, aber dafür gab es Kollegen bei der Zeitung, die diese Drähte heiß hielten. Michael Denninger ging sozusagen ein und aus bei den Verfassungsschützern. Jedenfalls prahlte er damit. Etwas musste dran sein, denn er lieferte Geschichten, die ohne Informanten aus diesen Kreisen nicht entstehen konnten. Sandro lud Denninger zum Essen ein und köderte ihn mit der halben Wahrheit. Er bat ihn herauszufinden, ob Ana Bentlow seitens Verfassungsschutz oder einer anderen Behörde unter Beobachtung stand.

»Gib mir ein paar Tage Zeit. Wenn da was war, kriege ich es heraus«, versprach Denninger.

Die Sache stank. Davon war Sandro überzeugt, aber er stocherte dauernd nur im Nebel. Je mehr er stocherte, desto dichter wurde der Nebel, als ob irgendwo jemand saß und eine Nebelmaschine bediente. Außer Sandro interessierte sich keiner für die Aufklärung des Unfalls. Am wenigsten sein Chefredakteur. Für ihn war die Geschichte ausgeschlachtet.

»Wenn du was wirklich Sensationelles entdeckst, komm zu mir. Ansonsten stürz dich auf was Neues«, forderte er Sandro in dem bei der Zeitung üblichen rüden Ton auf. »Bring mir mal wieder einen geilen Minister, der mit einer schicken, möglichst minderjährigen Mieze im Pool planscht. Oder den Kanzler bei seiner Lieblingssportart.«

»Die da wäre?«, wollte Sandro wissen.

»Seitensprung!« Der Chefredakteur ließ ein dreckiges Lachen los und verschwand in seinem Büro.

Der Gag war uralt, aber Sandro fragte extra nach, um dem Chef die Gelegenheit für diesen Scherz zu geben. Jeden Tag eine gute Tat. Der Mann würde sowieso bald nichts mehr zu lachen haben. Die Auflage sank und damit der Stern des obersten Zeitungsmachers. Wenn nicht bald etwas geschah, musste der Gute demnächst seinen Hut nehmen. Der Stuhl des Chefredakteurs war ein Schleudersitz. Das wussten die jeweiligen Inhaber und die in der Schlange wartenden Anwärter. Dem Druck hielten die meisten nur mithilfe von Alkohol stand. Den derzeitigen Chef hatte Sandro bereits vor Monaten zur frühen Morgenstunde mit einem Glas – in Anführungsstrichen Wasser – erwischt, das verdächtig nach Gin roch.

Denninger kriegte nichts heraus.

»Ich hab' alle meine Quellen angezapft – nichts, nada, niente!«, berichtete er nach einer Woche. »Entweder da ist nichts oder der Fall ist so geheim, dass meine Kontaktleute nichts wissen. Ich vermute eher, dass wirklich keiner auf sie angesetzt war. Mein Informant hat den Computer durchforstet. Alles sauber.«

Sandro überzeugte das nicht. Wenn sie sie umgebracht hatten, würden sie nicht plaudern. Es war Quatsch, das zu hoffen, einen Versuch wert, aber im Grunde von Anfang an aussichtslos.

Denninger sah die Enttäuschung in Sandros Gesicht.

»Ich bleib dran an der Sache«, versprach er. »Der Verfassungsschutz ist nicht durchschaubar. Der Computer weiß nicht alles, die Angestellten wissen nicht alles. Es gibt viele Um- und Nebenwege, viele Mitarbeiter, die keine sind. Ich horche weiter herum. Gib mir Zeit. Vielleicht erfahre ich noch was.«

»Danke«, sagte Sandro.

Viel Hoffnung machte er sich nicht.

Sandro Farinesi hatte sich in diese Affäre verbohrt. Vielleicht kniete er sich das erste Mal in seinem Leben ernsthaft in etwas hinein. Es machte ihn wütend, dass er dabei gegen eine Betonwand lief. Er war in diese Sache hineingestolpert, er hatte Ana Bentlow gefunden, hatte die schöne Ana tot aus der Lawine geborgen. Irgendwie fühlte er sich verantwortlich für sie. Er wollte diesen Tod aufklären. Sandro merkte selbst, dass es ihm nicht nur um Gerechtigkeit oder Wahrheit ging. Es steckte mehr dahinter. Vielleicht war es der Kampf gegen eine neue Welt, in der Leute wie er und Ana mit ihren Werten und Vorstellungen nichts mehr zu suchen hatten, weil andere, Emporkömmlinge, sich darin breitmachten. Ein letztes Aufbäumen der alten Welt. Und wenn schon! Er glaubte, er sei Ana etwas schuldig – Ana und sich selbst.

Auf dem Bundespresseball stand Sandro dem Kanzler plötzlich Auge in Auge gegenüber. Zu später Stunde drängten sich die letzten Gäste an einem Bartresen. Sandro und der Kanzler standen per Zufall Rücken an Rücken und drehten sich per Zufall gleichzeitig um. Ein Ausweichen war nicht möglich. Sie kannten sich – seit Jahren. Sandro war lange genug in der Politszene unterwegs. Als Parasit, so sahen es manche. Der Vorwurf traf ihn oft genug. Immer, wenn Journalisten unbequem wurden, waren sie die Parasiten. Tatsächlich lebten Politik und Journalismus eher in einer Symbiose. Man brauchte sich. Die Politiker, auch wenn sie es nicht zugaben, litten unter Entzugserscheinungen, sobald sie von den Zeitungen ignoriert wurden. Selbstverständlich suchten die Journalisten die Nähe zum Kanzleramt und den Ministerien, um an die heißen Informationen zu kommen. Das war der Job.

Das Grinsen des Kanzlers, das sogar freundlich sein sollte, gab Sandro Farinesi den Rest. Die Verzweiflung über Anas Tod, das Misstrauen, das er seit Wochen hegte, seine Erfolglosigkeit im Beweisen einer Verschwörung – alles brach im Moment der Begegnung mit dem Mann, den er für den Schuldigen hielt, aus ihm heraus. Ihm war nicht danach, sich vorsichtig oder diplomatisch zu verhalten, er war auch zu angetrunken dafür.

»Wie geht's?«, fragte der Kanzler gut gelaunt. Wenn es nötig war, konnte er auf Knopfdruck gut gelaunt sein. So ein Mensch lebte im dauernden Wahlkampf.

»Ziemlich schlecht«, antwortete Sandro mit finsterem Gesicht. »Ich habe vor nicht allzu langer Zeit eine Freundin aus einer Lawine geborgen. Sie war tot.«

»Ich habe davon gehört«, antwortete der Kanzler und versuchte, sein fröhliches Wahlkampflächeln auf ein der Situation angemessenes Maß herunterzudimmen.

Sandro sah, dass der Regierungschef sich in seiner Haut nicht wohlfühlte. »Sie kannten sie?«, fragte er nach.

»Flüchtig!«, antwortete der Kanzler knapp. Sein Blick suchte nach einem anderen Gesprächspartner.

Obwohl es Sandro zuwider war, den Mann anzufassen, hielt er ihn am Arm fest und fixierte ihn hart.

»So flüchtig, dass Sie einen eigenen Schlüssel für ihr Appartement besaßen oder so flüchtig wie im Garten des Bundespräsidenten? – Es ist etwas faul an Ana Bentlows Tod, und ich werde es herausbekommen. Seien Sie sicher.«

Sein Verhalten war unvorsichtig. Das wusste Sandro, aber es war ihm egal – scheißegal.

Sandro ließ seinen Gesprächspartner nicht aus den Augen. Bei der Erwähnung von Anas Namen beobachtete er das Zucken in dessen Gesicht, meinte, auch ein Zittern der Hände zu sehen. Er war sich sicher, dass er ihn voll erwischt hatte. Insgesamt hielt Uwe Henning sich ganz gut. Ein Profi, hatte Irene gesagt. Sie hatte recht. Trotzdem hatte Sandro ihm einen Tiefschlag versetzt. Er fühlte sich in seinem Verdacht bestätigt.

Der Kanzler hielt seinem Blick lange stand. Dann schüttelte er Sandros Hand ab, drehte sich um und schnappte sich einen Abgeordneten, den er mit einem lockeren Scherz zu einem Drink einlud.

»Ich krieg's raus«, betonte Sandro ein zweites Mal laut und erregt, obwohl er in den Rücken des Kanzlers sprach. Danach wandte er sich angewidert ab und verließ den Ball.

Die Kündigung seiner Zeitung kam nicht sofort. Es sollte nicht aussehen, als ob es einen Zusammenhang mit dem Vorfall auf dem Bundespresseball gebe, aber Sandro wusste, wie solche Dinge liefen. Ein intimes Gespräch mit dem Chefredakteur, ganz freundschaftlich, dann die Androhung, man werde die gute Zusammenarbeit ein wenig offizieller gestalten, Liebesentzug! Keine Flüge mehr in der Kanzlermaschine, in der nur eine Handvoll Journalisten mitgenommen wurden, wenn der Kanzler auf Auslandsreisen ging. Der Abgestrafte musste mit einer Verkehrsmaschine hinterherzuckeln, abgeschnitten von den informellen Gesprächen in kleiner Runde. Natürlich machte der Kanzler sich nicht selbst die Hände schmutzig. Für solche Jobs gab es Leute: Pressesprecher, Referenten, ein Arsch fand sich immer für die Drecksarbeit. Es gab viele Möglichkeiten, einer Zeitung den Hahn zuzudrehen, die Journalisten an der ausgestreckten Hand verhungern zu lassen. Nichts, worüber man sich offiziell beschweren konnte. Es blieb dem Kanzler überlassen, wen er in seiner Maschine mitnahm und wem er ein Interview gab. Das war sein gutes Recht.

Der Chefredakteur persönlich rief Sandro zu sich ins Büro. Die Kündigung der Zusammenarbeit lief unter fadenscheinigen Gründen: zu hohe Spesen, zu fette Honorare, die Zeitung müsse sparen. Sandro hörte gar nicht hin. Er wusste, was da lief. Es wunderte ihn nicht, dass er zwei Wochen später eine dicke Exklusivgeschichte eines sonst erfolglosen Kollegen im Blatt entdeckte:

»Beim Kanzler zu Hause!«

Eine Homestory! Mit solchen Ködern wurde Gefälligkeit gefischt. Der Kanzler gewährte zum ersten Mal einem Journalisten Einlass in sein Reihenhaus in Hamburg-Othmarschen, tätschelte für die Kamera den Kopf seines hässlichen Boxers, ließ sich willig, Arm in Arm mit seiner Ehefrau auf dem Sofa sitzend, fotografieren. Vögelt beim Bundespräsidenten mit einer anderen herum und spielt »heile Welt« für die Zeitung – Sandro hätte kotzen können. »Ich bin nicht fertig mit dir – du Arschloch«, schwor er.

Für Sandro Farinesi war die Kündigung kein großes

Drama. Es gab genug Drecksblätter, für die er schreiben konnte. Sie klopften seit Jahren bei ihm an, da kaum ein Journalist so viele Türen in Berlin öffnen konnte wie der Graf Farinesi. Die Kanzler und Minister kamen und gingen, die Regierungsparteien wechselten, Sandro blieb und schrieb. Nun also für ein paar Illustrierte. Ihm war es wurscht, wem er seine Scheiße verkaufte.

PETER SENGELHOFF

Es entging Peter Sengelhoff nicht, dass der Journalist weiter in der Geschichte um Ana Bentlows Tod wühlte. Er hätte es vorgezogen, wäre das Gras schneller über die unselige Angelegenheit gewachsen. So konnte er wieder nicht ruhig schlafen. Es war ein verdammter Scheißzufall gewesen, dass dieser Zeitungsschnüffler kurz nach dem Lawinenabgang an der Unfallstelle auftauchte, aber zu großer Beunruhigung gab es trotzdem keinen Grund. Keine Spuren deuteten auf eine Verwicklung des Verfassungsschutzes. Bartels arbeitete sauber – zuverlässiger Mann! Und schließlich war es ein Glücksfall, dass er, Sengelhoff, nun bald ins Innenministerium wechselte. Nun doch Minister. Der Gedanke befriedigte ihn. Sein Nachfolger im Amt konnte mit gutem Gewissen der Welt gegenübertreten. Die Akten des Verfassungsschutzes waren clean.

SANDRO FARINESI

Etwa drei Monate nach Anas Tod herrschte Unruhe in den Reihen der Regierungsbank. Die nächsten Bundestagswahlen standen in einem Jahr bevor. Die Mannschaft hatte sich lange nicht mehr in Bestform präsentiert. Also Kabinettsumbildung. Das verursachte Aufregung in den betroffenen Parteien und bei den Journalisten, die darüber berichteten. Zu den aufmerksamen Beobachtern gehörte auch Sandro Farinesi, der sich allerdings wenig mit der politischen Einschätzung befasste. Er kümmerte sich um die Biografien der Leute, der kommenden und der gehenden, sammelte Anekdoten und Geschichtchen, möglichst Privates aus dem Leben der Damen und Herren, die nun an der Reihe waren, berichtete über ihre Karrieren, ihre Familien, ihre Vorlieben und Abneigungen.

Nirgends wurde so viel gelogen wie bei den Zeremonien, die entlassenen Ministern zur Verabschiedung zustanden. Es wunderte den aufmerksamen Zuhörer, warum man Leute mit einer solchen Erfolgsgeschichte nicht weiterarbeiten ließ. Mit wärmsten Worten und überschwänglichem Lob schickte man sie in die Wüste, besser gesagt, in eine Oase. Nett war zum Beispiel der Auswärtige Ausschuss. Man konnte in seinen letzten Abgeordnetenjahren ein bisschen herumreisen, ein Paradies für gefallene Engel. Oder ein Pöstchen in Europa: hoch dotierte Jobs mit Ansehen und hübschen Reisezielen. Die Parteien ließen ihre mehr oder weniger verdienten Mitglieder nicht darben. Sie sorgten für ihre Schäflein wie eine Mutter für ihre Kinder – natürlich nur für die braven Kinder.

Bei der Kabinettsumbildung wurde wie immer »Bäumchen wechsle dich« gespielt, zwei mussten das Spielfeld verlassen. Es traf den Verteidigungs- und den Innenminister, der sich ein paar grobe Schnitzer in der Sicherheitspolitik geleistet hatte. Zu seinem Nachfolger wurde der Präsident des Verfassungsschutzes gekürt, an sich keine ungewöhnliche Wahl. Sandro Farinesi fiel nur auf, dass der Kanzler wieder einmal einen alten Buddy begünstigte. Diesmal traf es einen, den er aus Studentenzeiten kannte. Mit der Biografie des zukünftigen Ministers war Sandro gut vertraut. Wirklich misstrauisch machte ihn der Vorgang nicht, da die Postenschieberei zum Berliner Alltag gehörte. Die Sache erinnerte ihn nur daran, wie nah sich Kanzler und oberster Verfassungsschützer standen. Er setzte den Punkt auf seine Liste der Merkwürdigkeiten.

In den folgenden Monaten gab es keinen Tag, an dem Sandro nicht an Anas Tod dachte. Er fand nicht immer die Zeit, mit seinen Recherchen fortzufahren, aber oft zog er seine Checkliste hervor und hoffte, dass ihm beim Anblick der Fragezeichen eine Erleuchtung kommen würde. Manchmal saß er mit geschlossenen Augen in einem Flieger und überlegte, wie er den geheimnisvollen Mann aufspüren könnte. Denn Kamerad Zufall würde ihm nicht noch einmal zur Hilfe eilen.

Die größte Überraschung brachte ein Besuch in Hamburg. Sandro war für Recherchen dort und arrangierte eine Verabredung mit Anas Sohn, der ihn in die Familienvilla an der Alster einlud. Der weiße Prachtbau strahlte Verlassenheit ab. Alles wirkte gepflegt, der Garten vom Laub befreit, der Rasen geschnitten, die Fassade frisch gestrichen und trotzdem fehlte etwas. Man spürte, dass das Haus nicht ständig benutzt wurde. Ein Hausmädchen ließ ihn in die großen Gesellschaftsräume der unteren Etage ein. Alles dort war ordentlich und penibel sauber, aber es fehlten auch hier die Anzeichen von Leben. Es lagen keine Zeitungen herum, keine Brillen oder sonstige persönliche Gegenstände. Es roch zu sehr nach Putzmitteln und zu wenig nach Mensch. Als Anas Sohn ihm in dem riesigen, mit rötlichbraunem Parkett ausgelegten Raum entgegenkam, wirkte der junge Mann verloren. Schon auf dem Friedhof war Sandro aufgefallen, wie sehr Marco seiner Mutter ähnelte. Erneut erschreckte ihn das, als ob Ana in einer anderen Inkarnation vor ihm stehe, eine männliche Ausgabe ihrer selbst: dieselbe große nach unten gebogene Nase, der volle Mund und die Augen, Anas Augen, beredte Augen, die man nicht beschreiben konnte, weil sie in jedem Moment etwas anderes ausdrückten. Man sah, dass der Mitte 20-Jährige litt. Seine Verlassenheit rührte Sandro tief. Es kam ihm der Gedanke, dass Marco nur deshalb in das Gespräch eingewilligt hatte, weil er gern über seine Mutter sprechen wollte.

Wie unter Standesgenossen üblich, duzten sie sich sofort.

»Suchst du noch immer nach dem Mörder meiner Mutter?«, fragte Marco.

»Sagen wir mal so«, antwortete Sandro vorsichtig, »ich bin nicht überzeugt, dass sie wirklich einem Unfall zum Opfer fiel.«

»Warum?«

»Es gibt zu viele Unstimmigkeiten. Unter anderem gab es mindestens einen Mann zu viel am Hang«, erklärte Sandro. »Der Skilehrer deiner Mutter hat kurz vor dem Lawinenabgang oben am Berg jemanden gesehen. Merkwürdig ist, dass der Mann ihnen nicht zur Hilfe eilte.«

»Ist das wahr?«, fragte Marco mit Zweifel in der Stimme.

»Ja – und das Seltsame ist, dass ich kurze Zeit später auch einem Mann begegnet bin, der uns kaum grüßte und es offensichtlich ziemlich eilig hatte.«

»Wer könnte Interesse am Tod meiner Mutter haben?«

Sandro zögerte mit der Herausgabe weiterer Informationen. Was konnte er dem jungen Mann zumuten? Er entschloss sich dann aber doch, zumindest mit einem Teil der Wahrheit herauszurücken.

»Deine Mutter hatte einen Liebhaber.«

»Und der könnte der Mörder sein?«

»Nicht direkt, aber er war sehr prominent. Wusstet ihr von ihm?«, wollte Sandro wissen.

»Nein – keine Ahnung. Wer war er?«

»Ich möchte den Namen im Moment lieber nicht nennen.«

»Hat sie sich mit ihm in den Bergen getroffen? Mein Bruder und ich waren nämlich erstaunt, als wir sie an ihrem Geburtstag anriefen. Sie war so vage, sagte, sie sei auf Reisen, wollte aber nicht preisgeben wo und wie. Es war merkwürdig. Auf der anderen Seite machte sie oft spontane Trips. Darum waren wir nicht sehr überrascht«, erzählte Marco. »Es war ihr 50. Geburtstag, und mein Bruder und ich überlegten, ob sie ein Problem damit hatte und sich verkrümeln wollte.«

»Also hat sie euch nicht verraten, wohin die Reise ging?«

»Nein.«

Sandro schaute sich in dem schlicht, aber elegant und wertvoll ausgestatteten Raum um, bewunderte die drei Expressionisten an der Wand, einen Monet erkannte er. Bei den Zeitgenossen an der gegenüberliegenden Wand musste er raten: das eine vielleicht ein Jackson Pollock, einen Sam Francis meinte er zu identifizieren. Die Bilder waren vollkommen Ana – wild und voller Farbe. Er wanderte zum Fenster und schaute auf die Alster.

»Ein wunderbarer Platz«, sagte er anerkennend. »Werdet ihr hier wohnen?«

»Keine Ahnung – vielleicht irgendwann. Ich bin nicht sicher, ob der Ort eine glückliche Aura hat.« Traurig schaute Anas Sohn sich in dem Raum um. »Vielleicht liegt wirklich ein Fluch auf unserer Familie – all die Unglücke! Man wird ein wenig unsicher. Vielleicht sollten wir das alles hinter uns lassen – mein Bruder und ich. Wir werden bald einen amerikanischen Pass haben.«

»Gratulation – das ist doch gar nicht so einfach?«

»Nein«, bestätigte Marco. »Es hat meine Mutter viele langweilige Essen beim Botschafter gekostet. Wahrscheinlich hat sie dafür heftig mit ihm flirten müssen. Wir könnten also nach Amerika umsiedeln. Aber leicht wird das nicht. Natürlich hänge ich an all dem hier.«

»Bist du hier aufgewachsen?«

»Ja. Für mich war es eine schöne Zeit in diesem Haus, aber vielleicht trennen wir uns trotzdem davon.« Marco wirkte unsicher, als er das sagte. »Im Moment geht es sowieso nicht. Es wohnt eine Großtante hier. Die können wir nicht einfach entwurzeln.«

»Ist denn Ana – ist deine Mutter hier aufgewachsen?«

»Das ist sie – und ich glaube, sie hatte eine glückliche Kindheit in diesem Haus.« Marco trat ans Fenster und deutete auf die Nachbarvilla. Plötzlich grinste er verschmitzt. »Da, in dem Prachthaus, ist übrigens unser derzeitiger Bundeskanzler groß geworden. Sollte man nicht meinen, was?«

Fassungslos starrte Sandro auf die riesige Villa, die an die der Bentlows angrenzte.

»Das ist nicht wahr? Ein waschechter Proletarier in diesem Edelschuppen?«

»Doch! Seine Familie hat aber nur zwei Zimmer im Souterrain bewohnt. Die Eltern waren Hauswarte oder so was Ähnliches. Meine Mutter hat erzählt, dass sie als Kind oft mit ihm gespielt hat. Er sei sehr nett und lustig und sehr schlau gewesen. Ich glaube, sie sind sogar zusammen zur Schule gegangen.«

Es brauchte ein wenig Zeit, bis Sandro diese Information verarbeitet hatte. Er war sich nicht einmal sicher, ob sie für seine Recherchen eine Rolle spielte. Er wusste nur, dass er einen weiteren Punkt auf seine Liste der Merkwürdigkeiten setzen musste.

»Und du willst mir wirklich nicht sagen, wer dieser geheimnisvolle prominente Liebhaber war?«, fragte Marco mit prüfendem Blick.

»Lieber nicht«, antwortete Sandro zurückhaltend.

»Vielleicht eben dieser Bundeskanzler?«

Er hatte den Jungen unterschätzt.

»Wie kommst du darauf?«

»Du sahst eben für einen Moment aus, als gehe bei dir eine Lampe an«, lachte Marco fröhlich und wirkte endlich wie ein junger Mann in den 20ern.

»Und – könntest du dir das vorstellen?«, fragte Sandro.

»Nein, aber was heißt das schon?«

»Weil deine Mutter eben sehr unberechenbar war?«

»Nicht für uns. Für uns war sie der Fels in der Brandung. Sie war immer für uns da. Mag sein, dass sie für andere nicht berechenbar war. Sicher nicht für Männer. Meinen Vater hat das wahnsinnig gemacht. – Du kanntest sie doch als Freund. Vielleicht weißt du mehr?«

Neugierig wartete Marco auf eine Antwort. Sandro wollte den Jungen nicht enttäuschen, aber es fiel ihm schwer, Worte zu finden, die nicht falsch klangen.

»Warst du in sie verliebt?«, bohrte Marco weiter. »Genier dich nicht. Ich kenne viele, die in sie verliebt waren.«

»Ich glaube, dass ich mal in sie verliebt war. Leider verachtete sie mich.«

»Sie war ein wahnsinniger Snob – nicht wahr? Es würde mich wundern, wenn sie diesen Bundeskanzler nicht verachtet hat«, überlegte Marco. »Aber wer weiß! Wenn sie sich von früher kannten. Nur, wieso sollte er sie umbringen lassen?«

»Ich weiß es nicht, aber ich bin noch nicht am Ende meiner Nachforschungen.«

Nach einem Termin in München machte Sandro einen Abstecher nach Innsbruck. Er war dort mit dem Kommissar verabredet, der die Untersuchungen in Anas Fall geleitet hatte. Immerhin gab es nach der Aussage ihres Skilehrers einen Anfangsverdacht.

Sandro verstand sich gleich gut mit dem Kommissar, einem Tiroler mit italienischer Mutter. Sie sprachen Italienisch und fühlten sich dadurch verbunden. Der Kommissar bestätigte, dass es ein paar Auffälligkeiten gegeben habe. In Anas Gepäck sei zum Beispiel ein Handy mit Prepaid-Karte gefunden worden. Ein anderer Chip mit der Nummer, die sie üblicherweise nutzte, sei ebenfalls aufgetaucht, von ihr aber seit München nicht verwendet worden.

»Sie hatte eine Menge Bargeld dabei. Ebenfalls seit München setzte sie ihre Kreditkarte nicht mehr ein, obwohl das eigentlich praktischer gewesen wäre. Hotel und Skischule – beides mit Bargeld bezahlt«, erklärte der Kommissar. »Alles sehr merkwürdig. So etwas machen Leute, die verschwinden wollen.«

»Und der Mann, den der Skilehrer gesehen hat?«, wollte Sandro wissen.

»Keine Spur! – Es gab keinen Grund, weiter zu ermitteln. Ich hatte eher den Eindruck, als ob sich einer von jeglicher Schuld reinwaschen wollte. Der mysteriöse Mann kam mir vor wie ein Phantom dieses Franz …, wie hieß er gleich?« Der Kommissar schaute in seine Akten. »Franz

Hasenwanter. – Ja, tatsächlich, der geheimnisvolle Unbekannte. Wie im Krimi.«

»Nicht ganz«, verbesserte Sandro den Kommissar und erzählte ihm von der Begegnung, die er und sein Skiführer Toni kurz nach dem Lawinenunglück hatten.

»Ich stand unter Schock, sodass ich dieses komische Zusammentreffen völlig vergaß. Später fallen einem die Einzelheiten nach und nach ein. Ich komme von der Sache nicht los.«

Der Kommissar machte sich ein paar Notizen und versprach, die Fahndung nach dem Mann wieder aufzunehmen. Sandro bedankte sich für das Gespräch und verließ Innsbruck mit dem Zug nach München, von wo sein Flieger zurück nach Berlin ging.

»So etwas machen Leute, die verschwinden wollen.« Dieser Satz des Kommissars ging ihm nicht aus dem Kopf. Hatte Ana tatsächlich verschwinden wollen und warum? Hatte sie einen Verdacht, ein Misstrauen gehegt?

Die Bundestagswahlen wurden zu einem Siegeszug für die Regierungsparteien. Die Opposition stimmte ein großes Wehklagen an, beschwerte sich über Wahllügen und Wählertäuschung. Am Ende war sie für das Debakel selbst verantwortlich. Ihr Kanzlerkandidat galt selbst bei den eigenen Parteigängern für nicht wählbar.

Als die Hochrechnungen stabil genug waren, krochen die Parteivorsitzenden aus ihren Löchern – die einen frohlockend, die anderen geknickt. Alle bedankten sich bei den Wählern. Das war das Ritual. Dann lobten sie ihr einfach überzeugenderes Programm, die bessere Mannschaft, mit der man angetreten sei und so weiter. Sandro ermüdete dieses, sich alle vier Jahre wiederholende Prozedere. Hasserfüllt starrte er auf den Fernsehapparat, in dem gleich der Kanzler erscheinen würde. Er musste nicht lange warten. Uwe Henning präsentierte sich dem Volk in Siegerpose, lächelte triumphierend in die Kameras von ZDF und ARD, von RTL und Sat1.

»Ich erwische dich!«, brüllte Sandro dem Mann auf dem Bildschirm entgegen. »Irgendwann erwisch ich dich! Und wenn es ein Leben lang dauert.«

Sandro verlor völlig die Fassung, als der alte und neue Kanzler anfing, von seinen Verdiensten zu sprechen, von all den segensreichen Gaben, die er an das Volk verteilt habe, von den Erfolgen der Regierung, die ihre Arbeit nun in diesem Sinne fortsetzen könne. Sandro goss sich ein großes Glas Whisky bis oben hin voll. In wenigen Zügen kippte er den Inhalt hinunter. Ohne Alkohol war dieser Mensch nicht zu ertragen. Der Alkohol steigerte seine Aggressivität.

»Du bist ein Mörder!«, schrie er. »Du hast sie auf dem Gewissen. Und wenn ich dir das nicht beweisen kann, krieg ich dich mit was anderem dran. Du wirst über die Affäre mit einer kleinen Tippse stolpern, Sex oder Korruption, such es dir aus, aber ich mach dich auf jeden Fall fertig.«

Es gelang Sandro nicht, die Zusammenhänge um Anas Tod aufzuklären. Alle Beweise schienen in einem schwarzen Loch verschwunden zu sein, versenkt von wem auch immer. Als er das einsah, machte er sich an Plan B. Plan B gärte bereits länger in seinem Hinterkopf, nahm aber konkrete Formen an, als es ihm nicht gelang, den Kanzler mit Anas Tod in Verbindung zu bringen.

Sandro besaß einflussreiche Freunde. Es wurde Zeit, sie

einzuschalten. Er begann mit Irene und Louis Wittenburg. Sie verfügten über Geld und über Beziehungen, deutsche und internationale. Auf Louis' Jagden versammelte sich alles, was eine Rolle in Wirtschaft und Politik spielte. Dazu gehörten engste Vertraute aus der Waffenindustrie mit all ihren Kontakten in die Exportländer. Irene stand sowieso auf seiner Seite, und Louis überzeugte er davon, dass diese Regierung nicht eine weitere Legislaturperiode am Ruder bleiben durfte. Irenes Mann brauchte eine Nacht, um darüber nachzudenken. Danach war er mit von der Partie. Sandro unterbreitete seinen Plan in groben Zügen. Gemeinsam feilten sie daran herum, schmiedeten ein nach allen Seiten abgesichertes Komplott. Louis zog die Fäden. Wen er im Einzelnen einspannte, erfuhr Sandro nicht und sollte es nach Louis' Wunsch auch nicht erfahren.

Am Ende schlitterte der Kanzler in eine Affäre hinein, die sich um Waffenexporte in nicht genehmigte Länder drehte. Er war völlig schuldlos. Das war das Beste. Zu seinem Pech ließen sich einige hohe Regierungsbeamte, dabei ein Minister, ihre wohlwollende Beurteilung des Geschäftes vergüten. Beraterverträge, Sachleistungen, einer ließ sich ein nettes Häuschen bauen, Geldzuwendungen flossen. Louis stellte sicher, dass es ein paar gut zu verfolgende Zahlungen auf Schweizer Konten gab, die über die Bentlow'sche Bank in Hamburg getätigt wurden. Dabei hatte Marco, den Sandro mit ins Boot holte, seine Finger im Spiel. Dem Kanzler hatten die Waffendealer kein Geld angeboten, weil sie sich nicht sicher waren, ob er annehmen würde. Aber Louis sorgte dafür, dass es so aussah, als sei er in die Sache verwickelt. Jemand, den Sandro nicht kannte, koordinierte die Aktionen hinter den Kulissen. Zuletzt spielte der geheimnisvolle Akteur die Fakten in die Hände eines Redakteurs beim »Spiegel« und in die Hände eines Bundesnachrichtendienst-Beamten, von dem der Hintermann wusste, dass er nicht auf der Seite der Regierung angesiedelt war.

Die Affäre explodierte an einem Montagmorgen. Der »Spiegel« berichtete. Dann rollte die Lawine. Die anderen Zeitungen nahmen das Thema auf, legten nach, zerrten immer neue Tatsachen ans Licht. Den Bundeskanzler traf in dieser Affäre tatsächlich keine Schuld, aber es sah in den Augen der Öffentlichkeit anders aus. Darauf kam es den Verschwörern an.

Das ist die Lawine, die dich umbringen wird, triumphierte Sandro.

Natürlich berichtete Sandro in seiner Illustrierten. Genüsslich unterbreitete er den Lesern alle unappetitlichen Details dieser Affäre. Mit einer letzten Bemerkung seines dreiseitigen Artikels gab er auch dem Privatleben des Kanzlers den Todesstoß. Es würde keine Dementis geben, davon war er überzeugt. Zur Sicherheit hatte er bei Irene Rückfrage gehalten. Sie war zu jeder Aussage vor Gericht bereit. Damit hatte Sandro die ängstliche Redaktionsleitung überzeugt. Sie ließ den Artikel unzensiert drucken.

Der letzte Satz war pathetisch, aber genauso wollte Sandro es. Er unterschrieb den Beitrag mit seinem ganzen Namen: Alessandro Graf Farinesi. Den Artikel schickte er an den Kanzler persönlich. Er wollte sichergehen, dass der seine Botschaft erhielt.

»Schon einmal hat sich der Kanzler in Schweigen gehüllt, als es um den Tod seiner damaligen Geliebten, Ana Gräfin Bentlow, ging. Bis heute sind die Umstände ihres Todes nicht aufgeklärt. Die Polizei hat die Ermittlungen bereits eingestellt, obwohl es zweifelsohne einen mysteriösen Mann gab, der nach Aussagen des Bergführers die Lawine auslöste, unter der Ana Bentlow den Tod fand. Der Mann verschwand danach spurlos. Obwohl er bis direkt vor ihrem Tod ein intimes Verhältnis zu der Gräfin unterhielt, hörte man vom Kanzler der Bundesregierung nichts in dieser Angelegenheit, nicht mal ein Wort des Bedauerns. Immerhin darf man doch die Frage stellen, wie unbequem ihm die Gräfin geworden war. Nun ist der Kanzler selbst von einer Lawine erdrückt worden.«

Zwei Wochen nach der ersten Veröffentlichung in der sogenannten »Steppenwolf-Affäre«, denn um diesen Panzer war es gegangen, trat der Kanzler der Bundesrepublik Deutschland zurück.

KLAUS BARTELS

Klaus Bartels hatte der Versuchung nicht widerstehen können. Er malte mehrere großformatige Ölporträts nach den Skizzen, die er von Ana Bentlow angefertigt hatte. Es waren seine bisher besten Bilder, das Schönste, was er je auf eine Leinwand gebracht hatte. »Vollendet« hieß es in einer der Kunstkritiken. Die Ausstellung in seiner Mailänder Galerie war ein großer Erfolg. Schon auf der Vernissage wurden die meisten der Bilder verkauft. Eines ging merkwürdigerweise an den Mann, der das Schloss der Farinesi zu einem Hotel umgebaut hatte. Die Gefahr, dass Sandro Farinesi das Bild dort entdecken würde, war sehr gering. Der Sohn des einstigen Schlossbesitzers machte weiterhin einen großen Bogen um den alten Familiensitz. Und selbst, wenn Sandro Farinesi eines Tages per Zufall auf eines der Bilder stoßen sollte, war es kaum wahrscheinlich, dass er den Künstler mit dem Mord an Ana Bentlow in Verbindung bringen würde. Wenn es denn doch geschehen sollte, war Klaus Bartels, alias Simon Seidel, der Letzte, der sich darüber beschwert hätte. Im Grunde glaubte er an Gerechtigkeit.

Weitere Krimis finden Sie auf den folgenden Seiten und im Internet:

WWW.GMEINER-SPANNUNG.DE